三島由紀夫と同時代作家

三島由紀夫研究 ⑫

〔責任編集〕
松本　徹
佐藤秀明
井上隆史
山中剛史

鼎書房

三島由紀夫研究 ⑫

目　次

特集　三島由紀夫と同時代作家

特集　三島由紀夫と同時代作家

吉屋信子と三島由紀夫

田中美代子

かの女は餘所にもつと青い森のある事を知つてゐた
シャルル・クロス散人

浅からぬ因縁

たまたま吉屋信子の「徳川の夫人たち」を読んでいて、こんな文章に行き当たった。

〈冬は夕早くから長局縁先に横桟の多い舞良戸が閉められる〉

この「舞良戸」の出方は実に印象的で……というのも、私はこの時ふと、三島由紀夫がエッセイ「小説とは何か」のなかで、「舞良戸」なる言葉を例にして、小説を構成する言葉はいかにあるべきか、について論じている件りを思い出したからだった。

彼は主張する。「舞良戸」とは、厳密にその形状を規定し、指示し、表現する言葉である。よって、これは一語で完全に充足しており、何ら余分な形容詞を要しない、と。

だが「舞良戸」などといっても、現代人にはほとんど初耳で、それは今では古い邸とか寺でもなければ、お目にかかれない代物であろう。そこで作家は、老婆心から、例えば「横桟のいっぱいついた、昔の古い家によくある板戸」と説明ばかりで描いたり、また、「横桟戸」と勝手に造語したり、或いは「まいらど、というのか、横桟の沢山ついた戸」などと書くのかもしれない。しかしそれでは、「全身黒い羽で覆われた鳥」とか「鳥、というのか、黒い鳥」のごとき文章になってしまうではないか。……そんな趣旨の文章だった。

無論、三島由紀夫はここで、吉屋信子の名を挙げているわけではない。としても、偶然思いついたにしては、これはかなり限定的な事例ではあるまいか。相手本人が見ればすぐわかるにちがいないし、あるいは、勘ぐればこれは大衆小説の大御所たる吉屋信子へのひそかな挑戦か、むしろ逆説的な親愛のメッセージであったのかもしれない。

それより私にとって面白かったのは、三島由紀夫が、このころ朝日新聞に連載されていた「徳川の夫人たち」（昭和四十一年一月四日〜十月二十四日）を、丹念に読んでいたらしいことである。

彼は当時、雑誌「新潮」に「春の雪」（昭和四十年九月〜四十二年一月）を連載中だった。そこでこちらは明治大正時代の華族社会を背景とした一種の〝歴史小説〟を書きながら、一方、江戸城大奥を題材とした「徳川の婦人たち」に、同業者として特別な関心を払っていたとしても不思議ではない。

吉屋信子はそれ以前にも、「香取夫人の生涯」（昭37、新潮社刊）など、かつて皇族であった宮妃の手記をもとにした小説を発表していた。彼女の資料収集は、むろん綿密かつ徹底したものである。

もっとも小説のリアリズムに対する妄信は病膏肓に入って時に奇妙な迷路にはまってしまう。熱心な読者が小説にとりこまれた歴史的事象にこだわるあまり、物語世界の存立自体を疑問視し、肝心の主題を見失ったりする。今なおそんな本末転倒も珍しくないのだ。

それでは、どこまでが資料で、どこから虚構がはじまるのか。これこそまさに作家おのおのの資質と裁量にかかることであり、そのまま作家個々の世界観の奥儀に繋がっているはずだ。三島由紀夫が自ら構築する作品世界の煉瓦の一つ一つ、その精錬と吟味に已れの存在理由を賭け、その核心が「文体」の問題に収斂するのは理由のないことではない。

小説の文体に関する三島由紀夫の定義は徹底していて妥協を許さない。即ち文体は「言語表現による最終完結性」に帰着し、これによってこそ、〈その作品内部のすべての事象はいかほどファクトと似てゐても、ファクトと異なる次元〉に移管され得るのだ。

実際、「文体」の問題で、彼が大衆作家の習性を論難しはじめたらきりがない。彼らはおそらく忙しすぎて表現の厳密性に注意を払う余裕がないのだろう。根っから言葉の伝統性について敬虔さを欠き、辞書を引く労さえ省いて、あいまいな心理状態を外界に投影し、作品全体を、無意識のうちに安普請の欠陥マンションにしてしまうのだ、云々……。

そこで〈横桟の多い舞良戸〉は三島教室の小説演習において、コテンパンにやられることになったのだ。（「小説とは何か五」参照）

さて、日本近代文明の草創期を歩み始めて、吉屋信子も三島由紀夫も、それぞれ独自の世界改革を目指して社会の現状に切り込んだ。その点で二人はまさに同時代者だった。しかも刻々に変転してやまぬ流行と世代のずれもものかは、異色の感性と官能を基底として、その関心のおもむくところ、両者はいつのまにか相互浸透してゆくように思われる。

三島由紀夫が吉屋信子を読んでいたのは、実は「徳川の婦人たち」に限らない。彼は少年のころから彼女の作物に親しみ、職業作家になってからも、この先達に並々ならぬ関心を抱いていたらしい。なぜなら、折々に発表される三島作品には、その題材に、テーマに、ストーリイに、大小の道具立に、……吉屋文学の愛読者たるの影を、そのなおざりならぬ痕跡を、見出すことができるからだ。

明治二十九年生れで、栃木高女時代から雑誌投稿を始め、「花物語」など少女小説から出発した吉屋信子は、没年まで、婦人雑誌や新聞小説、週刊誌等で広汎な読者を獲得し、押しも押されぬ実力をもって、作家としての生涯は充実していた。少女小説を早々に脱皮すると、そのまま女性読者向けの大衆小説に進出し、ことに油の乗り切った昭和初年代には、ベストセラーを多発して、華やかな人気作家となる。

しかも新進気鋭のころは、彼女の挙措を問題視する文壇人士と派手な喧嘩をすることも厭わず、狭隘な純文学の偏見を手厳しく批判したものである。そのせいもあってか、彼女はこれまで、必ずしも活躍に見合った評価を受けているとは言いがたい。流行作家の代償というべきか、彼女の作品は、おおむね〝通俗小説〟として軽視され、〝文壇的な評価〟とは無縁だったようにみえる。

そこで今改めて考えてみたいのだが、いわゆる純文学と、通俗文学との格差は如何？

それは単にベストセラー作家への、仲間たちの嫉視だけだったろうか？　そんなレッテルの不当評価については、彼女自身、達観しながらも、内心穏やかならず感じているにちがいなかった。

たとえば昭和四十三年一月発行の新潮日本文学小辞典の「吉屋信子」の項の、浅井清による次のような記載はどうだろう。

昭和八年一月から九年十二月号の「婦人倶楽部」に連載して評判をとった「女の友情」について論評しつつ、浅井はいう。

〈その作風を、友情を誓い合った三人の女性の人生航路を描き分けた『女の友情』からみると、青春の日の夢が次々にくずれていき、一人は死に、一人は尼に、そして一人は結婚へと進む、それぞれの女性の背負う宿命による悲劇的人生模様が、詠嘆的な美文でいろどられている。その擬古文体と、会話や行動記述の口語文体との折衷が、「浪花節との型態的同一性」をもつと指摘されたこともある〉

さらにこんな記述もある。

〈薄幸と無名のままに終った人生を、共感をもって発掘していくところに、通俗の名に耐えてきた、孤独なしかし純粋な作家精神をくみとることができる〉

通俗の名に耐えて……とは失敬な。

とはいえ彼女は逆に、自ら〝通俗作家〟をもって任じ、そこに反骨精神を賭け、噂雀の嘲弄や揶揄などものともせぬ盤石の自信を持ち、賑やかな女性読者に囲まれて超然としていた。小説の本道はもしかすると彼女の側にあり、その正統性は、いつの日かこちらの頭上に輝くかもしれないではないか。

昭和十四年新潮社刊行の吉屋信子選集「良人の貞操」に付された〝作者の感想〟のなかで、彼女は次のように述べている。

〈「良人の貞操」については、珍らしく、いろいろな方の批評を拝見する機会がありました。

通俗小説というものは、殆んど文芸批評の対象にはならないので、私はあまり真面目な批評を聞く機会がなかったのですが、今度はあちこちの新聞雑誌で、この批評を見る事が出来ました。

それらの批評の中に、一致したように、エロチックなものがこの小説の受けた原因だと書いてあったのが、私にはむしろ不思議でなりません。作者はなんの意識もせずに、題材の必要から、そういう場面を二、三取り上げていたかも知れませんが、そんなものだけで、いかに通俗小説とは言え、読者を瞞かすわけにはゆかないぐらいはほんとに通俗的な長篇を苦労して書いた方達には、わかって戴けると思います。

その批評の中で、私の最も感謝し、又私自身の意識して狙ったところを言い当てて下すったのは、都新聞の出版界という欄の著書批評に掲載されたものでした〉

彼女は、そこで都新聞の著書批評を引用しながら日頃の鬱憤を晴らしている。

〈この現代通俗小説の中で、最も感心したことは、通俗小説が今までかなり軽蔑していた「日常性」を新らしく開拓していることである。何でもない茶の間の出来事、そういう日常性は、偶然や事件に負われがちな通俗小説では、純文学で描くほど、取り上げられなかったのを、ここまで大衆性を持たせたことは、やはり蔽い難い一手腕である。云々

この言葉は、あらゆる批評の中に見逃された言葉で、こう言って戴いてこそ作者は本望です。

私は今後の作品にも、この批評の通りに「良人の貞操」で試みた新らしい通俗小説の処女地を開拓してゆくつもりでおります〉

彼女は折にふれ、希少な味方を得て、こうした反論を試みたが、いずれにせよ、かつて日本の文壇で〝純文学〟と〝大衆文学〟との境界は実に厳然たるものだった。

そこで純文学者たちは清貧に甘んじ、〝人生とは何か〟を身をもって追求する一群の求道者として、一般大衆から隔絶し、これを睥睨するかのように振舞う。一方〝通俗作家〟たちは、もっぱら娯楽読み物を提供し、女子供を喜ばせ、もって大枚のお鳥目を頂戴するもののようであった。つまり読者層は二分され、両者の間には、交々に軽蔑と羨望のコンプレックスが錯綜し、互いの心理は内攻するかのようであった。

現在はどうだろうか。時は流れ、中間小説などという緩衝地帯を通過しながら、両者の区別はますます曖昧になる。T

Vや週刊誌が登場し、ベスト・セラーがもてはやされ、商業主義的成功が第一となってゆく。かくて女性的勢力の台頭は目覚しく、近代を席捲した男性の理想主義的イデオロギーは気息奄々である。実際今、純文学の存在理由がどこにあるだろうか。

明治開化による近代文学発生以来、純文学信仰とともに多くの文学修行者が生まれ、彼らはその神聖な使命のために骨身を削り、試行錯誤し、工夫を重ね、生涯を捧げてきたのだった。

そもそも物語、お伽噺、小説類が、単に女子供の手すさびにとどまらず、明治開化を期して、〝男子一生の大事業〟に昇格したのは何故だったのか。

それにしても、吉屋信子の名は、数多の少女小説の読書体験とともに、私にとって今に忘れがたい。戦中戦後、物資は払底して、書店の棚は貧しく、子供たちは、読書の慢性的な飢餓状態におちいっていた。地方では貸本屋も図書館もまだ無いにひとしかった。

だが、よくしたもので、しかるべき個人宅には、父母兄姉たち先行世代の遺産として豊かな蔵書類が並び、しかもそれらは、惜しみなく放出され、子供社会にも活発に流通していた。そこで私たちも、大正デモクラシーの流れを汲む世界童話全集、お伽噺集、さらに冒険小説、探偵小説、剣豪小説、落語全集、捕り物帖、少年倶楽部、少女倶楽部、婦人倶楽部、少女の友、講談倶楽部、譚海、……その他この他、手当り次第に乱読することができたのである。

少女小説もまた、百花撩乱であり、就中、並みいる作家たちを押さえて、吉屋信子はその第一人者だった。中原淳一の挿絵とともに、過ぎ去った戦前のロマンティシズムを伝えて、当時すでに懐かしい風趣をしのばせる。

さて、山積する三島由紀夫の遺稿のなかには、三島由紀夫が思春期の試行錯誤の中で手をそめたらしい少女小説風の作品の断片がみつかる。「菊と薔薇の物語」「二令嬢」「梅枝」等々、何がなしに古風な香りを漂わせながら。……しかしこの異端の少年によって、それらはいつか「春子」「果実」などのレズビアン小説に化けることとなるだろう。悪食ともいうべき彼の貪婪な読書体験は、少女小説をも自在に侵触して、ヒロインは次第に幻妖となるかのようだ。それをしも飽くなき作家修行の一環として。

紫陽花変幻

小説は、「人間と同じく婦人の部屋で生まれ、いずれは王ともなるジャンルなのである」（「小説の美学」）とアルベール・ティボーデは言うのであるが、神童は、たしかに母親の夢から生まれるのである。

〈大体、作家的才能は母親固着から生まれるといふのが私の説である〉と三島由紀夫も重ねて云う。谷崎潤一郎はまぎれもなく母親固着の作家であったし、川端康成も舟橋聖一も同様であった。ことに〈谷崎潤一郎氏の〝永遠なる女性〟には、氏が若いときに失つた美しい母親の面影が揺曳してゐる〉

この談話は作家の〝母を語る〟シリーズの一環として、昭和三十三年十月号の雑誌「婦人生活」に掲載された。

三島由紀夫は母の人となりを語りながら、来し方行く末に思いを馳せているが、生い立ちをめぐって、言外に様々な感慨が滲んでくる。ちなみに彼はこの年六月一日に結婚した。新婚生活は誰にとっても思いがけぬカルチュア・ショックである。余人とはちがう作家の日常も、ここで大きく変ったことだろう。それはまた、母との関係についても、改めて問い直す機会だったにちがいない。

幼時の回想は、郷愁にみちてどこか甘く切なく語られる。彼はまず乳離れするかせぬかに祖母に引き取られ、おばあさん子として育てられた。だから病床の祖母の枕もとから連れ出されて、たまさか母と外出するのが、秘密の逢引きのような悦びだったこと。……それは、日々の生活をともにしていない母親から、うるさく仕付けられたり、叱られたりすることがないせいでもあっただろう。

むろん当時の風俗や時代環境の問題は見逃せない。その頃一般庶民の母親といえば、地味一方で慎ましく、質素な身仕舞いが普通だったし、さらに下々では振り乱した髪や汚れた割烹着で、山ほどの家事や子沢山にかまけ、疲労に打ちひしがれた姿なども、かなりありふれたイメージだった。

ところが彼の母は若々しく華やぎ、いつも美しく装って現れたのである。

〈父兄会のときに母親がきれいなことは、誇らしいものである。私は、母がぢみな着物を着て父兄会に出ることをきらつた〉

学習院の父兄会は、いわば有閑夫人の社交機関で、母親たちはみな着飾って優雅な会話を交わしていた。

〈私は、そこで母が人よりも美しく人よりも若く見えることを望んだ。そしておばあさんのきたならしいお袋を持つてゐる友だちを軽蔑した〉（同）

この母の面影も、いつか〈おばあさんのきたならしいお袋〉に変容する日もないではあるまいが、いずれにせよ、このころ母親は彼にとって非日常的な憧憬の対象となり、生涯の守護女神の座を確立したかにみえる。

だが子どもの内部には、実像と虚像の変換装置が仕掛けられて絶えまなく作動している。一層玄妙かつ複雑に、……それこそ彼が練磨してゆく言葉の冶金術であり、物語の成熟にほかなるまい。

さて〝良家の子女〟としての母の来歴は単純明快である。倭文重は、明治三十八年二月十八日、開成中学校校長・橋健三の二女として東京小石川に生まれ、大正十二年に、三輪田高等女学校を卒業、翌年二月には農林省官僚の平岡梓と結婚した。

彼はこの母の肖像画を、古いアルバムをめくるように、ある時代精神の典型として描いている。

〈母は、漢学者の家に生まれて、幸福な、ごくセンチメンタルな、大正時代の少女らしい少女時代を過ごした。大体、少女時代に受けた教養――教養といはないまでも生活の一種の色調は、その人の一生を支配するものであるが、母は今でも大正期の女なのである。昔、耳隠しのはやつたころ、母は一時耳隠しに結つてゐたが、私はその髪型が、一番母に似合ふやうに思はれた。母の結婚前の時代は竹久夢二の時代であり、岡本一平の時代であり、芥川龍之介の時代であつた。それは、震災前の甘い耽美的な、と同時に、感情過多の、ごく抒情的な時代であつた〉（同）

彼女は大正時代の繊細優美な感情生活に彩られ、抒情画の女人像と重ね合せられている。

少年のころ、彼は母のイメージの連想から、「紫陽花」という作文を書いた。

〈子供の頃の母の記憶は断片的にいろいろとあるが、母は昔は日本髪を結つてゐた。私はその幼年期の記憶を、中学時代に「紫陽花」といふ泉鏡花ばりの作文に書いて、先生に叱られたことがある。それは庭の紫陽花の蔭から日本髪の綺麗な女が現はれて、初めは誰とも分らなかつたが、それが母であつたといふ話である〉（「紫陽花の母」昭42・10、潮文社編集部編『母を語る』）

問題の作文「紫陽花」は、「仮面の告白」にも語られている生家の様子、祖母、祭りの日の御輿の賑わいの回想などにまじって、母がいつか紫陽花の精に化身する、一場の幻のように描かれている。……その初々しい言葉の匠のお手並みを拝見しよう。

〈階段を下りて来る母の足袋の白さをみつめてゐるうちに、ふと仰ぐと、つひぞ結つたことのない日本髪で、髪結ひに行つてきたばかりか、つやつやとぬれてゐる髪のかげに重さに堪へられぬものゝやうに、項が浮き上がつて白く、湛へてゐた。丸髷――髪の美しい建築に、わたしの願つたものは、その重さを支へるに力なく、顔半面を闇にひたして、一、二本風にみだれた後れ髪も、まだ油の利いたつやゝかさで、静かに空に向けてゐるのは、かんざしの金のきらめき、項の幽精めいた白さであつた。（中略）髪のうしろに……丈高い草かきわけて、薔薇の花をみるやうに、いゝえ薔薇ではいけない、もつと淋しい、もつと青ざめた皃である、――萩――さう、あまり清潔さうではなく人の庭の表にはうゑられぬので、たえてうた人にも歌はれなかつた紫陽花をわたしは憶ひ起した。あの紫から青へ、青から白へ、仄かに色が移つてゆき、すぐにも消えさうになりながら、花房の、あまり一片では淋しいので集ひ合つてゐる様は却つて淋しく、しかも夕闇のなかでいつまでものこつてゐる色である。闇のなかのかんざしの金のゆらめきと共に、それはわが永遠女性のおもかげ……木々の影にひそかに流れてゐるあぢさゐの花の色……大きな髪の建築の前をそつとのぞいてみると、うつむいてゐる面長の顔……であつた〉

若書きの舌足らずながら、少年の胸のときめきを伝える精一杯の母へのオマージュであるが、先生に叱られた、というこの作文は、さらに驚くべく展開するのである。

〈いかにもふさはしく思はれて、母のことを若奥様とよびたいと思つた。さうも云へずうれしさうに小さい子供は見守つてゐた。さつきから松村さんぢやお三味線をやつてらつしやることね。うん、とわたしはうなづいた。知つてゐてうなづいたわけではなく、その声がをはつて始めて気づいた音色に機械的に云つてしまつた答へではあつたが、急に心をとられたやうに耳澄した。とぎれ〳〵にきこえてくる、さびた声に混つて、物憂い雨の後の光りにさも似た三弦の音の、弱々しくきこえてくるのが、家ぢゆうで芝居に出かけたあと話にきいた芝居の想像から勝手に頭のなかでつくり上げてゐた三味の音色に似てゐるのであつたが、侘びしく白昼の日の光りに、床にすわつて友達とひいてゐるのであらう、隣家の女主人の、やつれた顔が浮んだ。わたしは母の手を引張つて家の裏手へ行つた。両側から痩せた草の生えるともなく生えてゆくむかう、境界線めいた土地の高さの、その隅に、刈ることもなくてのびた紫陽花が、一杯に花ひらいて、重さうに物憂げに、顔うつむけてゆれてゐるのだつたが、わたしと母のとほる風の流れに、尚更身悶えするやうにゆれて青ざめながら、うすぼんやりした日を浴びてゐる。時しもチントン、チントン、トチ、、、リシャン、トンチン、チリ、、、、リンツンリンツンツン、とはつきりきこえて来た。弾き手は見えなかつたが、しきりに母の見てゐる方を、わたしも背のびして探してゐるうち、いつか紫陽花の横の母の、髪がちら〳〵風にみだれてゐるのを目にとめて、云ふことばもなく、「なんて歌」とさうきくと、

「あれはね小鍛冶といふんですよ」ゆつくりこたへた母の声から、その「小鍛冶」といふ曲が、いかにもこの場面に、ふさはしくないやうな気がしてゐた〉

聞きかじりの口三味線までまじえて、なにやら妖しく粋筋に傾きつつ、末尾に擱筆が昭和十五年一月三日と記されている。

この場面は明らかに事実と空想との張り混ぜで、紫陽花と母と丸髷の観念連合が、永遠女性のイメージに凝縮してゆくらしい。

後年、少年は同じ主題を解説して、この母性像は次なるエッセイに発展するのだ。

〈その「原型」は何だろう、と私は考へる。さうして思ひ浮かぶのは、中学の初学年のころであつたと思ふが、鏡花ば

りの「紫陽花」といふ小品を書いたことがある。それは幼時の私の家のちかくに琴の師匠がゐて、その人が美しいといふ評判だが、暗い櫺子窓の奥は見えず、その人の姿は見たことがない。ただひつそりした小路に、琴の音が流れてゐるばかりである。不満な気持ちで、女中に手をひかれてその散歩からかへると、折から紫陽花の季節で、私の家の前庭の、木下闇に紫陽花が咲いてゐる。すると、紫陽花の花かげから、今まで思ひゑがいてゐた美しい女性がすつと姿を現はす。子供は夢を見てゐるやうな気持になるが、それは母であつて、若い母がその日に限つて、どうしたことか丸髷を結つてゐたので、一瞬自分の母と見分けられなかつたのである。

かういふ筋の小品であつた。この中の話は半分本当であり、琴の師匠の家はたしかにあつたし、母がめずらしく丸髷を結つたときのおどろきもおぼえてゐるが、その小品は明らかに文学的修飾を凝らしたもので、鏡花から借りた眼鏡で、幼時の記憶を覗き込んだものであつた。だからあの「原型」が私の現実の母だとばかりは云へず、さらに「原型」の一斑は鏡花の文学にも求められなければならない。

実際、永遠女性らしいものを近代文学に探して失望しないのは、鏡花の小説ぐらゐなものであらう。そのヒロインたちは、美しく、凛としてをり、男性に対して永遠の精神的庇護者である〉（「私の永遠の女性」昭31・8『婦人公論』）

嘘ばっかり！……けれども心配はいらない。それこそ〈作品内部のすべての事象はいかほどファクトと似てゐても、ファクトと異なる次元〉に移管されているのだから。……それに、真っ先に瞞されたのは彼自身であって、あれこれと弁解がましく〝種明かし〟をしている。つまり三味線が琴に変っていたり、隣家の女主人と二重映しになった母の面影は、事実というよりも文学的修飾の産物であること、つまり彼の永遠女性は、紫陽花と幼時の想い出と丸髷とのコラージュによって創作されたものであること、を告白しているのだ。しかも〝鏡花の眼鏡〟を通して。……が、これまた彼一流の用意周到なブランド志向といえそうだ。

さて吉屋信子の随筆集の中に、おそらくはこのエピソードのネタ元と覚しい「廿一年前」と題する文章がみえる。

彼女は、その随筆集をまとめる時点で、自身の過去の切抜きを整理していて見つけたエッセイ「女とひとり」について話題にしている。「女とひとり」の初出は昭和十年十二月号の中央公論で、それが「廿一年前」なのだから、この随筆集は、昭和三十一年に整理中だったものであろう。彼女にとって、そんな昔の文章は気恥しく、〈そのまますてちまおと思ったが〉、また古い押し花のように捨てがたく、つい収録することになったのだという。

その文章を孫引きしてみよう。

〈小さい田舎街を横切って流れる、その河沿いに家々がならんで居た。その間に白壁の土蔵がある。その土蔵の日蔭にはお茶室みたいな、小さい家があった。その家の裏はすぐ河の水ぎわで、水苔のついた河岸の石垣の上に、初夏には紫陽花が薄むらさきの手鞠のような花を、たくさん咲かせるのだった。その花の咲く頃の黄昏には、蝙蝠が河岸の上を妖しげに飛んでいた。そんな時、まるで夕顔の花めいて、仄白い顔の女の人が紫陽花の家の庭にぼんやり立っていた。河岸で遊んで居た子供たちは、その白い顔を見つけると、「そら、おめかけさんよ」と囁き合う――その子供の群に幼い童女の私もまじっていた。そして、みんなと一緒に、そのおめかけさんの顔や姿を、珍しい人種のように眺めていた。その子供たちを、おめかけさんも寂しげに、じっと見詰めて、ぼんやり立っていた。幼い私は、そのおめかけさんの顔や姿をこの街でも一番美しいと、子供心に思った。その日の夕御飯の時、河岸の遊びから帰った私は母に（おめかけさんって、どんなひとのこと？）とたずねた。「女のくせに、奥さんにならないで、一人で暮している、悪い人なのだよ」母が、困った顔で、こう教えた。（女が奥さんにならないで、一人で暮すって、そんなに悪いのかなぁ……）私は考え込んだ。その翌日、昼間そっと、その一人住いの悪い女のひとの、家を河岸から、覗くと、紫陽花の花は美しく、綺麗に片付いている家の中に、きちんとお化粧した、あのおめかけさんが坐っていた。それは、まるで美人画のように、すがすがしい、いい気持に思えた。（どうして、あれが悪いのかしら）童女の私は、その美しい女の一人住みの静かさを讃えこそすれ、それが悪いというのが不思議だった。

賢母の母は、おめかけさんの定義を、（奥さんにならない一人住み）と、あっさり片付けて、子におしえたのであろう。

その時の童女も、少しものごころついたら、（おめかけさん）の何故悪いかが、はっきりわかった。

その悪いひとには、なりたくとも、なかなか、なれない事もわかった。何故なら、それになるひとは、世にも稀なる美女に限るらしいから。

でも、あの紫陽花の咲く小さな家に、静かにひとりで長閑そうに、きちんと身じまいして暮していた女のひとが、私の母なぞより、楽しげに思えた〉（「廿一年前」）

この三題噺めいた「紫陽花と美女と母」には、三島の作文とどこか通い合うところがあるのではないだろうか？

昭和十年頃、ませた文学少年が中央公論を読み、たまたまこのエッセイに触発されて、そのイメージはいつか彼自身の幼時の想い出にかたちを変えていった、……それは大いにありうることだろう。

そして一方では、吉屋信子が昭和三十一年八月号の婦人公論誌上で三島のエッセイ「私の永遠の女性」を目にして、自身の廿一年前を思い出した、ということもないではあるまい。

（因に「廿一年前」は、随筆集「白いハンケチ」（昭32・5、ダヴィッ

ド社）に収録されている）

それに信子もまた、申し合わせたように、少女時代から〝鏡花狂い〟だったことを告白している。しかし二人の違いは、少年の母の面影が奇しくも〝永遠女性〟と重なり合ってゆくのに、少女の母は、賢夫人として堅く行いすましていることだ。

三島由紀夫はまたこんな風に回想している。

〈母の少女時代は、エログロ・ナンセンスとは縁がなかつたから、古い東京のかなり規矩の正しい、今から見れば非常に道徳的な生活感情の中で、ただ抒情とセンチメンタリズムの放蕩をした時代であつた。必然的に母は文学少女といふよりは広く芸術少女であつた〉

〈しかし、母の嫁いできた平岡家の雰囲気は、全く別種のものであつた。うちの親戚一同はすべてかたい勤め人であつたし、芸術的雰囲気といふものに全く欠けてゐた。父の母――私の祖母は、昔気質の旗本の娘で、（中略）今では考へられぬほどの封建的な生活感情を維持してゐた。母はその中で、自分の少女時代の夢を失つたのである。

当然、このやうな夢は子供に向ふもので、私が身体が弱く、祖母に育てられて、感受性の鋭い子になつていけばいくほど、母はそこに、自分の失はれた夢の投影を見るやうになつたのだと思ふ。母は私に天才を期待した。そして、自分の抒情詩人の夢が息子に実現されることを期待した。今では私は、母のかういふ夢が間違つてゐたとはつきり言へるけれど、芸術家の母胎として、人からゆだねられたさういふ甘い期待が、どこかで必要なやうに思はれる。私は、抒情詩人でもなく天才でもなく、散文作家として成長するやうになつたが、長いこと、その抒情的な夢から抜けられなかつた。私は無意識のうちに、母の期待するやうな者にならうとしてゐたのであらうと思ふ。なぜなら、物心つくと同時に私は詩を書き始めたからである。私の詩や物語の最初の読者は母であつた。母は、私に芸術的天分があるといふことを誇りにした〉（「母を語る――私の最上の読者」）

天才！　この言葉は彼の生涯を呪縛した。失われた母の少女時代の夢に化身する――彼はこうして決して脱ぎ捨てることのできない、たえざる〝自己劇化〟の夢に誘われたのである。

（文芸評論家）

特集　三島由紀夫と同時代作家

三島由紀夫と福田恆存の「自然」
―「古典主義」と「秩序感覚」をめぐって―

浜崎洋介

長い間、私は三島由紀夫を語ることができなかった。というのも、三島由紀夫について何かを私が語った瞬間、私は、既にそんなことは遠の昔に自覚している三島由紀夫のことを思わずにはいられなかったからである。しかし、それは、私と三島のどちらがより多く批評的・意識的であるかを競うゲームを前提とした時、初めて焦燥する類の自意識でしかなかったのではないか。そう思えたのは、ようやく福田恆存の言葉に出会って以降のことである。では、なぜ福田の言葉は、私の三島由紀夫への焦燥を鎮めることができたのか。或いは、福田恆存の言葉は、どこで三島由紀夫への要らぬ批評意識を沈黙させ、ただ、その人のそばに立って、作家三島由紀夫の宿命を愛することを可能にしたのか。

ただし、この問いは単なる自問自答ではない。それは、出発点において踵を接しながら、しかし、最終的に道を分けることになった二人の差異をも浮かび上がらせることに繋がっている。むろん、それは、文学座の集団脱退事件（昭和三十八年）をめぐる状況論的な仲違い、或いは政治的な路線対立といったような差異ではなく、福田恆存と三島由紀夫の歩みを支えていた文学観の違いとしてあった。以下、本論は、その問いを共有しながら、しかし、そこからの一歩において道を分けた二人の言葉を、両者の〈近代＝小説〉への疑いと、それに処するために語られた「古典主義」や「秩序感覚」という言葉に、また、それらの概念を支えていた二人の「自然」概念のなかに見届けておきたい。

Ⅰ・出発点における〈理解〉

福田恆存と三島由紀夫の関係は、様々な視点から論じられてきた。金子光彦『福田恆存論』（近代文芸社）は、座談会「日本人の再建」（昭和四十三年一月）での福田と三島の「衝突」の意味を論じているし、遠藤浩一『福田恆存と三島由紀夫―1945～1970』（上・下巻、麗澤大学出版）は、戦後の時代状況への応対を、両者の歩みに即して詳細に論じている。また、三島の自刃の直前になされた両者の直接対談の意味、そしてそこに浮き上がる両者の政治的姿勢の違いを証言を交えながら論じたものとしては、持丸博・佐藤松男『証言　三島由紀夫・福田恆存たった一度の対決』(文藝春秋)の対論があるし、私自身も『福田恆存　思想の〈かたち〉―イロニー・演戯・言葉』(新曜社)のなかで、両者の差異を、その「公／私」概念の差異として括りだすという議論を展開したばかりである。

　しかし、改めて両者の差異を、その文学観の根幹において問い直すのであれば、議論の出発点は、まず戦後直後に示された、福田恆存、三島由紀夫両者の深い相互理解という点に見定めるべきだろう。後に戦後民主主義を批判して、保守反動や右翼といった罵倒を浴び、共にまた自らの主領域である小説や批評から一歩外に出て「戯曲」を手がけるなど、その実践において軌を一にしていたかに見える二人だが、その軌跡が交わる起点を問えば、更に遡行して、戦後の出発点において二人が示していた当時としては驚くほどに正確な相互理解へと行き着くのである。

　たとえば、新潮文庫版『仮面の告白』に付された福田の「解説」(昭和二十五年四月執筆[1])は、すでに三島由紀夫文学の核心をついて正確である。福田が三島由紀夫のなかに見つめていたのは、『仮面の告白』に用いられた「逆説」的な方法であり、その「逆説」性によって、後に三島由紀夫自身が追い込まれていくであろう「苦しい立場」だった。福田は、「仮面の告白」という方法を説いて次のように語る。

　「〔なぜ、小説が『仮面の告白』と題されていたのかと言えば、〕三島由紀夫の若い豊かな才能は仮面を仮面と自覚せずに、ただ「扮装欲」の興味にかられ、「演技」の欲求にひきずりまわされて、仮面そのものをもてあそんできた結果、長ずるにおよんでそれらがようやく素面にくいこんできたからではなかろうか。そこに――いいかえれば、仮面をかぶろうとする要求そのものに――三島由紀夫は素面の自己を発見せずにはいられなかったのだ。〔中略〕

　〔「告白は不可能だ」と言うことによって〕作者は素面をも仮面となし、その背後に真の素面のための逃げ道をつくってやる。三島由紀夫はやはり「書く人」を「完全に捨象」してのけたのであって、作者の素面を決して追求し補足しようとしてはいない。いや、真相は、現代においては、素面を追求するしぐさによってしか仮面は完成しえず、素面を仮面とみなさずしては素面は成立しえないということにある。」(「『仮面の告白』について」昭和二十五年六月初出、『仮面の告白』新潮文庫所収、〔　〕内引用者)

　福田は、『仮面の告白』の三島は〈演じられた私＝仮面〉の比喩を通じて、その背後に、常にそれを〈演じている私＝素面〉を、言い換えれば「仮面をかぶろうとする要求そのもの」としてある「私」を暗示しているのだと言う。それは逆に言っても同じである。「仮面をかぶろうとする要求そのもの」、あるいは、〈演じようとする私＝素面〉の証明は、〈演じられた私＝仮面〉を通じてしか示し得ないということだ。なぜなら、「「演技」の欲求」そのものが三島由紀夫の「素面」であるなら、それ自体は決して演じられ、描かれる対象ではあり得ないからだ。つまり、〈演じている私＝素面〉は、しかし、それが表象されてしまった瞬間、今、まさに、それを〈演じようとしている私＝素面〉を裏切って、〈演じられた私＝仮面〉に堕してしまう以上、三島由紀夫の「真実」は、常に既に「素面をも仮面となし、その背後に真の素面のための逃げ道をつくってやる」ことのなかにしか担保しえないということである。

むろん、このような「真実」は、〈演じようとしている私＝素面〉を次々と〈演じられた私＝仮面〉へと繰り込んでいくという自意識の無限後退を呼び寄せる。しかし、その無限後退の過程そのものが、まさに三島由紀夫の「素面」を暗示し続けるというのなら、やはり三島は「仮面の告白」をやめるわけにはいかないだろう。それが、「素面を追求するしぐさによってしか仮面は完成しえず、素面を仮面とみなさずしては素面は成立しえない」という「逆説」的事態である。そして、福田は言う。この「比喩的なレトリック」の中にこそ、ついに「素朴な実感」に頼ることができない三島由紀夫の「苦しい立場」があり、にもかかわらず、その「苦しさを克服しうる豊かな才能」が期待されるのだと。

おそらく、『仮面の告白』が出た時点で、後に書かれる三島作品までを予告するように、三島由紀夫の可能性と不可能性をここまで正確に指摘し得た批評はない。だが、日本浪曼派及び保田與重郎の影響下に批評的思考を開始し、すでに戦前において芥川龍之介の文学に「純情」の無限後退を見つめ（「芥川龍之介論（序説）」昭和十六年六月）、なお戦後においては、「静止のすがたを保つことができず、たえず滑り流れる」太宰治の「精神的真実」（「道化の文学―太宰治論」昭和二十三年六月）を論じてもいた福田恆存にとって、三島由紀夫が『仮面の告白』で採った方法ほど馴染み深いものもなかったはずなのだ。つまり、戦後の福田の眼に、三島由紀夫は、「イロニー」を方法としていた芥川―太宰の文学の正統な後継者であると同時に、共に芥川―太宰の文学が終わった地点を自覚し、なおそこから新しく出発しようとしていた若い文学的同志として映っていたということである。

しかし、それは三島由紀夫にとっても同じだった。『仮面の告白』評が出た時点で、福田に「会いたいという気持ちを抱いていた」（福田の証言[2]）という三島由紀夫は、やはり戦中に日本浪曼派の傍らで文学的な出発を徴した履歴の持ち主であり、戦後、そんな己の「やけのやんぱちの、ニヒリスティックな耽美主義の根拠を、自分の手で徹底的に分析する必要」を自覚して、「自分の最初の「小説」である「仮面の告白」」（「私の遍歴時代」）を書き上げていたのである。そして以後、三島は、福田の指摘通り、無限後退するしかない自意識（イロニー）の中にしか「真実」を担保し得ない浪曼主義の「苦しさ」を自覚するかのように、「古典主義」という理想について語り始めることになる。

次に引用するのは、昭和二十八年六月に三島由紀夫によって書かれた福田恆存についての「解説」（『昭和文学全集』第十六巻、角川書店）だが、この戦後最も早く、また正確な福田恆存論は、「内心の怪物を何とか征服し」ようとして『仮面の告白』を書き、後に、「古典主義」へと傾斜していった三島由紀夫の必然をもってしか書けないものだろう。

「このまじめな、シニシズムのみぢんもない〔福田恆存の〕芥川論は、それ自體、奇異な感を與へるところの獨創的な評論である。鑑賞は、嚴密に排除され、作品は單に批評家の告白の素材に堕してゐる。若書きであるための、詠嘆や誇張はあつても、この芥川論には、今日世間が誤解してゐる福田氏の像とはまるでちがつた氏の眞骨頂の誠實があり、その誠實さは、誠實に關する含羞を知らないほどに生一本である。〔中略〕

近代批評が自己告白に見出した倫理的據點は、「藝術とはなにか」でひとまづ覆へされるが、芥川と共に近代病を一身に背負つた氏は、芥川におけるやうな告白のおそろしい自己破壞と戰はねばならなくなる。鑑賞家の幸福を捨てた者をまつさきに襲ふ禍はこれである。」（「福田恆存」、〔　〕内引用者）

三島は、自己告白の「アイロニー」を論じていた福田の芥川論（戦前の初出では「イロニー」表記）に、「告白のおそろしい自己破壊と戦はねばならなくなる」必然を見出し、なお、その「倫理的據點」が『芸術とはなにか』で「ひとまづ覆へされる」必然までを読み取りながら、その「現代における誠實の逆説的な在り方」において、「自らの時代の語り手を持つたことの幸福を喜ぶべきであらう」と書いていた。そして、ここで注意すべきなのが、三島が注目する『芸術とはなにか』（要書房、昭和二十五年六月）において福田が論じていた対象こそ、『仮面の告白』を書いた後の三島自身が世界一周旅行（昭和二十六年十二月―翌年五月）を経て、己の中にある「ニイチェ流の「健康への意志」」、あるいは「古典主義的傾向の帰結」（「私の遍歴時代」昭和三十八年）として見出していたのと同じ「ギリシア悲劇」だったという事実である。つまり、「近代ロマンチック以後の芸術〔仮面〕と芸術家〔素面〕との乖離の姿」（三島、同前、括弧内引用者）への批判において二人は、その「近代病」から癒える手がかりとして、ほぼ同時期に「古代ギリシア」という主題を見出していたということである。

「ギリシア悲劇」は、後のキリスト教（ピューリタニズム）が見出した人間個人の精神など問題としない。そこにあるのは、「生と死」を生きる人間の限定的な「リズム」（福田『芸術とはなにか』）であり、「内面」を問わない「外面」（三島「アポロの杯」昭和二十七年四月）である。そして、その「リズム」や「外面」を支える大いなる「自然」への畏怖と信頼（信仰）である。このとき、二人が、近代小説における「告白」や「自己証明」の不可能という認識から、自らの「芸術」を問う先で、「ギリシア悲劇」や「古典主義」という理想へと向かった軌跡は驚くほど重なっていたと言える。

じっさい、世界旅行前に書かれた「新古典派」（昭和二十六年七月）というエッセイのなかで三島は、大岡昇平、中村光夫と共に、福田恆存の名をその「新古典派」の一人として書き記していたのだし、また、福田がその中心的役割を担っていた演劇運動団体「雲の会」（昭和二十五年―昭和二十九年）の実行委員にも名を連ねていたのである。そして、海外旅行から帰国してからは、三島自身が、福田恆存、中村光夫、吉田健一、吉川逸治、神西清、大岡昇平などがいた文学親睦会「鉢の木会」（昭和二十二年～）に参加することで、次第に、福田との関係を意識的に深めていくことにもなるだろう。

しかし一方で、自らの文学的出発に際して、これだけ踵を接していた二人が、後に微妙な文学的、政治的なすれ違いを見せていくことも事実である。共に〈近代＝小説〉への疑いから演劇的実践へと踏み出しながら、三島は歌舞伎の「官能性」を積極的に擁護し、福田はそれに距離をとることになる。[3]また、三島は「バロック臭」のするシェイクスピアを退けてラシーヌに傾斜したが、[4]逆に福田はギリシア悲劇から一歩進めて、三島が嫌ったシェイクスピアのドラマにこそ向かっていった。そして、政治的には、後に三島は「国体」の理念を語り始めるが、福田は一切の理念を語ることの拒否の中に「保守」という態度を見定めていった。[5]むろん、それには二人の資質の差ということも影響していただろう。しかし、この二人の自意識家が、己の資質に無自覚であったということはあり得ない。とすれば、福田恆存と三島由紀夫の差異において問われるべきなのは、二人が自覚的に論じた文学論であり、そこに見出される両者の分岐点ではないのか。つまり、福田恆存と三島由紀夫の差異は、二人が語っていた「古典」や「文化」、そして、その背後に見出されていた「自然」概念の実質においてこそ問うべきだということである。

Ⅲ―ⅰ・近代小説への〈問い〉

ここで改めて、福田恆存と三島由紀夫に共有されていた問題を確認しておこう。二人が一貫して主題としたのは、まず何よりも、規定的な〝かたち〟を失った〈近代＝小説〉の不定形性、不可能性という問題だった。具体的な作家論はもちろん、福田恆存と三島由紀夫は、原理的な小説論を多く書いている。福田について言えば、最初期の「リアリズムと批評の問題」（昭和十一年十月）に始まって、『小説の運命』（角川書店、昭和二十四年）を経て、『芸術とはなにか』（昭和二十五年）や『人間・この劇的なるもの』（昭和三十年）に至るまで、その内に小説論を含まないものはない。また、三島由紀夫については、「戯曲を書きたがる小説書きのノート」（昭和二十四年）をはじめとして、「現代小説は古典たりうるか」（昭和三十二年）や、晩年の『小説とは何か』（昭和四十七年）など、多くの小説論があることは言うまでもない。

宗教的・共同体的モラルの消滅の中から誕生した近代社会と近代個人、そして、その個人と社会の描写から発生してきた近代小説。そのため、小説という近代特有の芸術ジャンルは、その内にモラルを持つことができず、常に既に自らの〝自由〟を宿命づけられてきた。しかし、〝自由〟であるということは、同時に〝不定形〟でもあるということでもあり、その規定性（モラル）を失った小説的自意識は、時に孤独で不安な無限後退へと陥っていく。近代浪曼派が切り拓いたデカダンスとはこれであり、福田と三島が、その小説論で繰り返し問い続けたのも、この〝かたち〟を失った小説的・批評的自意識の問題だった。つまり、猥雑で不定形な（私を含めた）現実と、にもかかわらず、それをある枠組みの中で〝かたち〟へと普遍化しようとする造形意志の相克、言い換えれば「小説における古典主義とアクチュアリティーの相克」（「現代小説は古典たり得るか」）という問題である。

むろん、この小説的・批評的自意識の閉塞の自覚から、二人は共に、歴史＝時間的・共同体＝空間的限定性によって、他者と共有されるリズムを自覚的に造形する戯曲・演劇活動へと向かったのであり、また、後には、その形式感を支える日本の「伝統」についての考察を深めていった。が、注意深く読むと、二人が「古典」を主題化するその最初の一歩から既に微妙なすれ違いがあったことも見えてくる。

たとえば、昭和二十七年十二月の『文藝』誌上でなされた、福田恆存・三島由紀夫・大岡昇平による対談「僕たちの実体」には、一瞬だが、両者に通底する問題意識と、そこから踏み出す一歩の違いを予感させる場面が登場する。

「三島　日本にはフランス流のクラシシズムがあると思うんです。それは古今集の世界だが、日本の近代的な文学者は古今集を認めず、新古今ばかり認めた。しかし新古今はデカダンスの文学です。（中略）そこへゆくと古今集はあらゆる意味で古典です。春とか花とか恋とか月とかそういう外面的なオブジェが完全に信じられていた。紀貫之が月という時には月は完全にあったわけです――（中略）」（大岡昇平も加わって一頁ほど議論が続く）

「福田　三島さんは、さっき古今集のことをいっていたけれど、なるほどそれはオブジェを外からとらえて動じない立派さがあるが、そのオブジェはあくまで静的なものなんだな。動的なものを外からとらえるとき、それで出来るかどうか、ずいぶんむずかしいですね。」

三島の「古今集」と「新古今」との比較論は、その後も何度か書かれた。[6] そして晩年には、自らの「古典」論を総括するように書かれた遺著『日本文学小史』の中に、その最も綿密な議論が現れることになる。なるほど、時に三島は「私は積木の瓦解が好きなのである。均衡と同じくらいに破壊が好きなのである」(「戯曲の誘惑」昭和三十年)と言い、「今の私は、二十六歳の私があれほど情熱を持った古典主義などという理念を、もう心の底から信じてはいない」(「私の遍歴時代」昭和三十八年)と語ることもあった。が、晩年の三島由紀夫が再び、近代小説にも似たデカダンスへと傾斜していく「家持」や「新古今」に比較しながら、あくまでデカダンスに抵抗しようとしていた「古今集」の構築性を、つまり紀貫之による「古典主義の文化意志」を論じていたという事実を無視するわけにはいかない。「春とか花とか恋とか月とか」いう言葉が、既に「春とか花とか恋とか月」という「外面的なオブジェ」を保証しえなくなった時代の芸術＝近代小説、そして、それへの抵抗において三島は、「古典主義の本質」を、また、その古典の「秩序」が依拠する「自然」への意志を明確に論じようとするのだ。

一方、福田は、昭和二十七年の時点で既に、その三島の「古典論」に対して「動的なものを外からとらえる」ことの困難を指摘していた。むろん、この対談において、その困難の核心は示されてはいない。しかし、文学座脱退と、それに続く劇団「雲」設立の経緯で、表面的に三島と決裂する一年前の昭和三十七年、福田は、「シェイクスピア悲劇の最高峰」であると同時に、それを前にしたときには「ギリシア悲劇の最高のものすら影が薄くなる」と言われる『リア王』の中にこそ三島由紀夫とは対極的な「秩序感覚」を、つまり「動的なもの」を内側から捉える文学を指摘することになるのだ。

では、三島が言う「古典主義」、あるいは福田が言う「秩序感覚」とはどのようなものだったのか。以下、その違いを、二人の文学論の中に描き出しておこう。

II—ii・三島由紀夫の「自然」—『日本文学小史』による

『日本文学小史』において三島は、まず文学における「美」の可能性を問う。美術を例にとればわかりやすいが、「視覚を本質とする古典主義」は、まず「目に見えるままのもの」「形」を信じることからしかはじまらない。が、時間芸術である文学は、その外部から明確な「形」を眺めることはできない。では、その外部に立つことができない「文学」にあって「美」を担保する要件とは何なのか。「庶民の魂」や「国民精神」などのようにイデア化された理念なのか。しかし、それでは具体的な「形」は犠牲にされてしまう。だから三島は、理念より手前にある「日本語の或る「すがた」の絶妙な美しさ」の直感的把握を言うのだ。文学史あるいは小説を書く人間は、「日本語のもっとも微妙な感覚を、読者と共有しているという信念なしには、一歩も踏み出せない」と言う三島は、そこから、その「微妙な感覚」を支配している「文化の形式意欲」を、つまり、日本語の「すがた」を支えている「古典」の「文化意志」の系譜を論じ始めるのである。

　ここで、『日本文学小史』の主題の全てを要約することはできない。が、その中心にある『古今和歌集』と、それに連なる系譜について言えば、まず注目されるべきは『万葉集』の構成論だろう。三島は、『万葉集』を、「集団と個の融一から、個の自覚と倦怠へと細まってゆく過程」のなかに理解する。宮廷詩人人麿が高らかに歌った「集団的感情としての詩」は、次第に辺境を守備する防人の詩《うた》にまで衰えながら、最後には「繊細なデカダン大伴家持の遠いあこがれをそそるもの」へと変貌していった。共同体の中での「集団と個の融一」（人麿・防人の歌）は、家持においては既に喪失されており、それは人工的な「濾過された文学的言語」によってしか蘇らすことのできないものとなっていた。そして、三島は、その家持において、「万葉集全般とはことなった、全く新しい文化意志」が見出されると言うのだ。つまり、人麿の「自然」を喪失した家持においてこそ、「新しい正統性を打ち樹てねばならない」という意志が、換言すれば「古典主義」への意志が見出されると言うのである。

　そして後に、この「古典主義の文化意志」は、日本初の漢詩集『懐風藻』における、「詩の知的方法論の重要性と、詩が厳密に知的作業であること」の自覚を媒介として、ついに『古今和歌集』の中に己の完成した姿を現すことになるだろう。三島は、「古今集」が成立する経緯と動機について次のように言う。

> 「それ（古今集の成立）は、復古にちがいないが、あくまで古典主義の確立であり、なまなましい危険な古代そのものの復活ではなかった。文化意志が自意識の果てに、ジャンルの限定を劃することを何よりも大切と考えたとき、このような日本最初の古典主義の文化意志は、「我」の無限定な拡大の代りに、「我」の限定と醇化という求心性の極致にいたるのである。」

　ここで言われているのは、自らの近代的・小説的自意識への批判にも通じる、「「我」の無限定な拡大」への抵抗である。共同体を離脱した「我」の意識は、「無限へ向けて飛翔しようとするバロック的衝動」へと駆り立てられる。その時初めて、「事物」を「事物の秩序の中に整然と配列」することによって、自意識の「無秩序」を抑える「自立的な言語秩序」が要請されるのだ。そして、その「秩序」を支えるものこそが、貫之による「全自然（歌の対象であると同時に主体—原文）に対する厳密な再点検」（傍点引用者）だった。

「古今集」は、その春歌を例に見ても明らかなように、「早春がたけなわの春へ、やがて逝く春へと、正に自然の季節の推移そのままに移ってゆく精妙なる編集」によって編まれている。だから、その「純粋に言語芸術の数学的厳密にもとづく「語の配列」」の中に「姿」を現す「花」とは、分析・特殊化・地域的限定などを禁じられた「極度にインパーソナルな花」であり、「「花」は正に「花」以外の何ものでもなく、従って「花」と呼ぶ以上にその概念内容」を問うても仕様のないものとして定着されるのである。そして、その時、「我の無限定な拡大」は鎮まり、「「花」の独創」は抑えられ、「言葉」がその「形」を持つことになる。それが「古今集」が集約的に実現している「みやび」であり、「詩的秩序による無秩序の領略」であり、「文治の勝利」という事態であった。

しかし、ここまで三島の論を追ってきたとき、一つの問いが浮上する。果たして「自然」とは「点検」されうるものなのだろうか。「点検」が可能である限りそれは対象であり、対象である限りそれは点検している当の自分を含まない部分でしかない。それなら、〈点検＝対象化〉された「自然」が、私を抱摂する「全自然」であることは不可能なのではないか。ただし、この矛盾は、三島由紀夫自身によって、すでに自覚されていたものでもあった。

「古今集では秩序と全体とは同義語だった。その全体に混沌は含まれていなかった。いや、はじめから混沌は「全体」から注意深く排除されていたのである。それにしても、全体を損ねるようなものを予め排除して提示される全体、という矛盾した概念以上に古典主義の本質をよく語るものがあろうか」

おそらく、ここに三島由紀夫の「自然」観の核心がある。三島は「自然」を、つまり、その四季の巡りによって言葉に「秩序」を与える「自然」の「全体」性を、あらかじめ「点検」され、整えられる対象として扱ってしまうのだ。しかし、その瞬間、「自然」を点検している貫之―三島の批評意識は、その点検された「全体」の外に、つまり「自然」の「秩序」の外へと放逐されざるをえないだろう。それが、「動的なものを外からとらえる」（福田）ことの困難にほかならない。そして、「自然」から疎外された「我」は、またしても孤独な自意識へと追いつめられてしまうのである。

実際、未完に終わった『日本文学小史』において、「古今集」を論じ終えた地点で、三島が次に用意していたのは『新古今和歌集』論であり、その「文化意志のもっとも爛熟した病める表現」（傍点引用者）としてのデカダンス論だったのである。

Ⅱ―ⅲ・福田恆存の「自然」―『リア王』解釈による

一方、『リア王』において「秩序感覚」を語ろうとする福田恆存もまた、三島の危機意識にも似て、まずシェイクスピア悲劇の「秩序の崩壊」を見つめることから議論を始めていた。福田によれば、「人間を分裂させる神々の意図が常に明確に捉えられていた」ギリシア悲劇に比べて、シェイクスピア悲劇には、物語の「帳尻がゼロになるような安定感」はない。ギリシア悲劇がいかに残酷であろうとも、そこでは最終的に「分裂を調和に導く神の能力」は信じられていた。が、シェイクスピア悲劇では、その「作品の裏側」で「理性が神々の世界と取引き」することはない。しかし、福田は、この「バロック的衝動」(三島)の頂点としてあるシェイクスピア悲劇の中に、それも特に「醜怪な不条理な様相」を呈している『リア王』のなかにこそ、真の〈自然＝秩序感覚〉を見出すのである。

その際、まず福田が注意を促すのはリアの底抜けの「愚かさ」だった。退位にあたり領土分配を決めた老王リアは、二人の姉の甘言に容易く騙され領土を与えてしまうが、最も孝心のある末娘コーディーリアには激怒し、忠心から諫言するケント伯をも追放してしまう。そして、二人の姉の裏切りに気がつくと、今度は気も狂わんばかりに荒野を駆け巡る。この「現代人の理性が納得しかねるほど「愚か」に過ぎる」リアは、しかし、単に相対的に「愚か」だったわけではない。リアの「巨大な悲劇的人物としての力」は、単に常識が足りないといった程度の「愚かさ」には収まりがつかないのだ。それゆえ福田は、このリアの巨大すぎる「愚かさ」を示すためにこそ、シェイクスピアは、娘に裏切られたリアの主筋に対して、息子に裏切られたグロスターの副筋を用意し、なお、リアの「愚かさ」を笑う道化を登場させなければならなかったのだと言う。

庶子エドマンドに騙されて嫡子エドガーを勘当し、その後、眼をえぐり取られて城を逐われてしまうというグロスターの副筋は、そのまま子供達に裏切られて荒野に彷徨《さまよ》うリアの「愚かさ」を映す鏡のようである。が、その鏡は単にリアの「愚かさ」を説明しているだけではない。裏切りの苦しみが「一個の人間の耐え切れぬもの」であることを示すように、グロスターは「吾々の前で一度自殺してみせる」が、それは同時に、裏切られてなお狂気の中に生き延びるリアの苦しみが、「死の苦しみを超えたものである事を、死なねば狂気しかありえぬ事を」逆証している。と同時に、リアの「愚かさ」は道化の「笑い」をも突き抜けていく。劇中現れる道化(局外者)は、観客の常識的な心理を担ってリアの「愚かさ」を相対化しようと「笑い」を用意する。が、次第に「道化の笑いによって、みずからを笑い、更にその笑いを超えた者として吾々の前に現れる」リアは、その「笑い」によっては相対化しえない「愚かさ」を、つまり如何ようにもしがたい「狂気」を担い始めるのだ。

　そして、その時見えてくるのが、リアの「完全な孤独」であり、その「孤独」が見い出す「どこまで行っても境界線の見出せぬ宇宙という概念」だった。この果てしなく、また実体のない『リア王』の世界を述べて、福田は次のように言う。

　「シェイクスピアが虚飾に蔽われた世界の核心に入込み、それを裏側から眺めた時、彼の目には世界は分裂したものとしてしか映じなかった。しかも、その分裂は余りに大き過ぎ、作意として取込む程に意識されなかった。それ故にこそ『リア王』における世界分裂は迫真的な実在感をもち、その巨大な裂け目が不気味な姿を曝しているのである。ここまで来れば、道化の存在も単なる作劇術の問題ではなくなる。世界を裏側から眺めた作者の目には、悲劇という如き、およそ実体的なものはすべて影を薄め、それは笑劇と重なって見えて来るのだ。意味は無意味と混在し、意味が無意味となり、無意味がそのまま意味になる。あらゆる価値と実体は消滅し、存在するのは形式だけ、という事は詰まり形式を失った世界の醜怪さだけである。」

　グロスターの自殺によって「その死を超えた者として現れ」、道化の笑いを笑うことによって「その笑いを超えた者として吾々の前に現れ」るリアには、「裂け目が裂け目と見えず、裂け目でないものが裂け目と見え」てしまう。リアの「「愚かな親」から「狂気の人」への、あるいは笑われるものから笑えぬ者への転化」の中に、まさに「悲劇」と「笑劇」との、あるいは「意味」と「無意味」との区別自体が廃棄され、後には、ただ「自然」を失った「物理的な世界」だけが不気味にとり残される。もし、この世界の中で「吾々が心を通わせる手掛り」（世界を象った言葉・循環する四季・親子／男女の別）のことを比喩として「自然」と呼ぶなら、「今や、リアの目には親子の愛憎を始め、すべての人間の「自然」が姿を消してしまったばかりではなく、地上の大自然そのものも全く存在しなくなってしまったのである」。

　しかし、その時、これまで「境界線の見出せぬ宇宙」の中で狂気するリアに視線を向けていた福田は、一転して、その『リア王』そのものの「秩序感覚」について述べ始めるのだ。

　「荒野を駆け巡るリアに見えていたものは、雷と稲妻であり、風と雨であり、無限に拡がる闇とその彼方の蒼穹と星とである。リアが立っていた所はブリテンの荒野ではなく地球の一端であった。リアはそこにデミ・ウルゴスのように立ちはだかり、一切を創世紀から始めようとしているかのようだ。狂気はリアをそこに駆りやり、リアはそこで狂気するが、『リア王』そのものは、すべてが崩壊し去って後、始めて吾々のうちに芽生えて来る、あるいはその時になって始めから吾々のうちにあったと気附く、そういう秩序感覚、即ち宇宙感覚に吾々を導いてくれる。」（傍点原文）

ここに、三島由紀夫とは対極的な「秩序感覚」、あるいは福田恆存の「自然」観の核心がある。リアその人において、世界は分裂し、ただ「巨大な裂け目」が不気味に拡がり、その「裂け目」が不気味な姿」を曝していた。が、世界の「醜怪な不条理な様相」がいかに耐え難く見えても、しかし、それを不気味に耐え難く見せているものとは何なのか。あるいは、リアの「狂気」に直面し、その不条理に呆然としながら、なお、それを「狂気」や「不条理」として味わうことを可能にしているものとは何なのか。それこそが、福田の言う「秩序感覚」だった。つまり、リアの「狂気」を享受し、それをそれとして味わっているという事実の中にこそ吾々の「秩序感覚」が逆証され、リアの「狂気」を伝える『リア王』そのものの〝正気〟が示されるということである。人は「狂気」の中で「狂気」を味わうことはできない。「狂気」は〝正気〟の中でのみ「狂気」となり得る。

したがって、福田において、この「秩序感覚」が対象化され「点検」（三島）されることはなかった。逆に、それは対象化する意識が挫折する場所で、それでもなお生きられ、われわれの内に暗黙的に示されるものとしてあった。全体（秩序感覚）が部分（意識）より大きいのなら、部分（意識）は全体（秩序感覚）を対象化（表象）できない。だから、『リア王』という作品がもたらす「秩序感覚」は、リアの「狂気」に直面し、なお「すべてが崩壊し去って後、始めて吾々のうちに生えて来る、あるいはその時になって始めから吾々のうちにあったと気附」（傍点引用者）かれるものとしてのみ現れる。福田は「動的なもの」を外からとらえない。その手応えはただ、常に「動的なもの」（自然・秩序感覚）のうちに味わわれ、享受され、生きられ、確かめられるだけである。

Ⅲ・終わりに―福田恆存〈諦め〉と三島由紀夫の〈無理〉

福田は、『人間・この劇的なるもの』（昭和三十一年）の中で、人間の「典型的な、そして完璧な行為」が「真に必然であるためには、その事前において、すべてを偶然にまかせなければいけない」と書いていた。『リア王』についての評言を借りれば、意識がくずおれ、世界の「不条理」（偶然）が立ち現れるとき、にもかかわらずそれをそれとして味わい得ているという事実性の中にこそ、私たちのうちにある「秩序感覚」は逆証され、その存在の手応えが甦るということである。「計量を事とする用心ぶかい」意識を放下し、反省することをやめ、全体を「点検」（三島）することを諦めたとき、それでもなお自己崩壊を食い止め、己の信頼を支えているものが浮かび上がる。それが福田の言う〈全体＝自然〉だった。

むろん、この「全体」の調整を諦めることで逆に「意識」の背後に芽生えてくる福田の「秩序感覚」（信頼感）は、あくまで「全体」を眼前に見定めようとして「意識」を諦めきれない三島の「古典主義」とは違う。が、三島由紀夫が、その「意識」の不可能性を知らなかったわけではない。繰り返せば、三島自身は「全体を損ねるようなものを予め排除して提示される全体、という矛盾」（『日本文学小史』）を自覚していたのだ。そして、もし、それが無理だと知りながら諦めきれないということ、あるいは、その先にある虚無を知りながらデカダンの魅惑に抗せないということ、そのどうしようもなさこそが人間の「愚かさ」の実体であるなら、その「愚かさ」を描いたシェイクスピアを嫌う三島由紀夫自身は、何も知らなかった英雄オイディプス（ギリシア悲劇）よりは意識家ハムレットに、あるいは、自らを笑うことがないフェードル（ラシーヌ）よりは、道化の笑いをも笑ってみせるリアの方にこそ似ていたというべきではないのか。どうしても明晰な意識を抜け出せないということそれ自体の盲目性、そのやりきれなさ、その理屈を超えたどうしようもなさを誰より真剣に生きた人間、それが三島由紀夫ではなかったのか。

　後年、福田は三島の死を回想しながら、次のように書いた。

　「自衛隊員を前にして自分の所信を披瀝しても、つひに誰一人立とうとする者もゐなかつた、もちろん、それも彼の予想のうちに入つてゐた、といふより、彼の予定どほりと言ふべきであらう、あとは死ぬことだけだ、さうなつたときの三島の心中を思ふと、今でも目に涙を禁じえない。が、さうかといつて、彼の死を「憂國」と結びつける考へ方は、私は採らない。（中略）おそらく、彼は自分の営為を「失敗」と意識して死んでいつたに違ひない。エリオットが「オセロー」について言つてゐるやうに、その死は自分の「失敗」を美化するための「自己劇化」だつたと言へよう。」（「覚書六」『福田恆存全集』第六巻、文藝春秋、昭和六十三年一月

　福田は、三島の死を「憂國」には結び付けない。しかし、ではなぜ福田は、三島を思い「今でも目に涙を禁じえない」のか。それはおそらく、三島自身が「自分の営為を「失敗」と意識して死んでいつたに違ひない」からである。そして、この「失敗」という言葉は、まさに不可能と知りながら諦めきれなかった三島由紀夫の「古典主義」の〝無理〟とも響きあっていた。福田は、三島由紀夫自身が自覚していた自分のどうしようもなさと、その孤独な「心中」を思って「涙を禁じえな」かったのではないか。

　三島の「失敗」とその「自己劇化」を、しかし、それ自体いかようにもしがたかった「失敗」として悼むこと。そのいかようにもし難く、動かしようもない事実性のことを「宿命」と呼ぶのなら、福田の言葉に接して後、ようやく私は、作家・三島由紀夫という「宿命」を愛惜する作法を知ること

ができたような気がする。

（文芸評論家）

注1　福田恆存の三島由紀夫評は、『仮面の告白』刊行直後に「豊穣なる不毛―三島由紀夫」として昭和二十四年十一月に発表されているとのことだが（「年譜」『福田恆存評論集』別巻、麗澤大学出版）、初出誌が不明であり、筆者はそれを参照できていない。が、福田の『仮面の告白』評は、現在普及している『仮面の告白』（新潮文庫）の「解説」（昭和二十五年四月四執筆、六月刊行）でも読むことができ、また、その冒頭が「豊穣なる不毛―そんな感じがする」と書き出されていることを鑑みれば、福田の「時評」と「解説」との間に、大きな違いはなかったと考えられる。

2　「対談の想い出―福田恆存」『浪漫人　三島由紀夫』昭和四十八年四月初出、『福田恆存対談・座談集』第一巻（玉川大学出版部、平成二十三年四月）所収

3　詳しくは福田恆存・三島由紀夫の対談「歌舞伎滅亡論是非」（『中央公論』昭和三十九年七月）、及び、それを論じた遠藤浩一『福田恆存と三島由紀夫―1945～1970』（上巻、平成二十二年四月、麗澤大学出版）所収の「彷徨する「三島歌舞伎」」を参照。

4　「戯曲を書きたがる小説書きのノート」（昭和二十九年九月執筆、『裸体と衣装』新潮文庫所収）を参照。

5　拙著『福田恆存　思想の〈かたち〉―イロニー・演技・言葉』（新曜社、平成二十三年十一月）の特に「序章」及び「終章」参照

6　何度か書かれた三島の「古今集」論の詳しい事情・内容については、松本徹「古今和歌集の絆―蓮田善明と三島由紀夫」（『日本文芸の形象』和泉書院、昭和六十二年五月所収）を参照。

※本論の引用は、基本的に文庫本に拠っている。文庫に所収されていないものだけ、初出誌、或いは『全集』にあたった。

特集　三島由紀夫と同時代作家

ひそやかな共同創作――「憂国」と武田泰淳――

木田隆文

はじめに

……たしかに二・二六事件の挫折によつて、何か偉大な神が死んだのだつた。当時十一歳の少年であつた私には、それはおぼろげに感じられただけだつたが、二十歳の多感な年齢に敗戦に際会したとき、私はその折の神の死の怖ろしい残酷な実感が、十一歳の少年時代に直感したものと、どこかで密接につながつてゐるらしいのを感じた。それがどうつながつてゐるのか、私には久しくわからなかつたが、「十日の菊」や「憂国」を私に書かせた衝動のうちに、その黒い影はちらりと姿を現はし、又、定かならぬ形のままに消えて行つた。／それを二・二六事件の陰画とすれば、少年時代から私のうちに育まれた陽画は、蹶起将校たちの英雄的形姿であつた。その純一無垢、その果敢、その若さ、その死、すべてが神話的英雄の原型に叶つてをり、彼らの挫折と死とが、かれらを言葉の真の意味におけるヒーローにしてゐた。[1]

＊

三島由紀夫の生涯を語るうえで、「憂国」（一九六一・一『小説中央公論』）は欠くべからざる意味をもった作品であろう。右の引用をはじめ、三島は二・二六事件が自己の原点にあることを繰り返し語り、その主題を最初に作品化した「憂国」には、「小品ながら、私のすべてがこめられてゐる」[2]と公言してはばからなかった。しかもその発言が一定の真実味をともなったものであったことは、三島が二・二六事件への関心を「十日の菊」（『文学界』一九六一・一二）、「英霊の声」（『文芸』一九六六・六）へと続く「二・二六事件三部作」へと発展させ、さらには主演映画「憂国」のセルフプロデュースや自衛隊への体験入隊、そして割腹による死と、「憂国」の作品世界に自ら没入するかのような行動へと走っていった[3]ことを見てもわかる。いわば「憂国」は三島の後半生を決定付けた作品だったということができよう。

しかしこの三島の原点ともいうべき「憂国」に対して、武田泰淳は次のような発言を残している。

> 三島さんとぼくは妙におなじことをやってきたんだね。ぼくの作品が彼のなかの起爆剤となったことがあるかもしれない。偶然かもしれないがね。二・二六事件を『貴族の階段』であつかったら、三島さんも書くでしょう。ぼくはさきに『生まれかわり物語』を書いてるけど、三島さんは『豊饒の海』で輪廻転生をあつかうでしょう。坊さんのことは、彼は『金閣寺』で書くしね……だから三島さんは「武田にやられてたまるか」って、やり出して来たところもあったようにおもう[4]。

武田は「憂国」をはじめとする「二・二六事件三部作」が、自身の小説「貴族の階段」(『中央公論』一九五九・一〜五)への応酬を意図して書かれたというのである。しかもこうした対抗意識が武田の一方的な思い込みではなく、両者の間で共有されていたことは、次の「対談・文学は空虚か」(『文藝』一九七〇・一一)の一節にもよく表れている。

> 三島　僕は武田さんというのは、仕事しておられてもおられなくても、あのへんに武田和尚がいて、何か考えていやがるなと思うと気味が悪いよな〔中略〕だけれども、それは、同時代に生きている文学者の中で、そういうことは稀な経験だよ。そんなにあるもんじゃないですよ。
> 〔中略〕
> 武田　〔…〕三島由紀夫が小説を書いてくれることと、書かなくなっちゃうこととは、おれには相当問題なんだな。つまり、三島文学が書かれているということで、またこっちも、それをやっつけるというのは僕の性分じゃないけれども……

互いの創作活動を常に意識し、それによって創作的欲求を喚起し続けた二人の関係を考えれば、武田がいう「貴族の階段」と「憂国」の影響関係は、単なる当て推量ではなく、何らかの実感に裏打ちされた発言だったと思われる。

そこで本稿は、以下に「貴族の階段」と「憂国」の比較考量を試みてゆくこととする。それは二つの作品の影響関係を測定するだけではなく、同時代の文学場において、二人の作家が互いをいかに相対化し、自身の創作活動に反映させていたのかを見出すことになると思われるからである。

一、「憂国」と「貴族の階段」の近似性

ところで「憂国」が「貴族の階段」を意識した作品であるとするならば、それは作品内容にいかに反映しているのであろうか。

三島は「憂国」の主題を以下のように述べている。

> 「十日の菊」を書く一年前に、私はすでに二・二六事件外伝ともいふべき「憂国」を書いて、事件から疎外されることによつて自刃の道を選ぶほかはなくなる青年将校

の側から描いてゐた。それは喜劇でも悲劇でもない、一篇の至福の物語であつた。

冒頭で見たように、三島は自らのヒロイズムの原点に「蹶起将校たちの英雄的形姿」があることを語っていた。だが右の引用箇所では「憂国」は事件に直接かかわった蹶起将校を描くものではなく、むしろ「事件から疎外」された青年将校を取り上げることで、事件の「外伝」を描く目論見があったことを述べている。

たしかに「憂国」の武山信二中尉は蹶起に加わることができず、叛乱軍側にいる仲間を討つ立場となった懊悩から「自刃の道を選」ぶ人物として描かれている。そしてその「事件から疎外され」た武山を描くことで、「憂国」は必然的に「二・二六事件外伝」となってもいるのである。だが「憂国」が二・二六事件を描くために選択した方法は、すでに先行する「貴族の階段」に認められるものであった。

「貴族の階段」は、二・二六事件を頂点とする昭和一〇年前後の政治状況を、西の丸秀彦貴族院議長の娘、氷見子がひそかに記録した「秘密メモ」によって紹介する体裁をとっている。二・二六事件に至る同時代の政治状況を、非公式な「秘密メモ」という形で表現し、しかもそれは政治とは無縁の一七歳の少女の記録としたことは、「憂国」と同じく二・二六事件の「外伝」を描いているといえるだろう。

また氷見子の兄・義人は、陸軍の青年将校であるが、彼も「憂国」の武山と同じく蹶起に参加することが叶わず割腹を遂げる。しかも義人の割腹の際には、彼と相思相愛の関係にあった陸軍大臣の娘・猛田節子が自刃を遂げており、「憂国」で麗子が武山に殉じたことと類似の設定を見ることすらできるのである。

「貴族の階段」単行化の際、三島は「幼年時代に経験した二・二六事件は、私の生涯にわたるヒロイズムの観念を規定したと云つていい。武田泰淳氏はこの事件を背景にして、昭和のロミオとジュリエットの物語を書いた」という批評を寄せた。⑤だがあくまで「貴族の階段」の主題は、氷見子の視点が描き出す昭和史の背景にあり、「ロミオとジュリエット」に擬される義人と節子の自刃は、それを彩る一つの挿話でしかない。そう考えたとき、三島があえてこの作品から蹶起将校に対する「ヒロイズム」を語り、「昭和のロミオとジュリエット」という評言を与えたことは、三島がこの作品を、青年将校・義人とその恋人節子の自刃に向かう物語としてとらえていたことを示すであろう。しかもそれは「憂国」の「疎外された」青年将校夫妻の自刃というモチーフが、「貴族の階段」の影響下に構想されたことをも想起させる。

むろん武山中尉夫妻の具体的な設定は、和田克徳『切腹』（一九四三・九、青葉書房）で紹介される青島健吉中尉夫妻の伝記に大きく拠っており、「貴族の階段」が典拠といえるほど直接的な影響を与えているわけではない。しかし三島が「貴族の階段」を義人と節子に焦点化して読んでいたということを重く見るならば、「憂国」の基本構想である二・二六事件を疎外された青年将校の立場から描き、その結末を一組の男女の殉死に収斂させるという結末は、「貴族の階段」を意識するなかで選び出されたとも思わせるのである。

二、疎外されたものの行方

しかし「憂国」は「貴族の階段」と近似した設定をとりつつも、青年将校の死に対する意味付けを、完全に反転させている。

「貴族の階段」の義人が蹶起に参加できなかったのは、氷見子によって眠り薬を盛られ、自らが兵を率いて向かうはずであった湯河原の首相襲撃に合流できなくなったためである。義人は蹶起に対する情熱を持ちながらも、襲撃対象である貴族院議長の子息であるがゆえに、つねに他の将校から猜疑のまなざしが向けられていた。その義人が蹶起に参加しなかったことは、他の青年将校にとって裏切りにほかならず、義人は「私情のために盟約をやぶった、裏切り者」「もっとも悪質なスパイ」という汚辱の中で自刃を遂げてゆくのである。いうなれば義人は、自身の思いとは裏腹に蹶起将校たちの連帯から放擲される存在なのである。

だがそれに対し、「憂国」の武山は、仲間たちと極めて強い紐帯で結ばれていたことがうかがえる。

「俺は知らなかつた。あいつ等は俺を誘はなかつた。おそらく俺が新婚の身だつたのを、いたはつたのだらう。加納も、本間も、山口もだ。」／麗子は良人の親友であり、たびたびこの家へも遊びに来た元気な青年将校の顔を思ひ浮べた。／「おそらく明日にも勅命が下るだらう。奴等は叛乱軍の汚名を着るだらう。俺は部下を指揮して奴らを討たねばならん。……俺にはできん。そんなことはできん。」

武山の独白に拠れば、彼が蹶起に参加できなかったのは「新婚の身」をおもんばかった仲間の配慮であった。これまでこの理由について、現実の蹶起将校には新婚、あるいは妻帯者が多く含まれていたために、三島の持つ「二・二六事件のことについてあまり詳しくないという、戦後派ゆえの瑕瑾」[6]を指摘する材料ともされてきた。だが疎外された理由が武山自身によって「新婚」だと説明されたことは、重きをおいてみる必要があると思われる。なぜなら、武山が蹶起に参加できなかった理由を、他の将校との唯一の差異である麗子との結婚に求めたということは、逆のその一点を除いては、自分が他の蹶起将校と同等の資格を持ち、依然として彼らと強い紐帯でつながっていることを再認識したことを示しているからである。いいかえれば武山は、麗子との結婚を解消しさえすれば、青年将校たちとの紐帯を取り戻せることに気付いていたのだともいえよう。

あらためて考えると、武山が麗子とともに殉死したのはあくまで結果論である。武山が死を決意したとき、彼は麗子に殉死を求めてはおらず、辛うじて死の見届け役を任せたに過ぎない。麗子は「並の心中のように、妻を先に殺す」ことをしない「良人のこの信頼の大きさに胸を搏たれ」、殉死へと向かうのだが、武山に対する麗子の信頼はあくまで彼女の心中描写でしか表現されておらず、麗子の信頼は武山の本心を表したわけではないのである。武山は麗子が殉じようとなかろうと、いずれにせよ仲間のもとへ行くつもりであったのである。

そしてそのように考えるならば、武山の自刃は「壱」で客観的に説明された「親友が叛乱軍に加入せることに対し懊悩」したことでも「皇軍相撃の事態必至となりたる情勢に痛憤」したものでもなかったことになる。武山は遺書に「皇軍万歳」とだけ記し、軍隊という男たちの社会への「至誠」のみを示した。そのことに端的に表われているように、武山の自刃は、失われた蹶起将校たちとの紐帯をふたたび回復するための行為だったようにも見える。いいかえれば武山の自刃は、麗子との結婚を解消し、蹶起将校たちとのホモソーシャルな関係性を取り戻すための行為だったとも思われるのである。

三島は、「憂国」について「ここに描かれた愛と死の光景、エロスと大義との完全な融合と相乗作用は、私がこの人生に期待する唯一の至福である」と語っている。[7] この「エロス」が夫妻の濃やかな性愛描写を指すのであれば、「大義」はその果ての自刃を指すだろう。だがやうがった見方をするならば、武山の自刃はいわゆる国家・君主に報いる「大義」とは直接的に結びつかない行為であったようにも思える。佐藤秀明は「『憂国』では、ヘテロセクシュアルな愛が成立するのを、作品の表象の叙述とは異なり、作者はどこかで回避しようとしていた」ことを指摘している。[8] この見解を参照するならば、血肉にまみれた武山の自刃は、死んでいった蹶起将校たちとのホモセクシュアルにも似た同化の欲望が表されたものだったともいえはしまいか。三島がこの作品で目指した「エロスと大義の完全な融合」は、実は青年将校たちの関係性のなかで表現されていたのかもしれない。

三、青年将校へのまなざし

ところで「憂国」の武山夫妻には、そのモデルである青島健吉夫妻が「乃木将軍夫妻の自刃を髣髴せしめるものがある」(前掲『切腹』)と語られるように、明らかに明治天皇崩御の際に殉死した乃木希典将軍夫妻の印象が投影されている。三島がその武山夫妻の自刃によって二・二六事件を描いたということは、青年将校たちの蹶起が、ゆるぎない大義の意図のもとになされたと理解していることになろう。「憂国」は武山の死を通して、奉勅命令違反の叛逆者とされた蹶起将校たちをの正当性を語り、彼らのゆるぎない「大義」への熱情を讃美してもいるのである。

しかし一方の「貴族の階段」は、乃木夫妻の殉死にやや冷淡な評価を下している。

乃木大将は、幼年時代、ひどい弱虫の泣虫だったそうだ。男の子が自分の弱さを恥じ、自分に不向きな、むずかしい仕事に立ちむかっていって、自分の欠陥を克服しようと心がけるのは、昔からよく有ることとだそうだ。ムリをすることに生き甲斐を感じるのだ。／しかし弱さを克服するなんて、ほんとにできることなのだろうか。「おれは克服したゾ」と、自分になっとくさせることが、できるだけではなかろうか（中略）乃木御夫妻の「美しい死」が、自分たちは弱くないゾと証明するための、無意味な行為だったとは、私だって考えたくない。

この引用は、氷見子が義人の本質的な弱さに思いを巡らせる場面で語られている。その意味で義人も武山と同じく、乃木のイメージが重ねられていたのだといえる。しかしこの引用部の直後、氷見子は乃木の人生が西南戦争で軍旗を奪われたコンプレックスを自己否定するための行為だったことに思い至り、蹶起将校らの行動も「男と申すものは、こうやって生き、こうやって死ぬと言う」「固定観念」に縛られたものでしかないことに気付いてゆく。武田は三島と同じく青年将校に乃木の印象を持つ青年将校を描きながら、蹶起への情熱とその果ての自刃については「無意味」さを見ているのである。

また武田の二・二六事件に対する批判的なまなざしは、義人の自刃の描写からもうかがえる。義人の死は氷見子が「下手だった」と評するように、「山林の中で割腹しているのを発見され、病院にかつぎこまれてから、二十時間も死にきれず、拳銃で咽喉を、射ちくだいて」いたとされる。蹶起に参加できなかった責任を雪ごうとした義人は、大義の志を表す最後の拠り所となるはずの割腹にすら失敗させられている。ここからは武田が割腹を「固定観念」による「無意味」な行動と評価していたことがうかがえ、同時に青年将校たちの行動にも「無意味」さを感じとっていたと思われるのである。

なお余談ながら、この義人の最後の描写は立野信之「叛乱」（『小説公園』一九五二・一〜一二）などにみられる河野壽大尉の自刃の様子が参考にされている。河野壽大尉はのちに三島と親交を持つ河野司の弟であり、三島は河野司編纂による『二・二六事件』（一九五七・五　日本週報社）にも目を通している。その点で三島は河野壽に対する一定の尊敬を持っていたと思われるのだが、「憂国」の自刃の場に河野の死にざまを摂取することはなかった。それは河野壽の自刃が「山林の中に入り（中略）果物ナイフで下腹部を一文字に割き切り、頸動脈を突いてのめつてい」ているところを発見され、病院で「永眠したのは、午前六時四十分――割腹してから十六時間後であった」（「叛乱」）ためであろう。映画版「憂国」が能の様式を採用したように、三島にとって蹶起将校の死はあくまで「英雄的姿型」といった様式美を体現するものでなければならなかったと思われる。したがってある種の潔さに欠ける河野の死は、「大義」としての自刃を描く「憂国」の世界からは除外されたのだろう。だが「貴族の階段」がその河野の自刃を援用したということは、武田にとって蹶起将校たちの死が決して三島の言う「英雄的」なものではなかったことを示している。しかも武田は義人の自刃を矮小化する一方、彼を追った節子の自刃は「美しく、立派だったことだろう。生前もそうであったように、取り乱すことなく、とりすましして可憐で、ほれぼれするほど色っぽく、しかも道義的であった」と表現している。青年将校の無様な自刃を描き、一方に女性の潔いそれを配したことからは、武田の蹶起将校に対する冷淡なまなざしをうかがうことができるのである。

「貴族の階段」の結末では、将校たちの処刑が決定したことと、彼らの裏をかいくぐって生き残った西の丸義彦に組閣の大命が降下したことが告げられる。それは二・二六蹶起将校たちの行為が、歴史において「無意味」であったことが描かれているに等しい。仮にそれを三島が読み取っていたとするならば、「憂国」が「大義」のもとに結ばれた蹶起将校たちの濃密な関係性を描いたのは、武田の二・二六事件の評価に対して反駁の意を示すためだったとも想起されるのである。

おわりに

敗戦後、武田は本格的に小説を書きはじめる。その第一作ともいうべき「才子佳人」に評を寄せたのは三島その人であった。[9] そして武田もまた三島の『仮面の告白』が編集者の手に渡され、作品として世に送り出される瞬間を目撃した。三島と武田は、互いが小説家として歩み始める瞬間から関係を取り結んでいたのである。そしてもし三島の後半生を決定づけたと評される「憂国」の世界が、武田に対する対抗関係の中で生み出されていたとするならば、武田は三島の最期にまで影響を与えてしまったといえるのかもしれない。いわば三島と武田は互いの作品に応答することで、自己の創作的方向性を確立していったのである。

そしてこうした例は、「貴族の階段」と「憂国」の間だけに限ったものではない。たとえば武田は『群像』（一九六九・一二）誌上で行われた「創作合評」に参加した際、三島の戯曲「わが友ヒットラー」（『文学界』一九六八・一二）の史実に対する解釈を難詰している。三島はヒットラーによるレーム粛清を、ヒットラー、レーム、シュトラーサー、クルップの四人を登場させることで描き出したが、武田はそこにドイツ国軍のブロンベルグ将軍が加えられなかったことに不満の意を表した。そしてその発言が『群像』誌上に掲載される同時期に、武田はブロンベルグ将軍の動向を、彼の妻、エバ・グルンの語りによって描いた「国防相夫人」（一九六八・一二『文学界』）を発表した。しかもその巻末に、あえて「わが友ヒットラー」の「まねがしたくな」ったとの付記を添え、三島に対する明らかな対抗意識すら示したのである。

この武田の反応からは、同じ歴史的事項をあえて逆の立場から描こうとする挑発的な意図を読むことができよう。「憂国」「わが友ヒットラー」にみられるように、三島は歴史を男のまなざしで表現する。だが武田は「貴族の階段」「国防相夫人」のように歴史を女のまなざしで描くことで、男たちの作る歴史を突き崩し、相対化している。

三島と武田という質を異にする二人の作家は、一つの文学的素材を共有し、それを互いの立場で作品化していった。それは互いの文学的応酬であると同時に、同時代の文学場を舞台に、二人が暗黙のうちに交わしていた共同創作の試みだったかのようにも思えるのである。

（奈良大学）

註1　三島由紀夫「二・二六事件と私」（『英霊の声』一九六六・六、河出書房新社）

2　三島由紀夫「あとがき」（『三島由紀夫短篇全集』6　一九六五・八、講談社）

3　三島の行動と「憂国」の作品世界の関係は、田中美代子『鑑賞日本現代文学23　三島由紀夫』（一九八〇・一一、角川書店）などにも指摘がある。

4　武田泰淳「三島由紀夫のこと—一九七四年夏の談話」（『海』一九七七・一）

5　三島由紀夫「ブリリヤントな作品（武田泰淳著『貴族の階段』推薦文）」（一九五九・五、中央公論社）

6　松本健一「恋愛の政治学」（『国文学』一九八六・七）

7　三島由紀夫「解説」（『花ざかりの森・憂国』一九六八・九、新潮文庫）

8　佐藤秀明「肯定するエクリチュール—『憂国』論」（『三島由紀夫研究2　三島由紀夫と映画』二〇〇六・六、鼎書房　ただし引用は『三島由紀夫の文学』二〇〇九・五、試論社）

9　三島由紀夫「才子佳人」（『人間』一九四六・一〇）

特集　三島由紀夫と同時代作家

三島由紀夫と大岡昇平
——『聲』創刊前の「鉢の木会」時代を中心に——

花﨑育代

一

三島の自死（昭和四十五年十一月）のありようと大岡の国家的栄誉を断った芸術院会員辞退（昭和四十六年十一月）との、いわば昭和四十年代中葉の両者の行動の大きな差異ゆえであろうか。第二次戦後派、といったくくりのなかには併存する両者も、昨今では同列に語ることは少なくなっているとみてよい。

しかし三島由紀夫と大岡昇平といえば、かつて日本文学全集の類で複数人で一巻の場合には組み合わされていたし、二人巻なら当然といったおもむきさえあった。[1]当人同士も「犬猿問答」（昭26・6）など対談や鼎談「創作合評」（昭34・1他）等を行っていたし、なにより戦後文学の一大グループ「鉢の木会」の会員であった。親睦会だと大岡も述べている[2]この会、大岡加入の昭和二十四年よりあとに三島も参加することになるのだが、後に季刊誌『聲』を発刊した折の左記のような編集同人一同（大岡、三島の他に中村光夫、福田恆存、吉川逸治、吉田健一。鉢の木会員であった神西清はこの時点で没後）の発刊の辞にあるように、同一の理想をもつものではないが各人の文学の理想を求めることをともに是としていた。

> 私たちはいはゆる文学運動を目ざすものではない。同人に共通の画一的な文学理想や主義主張はない。理想は個人のものである。六人の同人には六つの理想がある。しかし、それぞれ異なつた理想にもかゝはらず、それを支へる個性と才能をたがひに信頼しあつてゐる。
>
> （『聲』創刊号、昭33・10）

しかし大岡はのちに親睦会の段階では仲良くやっていても互いの仕事である文学で接近しすぎた同人編集誌でやはり互いの差異が明確になり疎遠になる因をつくったという趣旨のことを述べている[3]。三島の自死への大岡の行動としての対応については平松達夫『三島由紀夫と大岡昇平』にも詳細に記されている[4]が、大岡はそれまで疎遠にはなっていたが、それでも遺体が運ばれた時に、文学者がほとんどいなかった三島の家を訪れたことを語って[5]いる。

これらをみれば、もちろん同時代の著名作家として同じように掲げられたというだけではない共通項がたくさん挙がってくる。三島由紀夫と大岡昇平とのかかわりについては『三島由紀夫事典』にも記している[6]ので、そのあたりの詳細をここで追うことはしない。またさまざまな場面で同行したといった類の話を列挙しても、三島と大岡の、文学におけるなにがしかを提示したことにはあまりならないであろう。本稿では、大岡の戦後出発期の代表作と言える『俘虜記』『武蔵野夫人』『野火』を視座としながら、やや大岡の言に拠るが両者の関係が良好であったという『聲』創刊（昭和三十三年十月）前の戦後の時期における両者の、ほぼ同時期の作品をとり上げる。よって、大岡『花影』（昭33・8〜昭34・8、単行昭36・5）と三島「『花影』と『恋人たちの森』」（昭36・10）、および『花影』と三島「憂国」（昭36・1）との自死の語り方の問題なども指摘するにとどめる。またあらかじめ記しておけば、『武蔵野夫人』を考えるなかで、吉田健一がこれとの比較を新潮文庫の「解説」（昭27・3）で示している三島『愛の渇き』（昭25・6）の検討も、別稿を期したい。以下、三島大岡両者のいわば文学的内実に注視して考えながら、交流といったもの以上の、戦後文学の同時代的な言説という観点からも考察してみたい。

二

のちに連作『俘虜記』の冒頭の章「捉まるまで」となる大岡昇平の戦後の作家的出発を画した作品「俘虜記」（昭23・2）。三島は「新古典派」（昭26・7）で、その限定していく言葉の用い方、抑制的かつ禁欲的な姿勢をきわめて高く評価している。

> 大岡昇平の「俘虜記」の文体は、戦後の猥雑な文体の氾濫のあとに来た、めざましい効果であり、氾濫を見おろす悩める朝空を吹きわたる朝風のやうな効果を帯びた。彼の文体は独創性のあらゆるむなしさを語つてゐた。戦後の小説の文体がはじめて文体それ自身の力で何事かを語つたのである。ところで文体の諸要素は言葉であり、言葉は注意深く独創性を排除している。事物を正確に見、感じるとは、言葉のギャンブルをやることではなく、言葉の排列を正し、一語一語の意味内容とニュアンスとを限定することである。〔中略〕ものを見ようとするとき、小説家は、猫が鞠にとびかからうとして身構へするやうに、自分の目を、すなはち自分の言葉を調節する。このたえざるスポーツのために言葉の機能はいちじるしく禁欲的になる。また言葉が普遍性をもつ唯一の道はその意味内容が明確に限定されつつ普遍性をもつことである。

短文ではあるがこの「新古典派」は、大岡の他にも「鉢の木会」メンバーたる中村光夫、福田恆存をも「古典主義者に近い立場」であり、その「孤独の意識が徹底してゐる」ところから高評価を与えており、三島の少なくとも当時の文学的スタンスを考えるのに看過しえない一篇である。ここに引用しない部分では、本稿冒頭に引いた『聲』創刊号の編集同人一同の発刊の辞と同様の一節もある。大岡も交遊録でややくだけた調子で「「鉢の木会」の連中はみんな孤独である。徒党を組むなんて、殊勝な志を持った者は一人もいない。」(「蜂の巣会―わが師わが友」、昭28・10)と述べていたが、この「新古典派」での三島も「思想による連帯を信じない」が「われわれの考へは似るべくして似る」といった、互いの特性を尊重しつつその文学理念に共通するものを見ていくという文言を記している。そうした一文のなかで三島が具体的には記さないものの評価する大岡の文章は、たとえば次のような一節であろう。「私」が山中ひとりで自死をも考えていた折、一方的に見出した米兵を射たなかった心理についての、有名な考察部分の一部である。改稿の多い大岡であり、一方三島がどの本に拠っているかは不明であるが、ここでは当該文章より前に出版され、かつ最初の収録単行本である昭和二十三年十二月発行の『俘虜記』(創元社)より引用しておく。

　米兵は私の前で約十間歩いた。恐らく一分を越えない時間である。その間私が何を感じ何を考へたかを想起するのは、必ずしも容易ではないが、有限な問題である。／この間私の想ひは「千々に乱れた」といふことは出来ない。私はずつとこの米兵を見てゐたのであり、その間私の想念は彼の映像によつて規制されてゐた。(傍点原文)

「私」の思念を記述するにあたってそれを映像的「規制」に基づいた限定されたなかで「有限な問題」として省察していく姿勢は、三島があるべき小説家の姿勢とした「禁欲的」な姿である。あるいは三島が同じ「新古典派」で「俘虜記」言及のなかで抽象的に述べた「既成概念の組合わせの妥当さを疑ふ」ことによる「普遍性」とは、次のような思念をさすというべきであろう。

　人類愛から発して射たないと決意したことを私は信じない。しかし私がこの若い米兵を見て、私の個人的理由によつて彼を愛したために、射ちたくないと感じたことはこれを信じる。(傍点原文)

「俘虜記」の「文体」について、大岡は日記に次のように記していた。

　『俘虜記』の文体がうまく行ったとすれば、あらゆる先入見が役に立たなかったからである。
(「疎開日記」昭和二十一年十二月二十五日の項、昭28・9)

大岡の「俘虜記」が、「既成概念」に拠らず自ら「見て」限定的に言葉を構築していったことに対しての共感が、三島の「新古典派」には強く表出している。

三

大岡昇平『武蔵野夫人』（昭25・1〜9、8は休）と三島由紀夫「翼―ゴーティエ風の物語―」（昭26・5）、「ラディゲの死」（昭28・10）をみておこう。もちろん長編と短編とには、その構想時点からの作法の差異など、簡単に同列に論じられない点もある。そのことを承知の上で、であるが、考えてみたい。

『武蔵野夫人』と「翼」とについては、共通項は、まずは表層的な点から示せば、よく似ているいとこ同士の恋愛と女性の側の死ということがある。すなわち『武蔵野夫人』における道子とその父の弟の息子である従弟の勉との関係と、自死であるが道子の死である。一方の「翼」では「杉男は葉子の伯父の息子である。すなはち従兄である。」と記されている関係にあり葉子にとって杉男は「恋人と兄とを生れながらに兼ねそなへ」た人物であった。葉子は昭和二十年三月の空襲で死ぬ。

双方の作品においてこれらいとこ同士はきわめてよく似ていた。

父系の顔を享けた二人は、事実姉弟といっていいほどよく似ていた。ヴェランダで向い合って、二人は互いに相手の顔に性を替えた自分の顔を見るような気がした。その二人が互いに相手に感歎し合う意味は、殆んど自分に感歎することに近い。

（『武蔵野夫人』「第四章　恋が窪」）

大岡の最後の一文はある種のエゴイズムをも示しているのだが、重要なのは、のちに二人の距離が微妙になった時の勉の道子に対することば「「自分しか愛していないのです」」（「第十一章　カメラの真実」）をも思わせ、成就しない恋の行く末を暗示している点である。この勉が「自分しか愛していないのです」と道子に言う場面は、道子が「道徳より上のもの」として「誓い」があり、これを守れば「世間の掟の方で改って、あたし達自分を責めないで一緒になる時が来る」と言い勉が「絶望」しつつ「誓います」という場面の前におかれている。

何に向っての誓いであろう。道子は間違っていた。誓いは神の前でしかするべきではない。（第十一章）

現在の判断や行動を保留するものとして「誓い」への批判的なことばが語り手によって記されている。相似、誓い、成就しない恋愛。みてのとおり長編においては相似への感歎のこの皮肉な側面が意味をもってくるのは、全十四章中、大きく章を隔てての後半である。しかもそれは小説において逆照射的にその皮肉に注視した場合に読み得る程度のものではある。このわずかな表徴は、長編小説作法としては、簡単に見通しをつけさせないという点において定石であるといえるが、しかしこの小説においては重要な伏線である。

一方の三島作品。

　二人はいろんな点がよく似てゐたので、本当の兄妹とまちがへられることがたびたびあつた。相似といふものは一種甘美なものだ。　（「翼」）

この二人は戦時下の学生という社会的にはいわば無力な存在ではあるが、彼等もまた、誓い合う。

　従兄妹同士は愛を誓ひ、未来を誓つた。正直のところ、かれらは誓つてばかりゐたのである。この不安な世界と時間のひろがりを、二人の無垢な誓ひの言葉で埋めてしまへば、煉瓦を一つ一つ漆喰で固めるやうに、いつか住むにたのしい堅固な家が築かれるやうな気がしたのである。二人はほかに力とてなかつたので、あらゆる不安にむかつて言葉を投げつけた。滅ぼされてゆく蛮人たちが呪文を投げつけるやうに、この甲斐ない誓ひの呪力を信じようとしたのである。　（「翼」）

「誓つてばかり」の二人の恋は成就せず、葉子は死んでしまう。「お互ひに相手の上にだけ翼の存在を信じてゐる二人」、その生き残りの杉男は、勤め人になったある朝、自身の翼の存在に気付く。「翼は地上を歩くのには適してゐない」。

　とはいへ外套を脱いでも肩に沈殿してゐる凝りは癒やされない。／事実、怒れる不可視の翼は彼の肩に、鷹のやうに止つて彼の横顔を荘厳にみつめてゐる。

三島は、恋人に死なれた杉男に存在し続ける「翼」を、見えないが「怒れる」ものとして描いた。それは会社員として社会に生きる杉男の「出世の無言の妨げ」だという。

大岡の『武蔵野夫人』の末尾で、勉は道子の死を知らない。作品は勉のもとに妻を迎えに来た、道子のもう一人の従兄である大野を登場させつつ次のように結ばれている。

　人の心は不思議なものである。いくら表面はつくろっても、大野の心は不貞の妻を黙って受け取る場面に緊張していたし、勉と道子の恋の性質を知る想像力を彼は持っていなかったが、この時勉に道子の死を知らせることが、勉を一種の怪物にしてしまうということだけは感じたのである。彼の心は怖れていた。

（『武蔵野夫人』「第十四章　心」）

勉は「社会」「これを押し破るには、姦通なぞをもってすべきではないと感じ」る。そして前述のように勉は道子の自死を知らされないまま作品の幕は閉じられる。作品のこうした終幕は、勉に道子との「誓い」を守らせ「社会」に参与させようとする書き手によるやや強引な終わり方である。しかし、道子の死を知ったら勉はどうなるのか、ということは示されている。大野の「怖れ」に仮託して作品は、知らされたら勉は「一種の怪物」になってしまうだろうと語り終わるのである。「社会」に参与していこうとするような勉についての「怪物」化の予測は、勉の「社会」化の方向が壊滅的になされ得ない可能性を、あるいは「怒り」というべきなにがしかを感知させよう。

「翼」の杉男も、「怒れる不可視の翼」を肩に置き続けるのである。

いとこ同士の相似、誓い、成就しない恋愛と残された男の「怖れ」るべき「怒」りのようなにがしか。ふたつの恋愛小説は長編短編の別はあれ、そうしたかたづかない感情や思念をあらわしている。

『武蔵野夫人』と「ラディゲの死」。いまこの両作をともにみていこうというのは、単にエピグラフがラディゲであるといった単純な話からではない。エピグラフはすなわち『武蔵野夫人』が「ドルジェル伯爵夫人のような心の動きは時代おくれであろうか／ラディゲ」であり、「ラディゲの死」が「これは、真らしいいつはりの自伝である。／――レイモン・ラディゲ」である。しかしここではもう少し作品内部に入ってみていくこととしよう。

三島の「ラディゲの死」は、ラディゲの死までの共同生活を回想するジャン・コクトーを描く部分が大きな位置を占めている。

昨年の九月の末頃、田舎で『ドルヂェル伯の舞踏会』を完成したラディゲと一緒に、僕はパリへかへつてきた。秋が来た。あの秋から冬へかけての生活、十二月十二日の彼の死にいたるわづか二ヶ月のあの生活、

(「ラディゲの死」「三」)

ラディゲとコクトー。後述するが、『武蔵野夫人』にコクトーは無縁とは言えない。コクトーを間において三島と大岡を眺めてみよう。

三島本人は「ラディゲの死」について、初収単行本「あとがき」(『ラディゲの死』昭30・7)で、「私を威嚇してゐたラディゲは、やうやく、私の中で死んだ」と述べて、ラディゲ的なものへの訣別の作というのだが、まぎれもなくコクトーとラディゲに強く惹かれた者の作品であるといえる。

大岡の『武蔵野夫人』は、その年末十一月に発効なった姦通罪廃止の昭和二十二年を作品内現在に選びながら、姦通しない、いわば「時代おくれ」の女主人公をもっている。この小説には構想当初のノートが「疎開日記」として公開されているが、これにみるとおり、大岡はこの小説構想時において、姦通恋愛を標榜するスタンダール『恋愛論』とともに、ジャン・コクトーの、ニイチェの「永劫回帰」をもとに発想された映画脚本「悲恋」(原題「永劫回帰」)を翻訳していた。『武蔵野夫人』におけるコクトーとのかかわりや、姦通恋愛小説のパターンを確認しつつもそれを踏襲しなかったものとしての位置づけは既稿で行っているので(7)ここでは重複を避けるべく詳述はしないが、コクトーの「悲恋」は姦通物の祖と言える「トリスタン・イズー物語」の現代版である。大岡の翻訳はフランス映画輸出組合に勤務しての仕事ではあったが、自

身の研究対象でもあったスタンダール作品と共通項をもつ翻訳作品がコクトー「悲恋」であり、直後に「夫を愛し得ぬ女達」という「武蔵野夫人」の原型を考えているのである。大岡『武蔵野夫人』のコクトーはそのラディゲのように明示的ではない。しかし「悲恋」の要素がふまえられているのは、作品をみれば明らかである。主人公の道子と勉は結局、姦通に踏み出そうとして踏み出さず、その後二人の距離が微妙なものとなり、先述のように道子の自死で終わる、しかも勉はそれを知らない、という、およそ姦通恋愛の成就とはほど遠い展開をもつこの小説の、まさに分岐点ともいうべき嵐の狭山湖畔での二人の場面は、「悲恋」の、共に死に、永遠に共に横たわるであろうことを暗示するエンディングを明らかに引用している。

「悲恋」ラストシーンを大岡訳脚本で記しておく。

> …ナタリイ、パトリスと並んで横たわる。／ナタリイ　パトリス、パトリス、あたし来てよ。（息絶える）／（中略）／室内変貌する。山上の殿堂の内部。伏せられたボートの上に永遠に眠るパトリスとナタリイ。

一方、『武蔵野夫人』の狭山湖畔のホテルで一夜を明かす道子と勉は姦通にあゆみ入ることなく、並んで覚醒している。

> 二人は朝まで暗闇の中に並んで目醒めていた。
> （『武蔵野夫人』「第八章　狭山」）

『武蔵野夫人』は、こうして、まさにコクトーの『悲恋』が終わろうとしているところから、トリスタン・イズー～「悲恋」的な永劫回帰の円環を離れ、姦通しない姦通小説として記され始めたのである。

コクトー「悲恋」を三島は、高く評価していた。「敬愛するＪ・コクトオ氏よ」という呼びかけではじまり絶賛する「ジャン・コクトオへの手紙―「悲恋」について」（昭23・4・15）は、字幕としては使われなかったものの公表された大岡訳「悲恋」が掲載された『世界文学』と同じ刊行年月に発表されている。断片的に引用しておく。

> ……マドレエヌ・ソロオニュとジャン・マレエの顔の骨格がどこか似てゐること、恋人同志《ママ》の顔に相似があること、そんな偶然の一致にまで私はこの作品の美の秘密の一つを発見したやうに考へました。
>
> ……ニイチェ的詩想が強く感じられた一トこまとしては、山荘から連れ出されたナタリイを空しく呼ぶパトリスの絶叫の背景に、一度も山小屋を出すことなく、無限につらなる沈黙の山々、けはしい清麗な山脈の遠景だけを写し出した場面が挙げられます。あそこで山小屋を写さなかつたこと、あとの島の場面でナタリイの写真の表を見せなかつたこと、これが私のいふ古典的節度の一例であります。

主役を演じる二人の相似に、先に指摘したいとこ同士の相似を重ねて、あるいは発想の源泉かと考えてみるのも一興ではあるが、過剰さを排した「古典的節度」への賛辞こそ眼目と言えよう。それは先述の「俘虜記」を高評したと同様の、作品における禁欲的節度への意志であり共感である。

さらに三島は、大岡に右のような翻訳をなさしめ、『武蔵野夫人』に明らかな痕跡を残させた「悲恋」のラストシーンを、きわめて印象的なものとして記憶し、次のように記している。

「永劫回帰」のラストシーンの裏返された舟の上の二人の屍の背景が、物置小屋から次第にモニュメンタールな山上の神殿に移る部分は、完全な効果をあげてゐる。

（「ジャン・コクトオと映画」昭28・6）

「悲恋」のラストシーンの記憶は強く残ったのであった。これを記したわずか四か月後の「ラディゲの死」に次のような場面がある。『武蔵野夫人』を傍らにおいてみたとき、このコクトーとラディゲの場面は、「悲恋」末尾の変奏といえるかもしれない。コクトーの回想部分である。

……灯が消された。二人は眠らうと努力した。どちらもその努力を十分とつづけることができない。コクトオはそっと目をひらいた。窓の帷の合せ目から洩れ入つて来る瓦斯灯の光りが、かたはらのラディゲの横顔をおぼろげに泛ばせてゐる。彼が好んでデッサンにとつた若者の美しい横顔である。日頃、髪の毛から衣服から乱雑をきはめてはばかる気色もないラディゲも、自分の横顔のこの端麗な線だけは擾すことができない。／コクトオはラディゲの閉ざした睫がときどき軽く痙攣するのを見た。そのうちに、無感動に、その目がひらいた。目は闇の底で水のやうに光つてゐる。

（「四」）

ラディゲは早逝し『武蔵野夫人』道子は自死をもつ。三島は先の「ジャン・コクトオへの手紙」のなかで、「死」によって示される「人間悲劇の様式」、「生の畏怖すべき自己肯定の意志」を述べている。引用が続くことになるが引いておく。

生はその永遠を保障するために、宗教がなしたやうな現世否定・生の否定へは向ひ得ませんから、生から、死を以てしか完結しえない一個の純粋な様式を作り出して、それの繰り返しによつて生それ自身による完結を永遠に失はしめ、以て生そのものの様式の永遠を保たうとしたのです。ニイチェの「永劫回帰」とは、私のそんたくによれば、おそらくこのやうな生の畏怖すべき自己肯定の意志の発見に対して名付けられたものであつたのでせう。

この段階の三島が死によってこそ生の永遠が保障されるといったとき、概念的なあるいは生物全般の生の永遠に個々の死が必要だということを、作品内部の問題だけでなく、「死」に傾けて考えていたのかどうか。本文中には「まず生きてあれ」ということばが書きつけられているところからすれば、三島の自裁の逆照射から「死」に傾斜した解釈は慎むべき[8]であろう。コクトー「悲恋」を媒介として「翼」「ラディゲの死」をみたばあい、固有の「死」によって残されたものの「生」が重く響くということであろう。このものいいは凡庸な言い方ではあるが、それは道子が死に勉が残された『武蔵野夫人』の問題でもあるといえる。

四

『仮面の告白』（昭24・7）と『野火』（『文體』昭23・12、24・7、『展望』昭26・1〜8）。これも同時期に発表された、しかも両者にとっての、さらには戦後文学の代表作である。ここで人間関係に関しての部分を取り上げるのは、あまりに平凡かもしれない。しかし同年同月の日付をもって発表されたそれぞれの一節は、「仮面の」として語られた「私」の幼少期からの小説と戦場を舞台とした小説と、という差異を超えて関係をもてない人間を浮かび上がらせている。

『仮面の告白』「第四章」、戦後、「私」は「慰め」を求めて「古い友人の家の集まり」にでかける。「不可能が確定」した以後の「私」は「白い腿」を羞恥なく見続ける。

　しかし私はあの日以来、以前の私とは変つてゐた。私はいささかの羞恥もなく、――つまり生来的な羞恥がないといふことについての羞恥がいささかもなく――、じつと物質を見るやうにその白い腿を見詰めた。俄かに私に、凝視から来る収斂された苦しみが訪れた。苦しみはかう告げるのである。『お前は人間ではないのだ。お前は人交はりのならない身だ。お前は人間ならぬ何か奇妙に悲しい生物だ』

（『仮面の告白』昭24・7、河出書房）

『野火』は当初の掲載誌『文體』が昭和二十四年七月号で廃刊となったため、中断した。その昭和二十四年七月の号では、肺病で軍隊を離れ、ひとり彷徨中の「私」が、無辜の比島の女性を射殺してしまったところでおわっている。ここではやはり掲載誌『文體』第四号から引用しておく。

　私をこの状況に追ひ込んだ運命が誤つてゐるにせよ、私の心が誤つてゐるにせよ、事実において私が一個の兵《ママ》[9]兵にすぎないのを私は納得せねばならなかつた。私はあらゆる意味で人交りの出来ない体である。私はまた私の山に帰らねばならぬ。

（「鶏と塩と／「野火」の2」、『文體』第四号、昭24・7）

「私」は冒頭近くから「人交り」を希求し、またきわめて倫理性の高い人物として描かれていた。病院から放逐されていてもその周囲に「座せる」同胞に会う「必要」を痛感し病院のもとに向かったり、「医務室へ忍び込んで」食料を盗もうという僚友に、「よせよ」と言い、その言葉が「いかにもか弱い」と感じはしても「結局患者が困るぢやねえか、と私は附け加へたかつた」と思ったりしていたのである。それが、発見され「燐寸をくれ」ということばに悲鳴―「獣声」で応じられ、その戦闘員でもない無辜の女性に発砲してしまう。

しかも「人交り」不可能となった「私」に、「死」どころか「生存にとつて」「甚だ必要な」塩が齎され、苦しい生を歩むことになる。

「人交りの出来ない」、ということばで示された、希求して実現しえない人間関係という孤絶や悲哀というべきものを、三島大岡の両者は戦後の同時期に書きつけていたのである。

五

さいごに、『仮面の告白』と『武蔵野夫人』構想ノートとを考えてみたい。微細な部分についてではあるが、じっさいには三島と大岡とが、冒頭に述べたような行動としての距離感の一方で、やはり、ともに考えていくべき、あるいはそうしたいと思わせる思考様式を、共有していると考えるからである。

『仮面の告白』「第一章」に、「私」の基本姿勢のようなものが次のように書かれている。幼年時の「一つの象徴のやうな情景」として示された「夏祭の一団」との邂逅を綴った箇所である。それは、「新古典派」でも示されていた永遠と人間との問題を示す「人間と永遠とのきはめて卑俗な交会」「或る敬虔な乱倫によつてしか成就されない交会の悲しみ」を伝えるような「木遣の悲調」を伴っていた。

> 錫杖をもつた神官は狐の面をかぶつてゐた。この神秘な獣の金いろの目が、私をじつと魅するやうに見詰めてすぎると、いつか私は傍らの家人の裾につかまつて、目前の行列が私に与へる恐怖に近い歓びから、折あらば逃げ出さうと構へてゐる自分を感じた。

そしてその「恐怖に近い歓び」から機会を見てすきあらばと逃亡しようとする自身の姿勢を「人生」への態度として次のように規定していく。

> 私の人生に立向ふ態度はこのころからかうだつた。あまりに待たれたもの、あまりに事前の空想で修飾されすぎたものからは、とどのつまりは逃げ出すほかに手がないのだつた。

「『武蔵野夫人』ノート」（昭33・7）と題された具体的な構想ノート最末尾に、先に三島「翼」との関連でも述べた「誓い」についての一文が記されている。

> 誓いの敗北——あまり手軽に屈従された[10]運命には、人生の方で満足しない。（「昭和二十五年四月十七日」の項）

過剰でありすぎるもの、あるいは不足しすぎているもの——。「あまりに」それが極端なものがまず前提におかれ、それに対し、届かない、成就しないものが用意されてしまう。

もっとも、あらかじめ極端なものを前提とし、だからできない、というのは、それだけを取り出してしまえば、きわめて単純で未熟かつつまらない思考形式にみえる。問題はむろん、どのような事象を過剰なものと認定し、どのようなことが不可能にならざるを得ないとしていくのか、そしてそれをどういったスタンスで考えていくかである。それは個別具体的な作品の中にあらわれるものであり、やや大上段に振りかぶって言えば、いうまでもなく、文学作品の価値といったものはことばで構築されているその具体性の中にこそ存在すると言えるのであるから、いっそうの考究を進めていく必要がある。

〈あまりに～なので、～（でき）ない〉という、極度な過剰や不足を原因として、不可能が、そうせざるを得ないというかたちで決定されていく思考様式、あるいは創作様式。そうした思考様式や創作様式を三島と大岡はともに把持していたといえる。微細な部分からの指摘ではあるが、三島と大岡をならべてなにかを言おうとする場合には、じつはこうした思考様式から考察していくこともまた重要なのではないかと考えるのである。

（立命館大学文学部教授）

注1　列挙の煩を厭うべくひとつのみ挙げれば、たとえば「新文学の担ひ手」という見出しで「西欧文学の正統に立つ二人の新人は、すぐれた個性的文体と心理描写とによつて、新時代の文学の担ひ手となつた。」という函帯文をもつ『昭和文学全集　23　大岡昇平　三島由紀夫集』（昭28・10、角川書店）

2　「二十四年から毎月廻り持ちで、各人の家で晩飯を食う会を持っている。」（「蜂の巣会―わが師わが友」、昭28・10）

3　「それまで「鉢の木会」というのはただ酒を飲む会だったのが、これでちょっと文壇的になってきたわけだ。そしてそのために中がだんだん割れてきたという傾向もなきにしもあらずだった。」（埴谷雄高との対談、「「声《ママ》」の同人たち」―『二つの同時代史』、昭58・6）

4　『三島由紀夫と大岡昇平―一條の道』（平20・3、朝日新聞社）

5　「俺はあのとき、三島がまた平岡公威で誰も寄りつかなくなったとき、遺骸が三島家へ帰ったというので俺は行ったよ。」（埴谷との対談、「三島事件の頃」―『二つの同時代史』、昭58・10）

6　拙稿「大岡昇平」（松本徹・佐藤秀明・井上隆史編『三島由紀夫事典』平12・11、勉誠出版）

7　拙稿「〈永劫回帰〉を超えて―「武蔵野夫人」論―」（『昭和文学研究』24、平4・2。拙著、平15・10、双文社出版『大岡昇平研究』所収。）および拙稿L'amour et le mariage—Ôoka Shôhei, Stendhal et André le Chapelain, Traduction Patrick Honnoré et Sekiguchi Ryôko, 受容と創造性 RÉCEPTION ET CRÉATIVITÉ, Peter Lang, 2011, pp. 255-264.

8　三島の自死が、その死から逆照射してすべての作品を読むことを強いてしまうというアポリアを指摘したものとして夙に三好行雄「〈文〉のゆくえ―『金閣寺』再論」（『国文学』昭51・12。平5・5、筑摩書房『三好行雄著作集　第四巻』所収）がある。

9　『展望』稿以下「暴兵」

10　神奈川近代文学館所蔵『「武蔵野夫人」ノート』には「あっさり受け入れた」とある。創作ノートを改稿して公表していることについては別に検討の要もあるが、極度な不足、という趣意じたいに変更はないといえる。

附記　三島と大岡の言説のうち特記しないものは新潮社『決定版三島由紀夫全集』全四二巻補巻一別巻一（平12・11〜平18・4）、筑摩書房『大岡昇平全集』全二三巻別巻一（平6・10〜平15・8）に拠っている。括弧内に略記した年月日は初出発表時である。引用に際し、旧字は新字に改め、ルビは省略した。

なお本稿は、文部科学省科学研究費補助金採択課題「大岡昇平文学の基礎的および総合的研究―構想ノート・草稿類を含む―」（基盤研究（C）、研究課題番号：21520217、代表　花﨑育代）の課題研究の一部を含むものである。

ミシマ万華鏡

池野美穂

日本文学研究者のドナルド・キーン氏が、平成二十四年三月に日本国籍を取得し、大きな話題となった。氏は、かねてから日本に対する深い愛情を持っていたが、平成二十三年三月十一日の東日本大震災をきっかけに、日本国籍を取り、日本に永住することを決意したという。雅号を「鬼怒鳴門」とする、と公表したおり、三島由紀夫の研究者や、三島作品の愛読者は、おそらくキーン氏と三島がお互いにつけた当て字の雅号が書かれた書簡のやりとりを思い浮かべたのではないだろうか。昭和四十五年十一月二十六日の消印であるその書簡の書き出しには〈前略　小生たうとう名前どほり魅死魔幽鬼夫になりました〉とあり、キーン氏への礼の言葉と、「豊饒の海」の翻訳本を、四部作すべて刊行してもらいたい旨が綴られていて、何度読んでも胸に迫るものがある。

本誌十号「越境する三島由紀夫」で活字化したが、平成二十一年十一月に、山中湖文学の森三島由紀夫文学館の開館十周年を記念し、ドナルド・キーン氏、横尾忠則氏による講演、および質疑応答が行われた。その後に開かれた食事会の席で思いきってキーン氏、横尾氏に、著書へのサインをお願いしたのだが、その際キーン氏が「ドナルド・キーン」とカタカナでサインをしてくださったことに感動した。今の日本は、三島が愛した日本とはほど遠いものになっている。キーン氏の帰化は現代日本人への警鐘の意味も持つのではないか。

特集　三島由紀夫と同時代作家

民主主義の逆説——大江健三郎と三島由紀夫の戦後——

柴田勝二

1　大江文学と民主主義

大江健三郎は民主主義に逆行する作家であり、三島由紀夫は民主主義を擁護する作家であった、といったら奇矯に響くだろうか。

一般的には、大江は自他ともに認める戦後民主主義の担い手でありつづけ、一方三島は民主主義に代表される戦後日本の体制に強い苛立ちと憤懣を覚え、そこから天皇を核とする反時代的な言説を構築するに至ったという風に、対照的に眺められがちである。けれどもこの二人の作家の間には、表面的な異質さを乗り越えた親近性が流れている。それは結局、彼らがともに戦後日本のあり方に対する違和と批判意識をモチーフとする創作の営為をおこなってきたということである。その批判の眼差しのあり方が両者の間で隔たっているために、対照的にも映る作品世界がもたらされることになった。

大江健三郎の民主主義に対する信奉は、少年期から一貫して自身が取ってきた方向性であり、とりわけ評論・エッセイなどにおいては、少年期に出会った民主主義の思想が自己の出発点をなすことが繰り返し強調されてきた。周知のように、大江が終戦後、新制中学の一年生として入学した年に新しい憲法が施行され、大江らは「民主主義」と銘打たれた上下二冊の教科書を強い熱情をもって受け取っている。この一九四六年に刊行された教科書『民主主義』においては、「はしがき」に「すべての人間を個人として尊厳な価値を持つものとして取り扱おうとする心、それが民主主義の根本精神である」と明記され、それにつづく章では民主主義の本質や沿革が語られ、さらに選挙権や多数決といった民主主義の具体的な項目について述べられていっている。

そこで一貫して強調されているものは、「はしがき」に明記されているように、個人としての尊厳を実現するべく社会生活が営まれ、国家がそれを促進する組織として機能するという構造である。それはいいかえれば、社会における民主主義の実現に対して国民が一人一人責任を負うということでもあり、「民主主義は、「国民のための政治」であるが、何が、「国民のための政治」なのかを自分が判断できないようでは民主主義の国家とはいわれない。国民のひとりひとりが自分で考え、自分たちの意志で物事を決めて行く」ことが肝要であるとされる。

こうした理念は、「一身独立して一国独立す」と述べた明治初期の福沢諭吉の思想を想起させるが、福沢が「一国」の独立の条件として「一身」すなわち個人の精神的自律を求めたのに対して、教科書『民主主義』で強調されるのは、個人の集合体として、国家・社会が構築されることであり、比重はあくまでも個人の尊厳に置かれている。同じ年に出された法学者の恒藤恭の『新憲法と民主主義』（岩波書店、一九四六）に収められた講演「「基本的人権」について」でも、民主主義が「「個人の人権は何物にも易へ難い尊い価値をもつてゐる。人々がたがひに他者の人格の尊厳をみとめて、それを尊重しながら交渉し合ふということが社会の最も根本的な原則である」となす思想」であると定義されている。少年期の大江は、何よりもこうした個人の尊厳や人格という、戦争の時代ではもっともないがしろにされがちであったものを重んじる思想として民主主義を受け取ったはずである。たとえば講演の「憲法についての個人的な体験」（一九六四）では、教科書『民主主義』による授業で、「ぼくが強い関心をもったのは、やはり主権在民という言葉と、戦争放棄という言葉だったと思います」語られている。

こうした姿勢の下で大江のそれ以降の表現活動はつづけられ、民主主義に対する尊重自体も持続していく。二〇〇一年の講演集『鎖国してはならない』（講談社）の「前口上」でも「私は「戦後民主主義によって作られた日本人の小説家」として、外国人に向けて話す役割を積極的に引き受けてきたのです」と述べている。ここに収録された「ベルリン・レクチュア」にも「私自身、そのまさに戦後の民主主義にもたらされたものが、現在にいたっても自分の文学表現の、またそれを中核とする私の生き方全体の、本質をなしていることを認めます」と語られている。

大江文学の読み手は基本的にこうした作者自身の言説を祖述するかのように、民主主義の理念の具現化として個々の作品を捉えてきた。たとえば政治理念の地平において大江が否定しようとした三島由紀夫との間に認められる共通項の一つである〈天皇〉の表象について、松崎晴夫は「三島が民主主義への敵対という旗幟を鮮明にし、いわば民主主義を攻撃するさいの最初？の戦闘原理として〈天皇〉を掲げたのに対し、大江は民主主義によりそいぬいていく立場からの闘争目標として〈天皇〉と対峙している」と語っている。[1] あるいは黒古一夫は、大江が出自の地である四国の「谷間の村」を「ユートピア」化しようとしながら、それが容易に叶わない様相が

『懐かしい年への手紙』に現れているという観点から、「それもこれも、十歳の時に敗戦を迎え、〈戦後〉の民主主義教育によって自己形成し、大学時代はユマニスト（人間主義者）の渡辺一夫とサルトルから〈人間の自由〉の何たるかを学んだデモクラット（民主主義者・平等主義者）大江健三郎の、決して生き易いとは言えない〈現実〉に対する否定的な思考が大江に強く〈ユートピア〉を志向させた、とも言える」と述べている。[2]

見逃せないのは、大江がこうした論者の語るように、民主主義の理念を自己の思想的立脚点としているにもかかわらず、作品にはむしろそれに逆行する表現や言説が珍しくないことだ。とりわけ戦争に対する姿勢においては、大江の初期作品人物たちは戦争に対する憧れを口にすることが少なくない。たとえば『見るまえに跳べ』（一九五八）の主人公は「戦いたいよ、ぼくは平和にはあきあきしているんだ。戦争がおこってくれないかと思っているくらいだしね」とフランス人の特派員に語り、『遅れてきた青年』（一九五九）の主人公は、自分が遅く生まれてきたたために、戦争で英雄になる機会を逸したと考える。また『セヴンティーン』（一九六一）の主人公は、大江が主権在民にあからさまに対峙する存在と見なす天皇への信奉を支えとして、自己を生まれ変わらせようとするのである。青年を英雄たらしめうる場として戦争を捉える眼差しはエッセイにも顔を見せており、「戦後世代のイメージ」（一九五九）では「われわれにとって、いま英雄的であろうとすることはむつかしい。ところが、あの戦争のあいだ、若者たちはじつにたびたび、英雄的であることのできる機会、また逆に卑劣であることのできる機会にめぐまれていたのである」と述べられている。

2　閉じ、開かれる共同体

こうした表現を焦点化する限り、大江健三郎とは英雄であろうとする憧憬を抱きつづけ、それを叶える場としての戦争に参与する機会をもちえなかった悔恨を主人公に託して描く作家であるという、きわめて非民主主義的な表現者としての輪郭を結びかねない。天皇に関わる表象や言説については、三島のそれと対比する形で後半にあらためて言及することにするが、大江の小説作品における人物の造形や人間関係の様相を見ても、民主主義に逆行している場合が少なくないのである。

すなわち大江の作品では、出自の地をモデルとする四国の村を舞台として、閉鎖性を帯びた共同体が仮構されることが珍しくない。一九五八年の『不意の啞』はその端的な例である。ここでは終戦後谷間の村に入ってきた進駐軍の通訳を務める男の靴がなくなり、そのことで通訳が部落長である主人公の父親たちをなじっているうちに、彼が兵隊に銃殺されてしまう。そしてその報復として、村人たちは合意の上で通訳の男を川に沈めるのだった。表題の「不意の啞」とは、通訳に有無を言わせぬ無言の共同作業によって彼を殺す村人の姿を指しているが、民主主義が個人の意思表示を尊ぶ理念であるならば、言語による表出を封じた地点で暴力が与えられるこの作品の方向性は、民主主義とは逆の側を向いているといわざるをえない。

反面この「啞」という言葉に込められた言語の相対化は、一方では異質な人間同士の身体的な感覚による連帯・交歓を生み出す基底ともなる。『不意の啞』と同年に発表された芥川賞受賞作である『飼育』（一九五八）は、同じく四国の谷間の村を舞台とし、太平洋戦争の末期に村に墜落した戦闘機に乗っていた黒人兵が、捕虜として村で「飼育」されることで、食事を運ぶ係である主人公をはじめとする少年たちと黒人兵との間に、言葉を交わさない皮膚感覚的な交わりがもたらされる様相を軸として描いている。

少年たちが巨大な体躯をもった黒人兵の存在感に魅せられつつ、次第に彼との距離を縮めていく展開において、少年たちと黒人兵の関わりは微妙な二面性を呈している。つまり日本人である主人公たちと、外国人である黒人兵とが、「彼らはみんな鳥のように裸になり、黒人兵の服を剝ぎとると、泉の中に群らがって跳びこみ、水をはねかけあい叫びたてた」といった交わりをもつのは、異質な生活圏の人間同士の触れ合いを描出している点では、〈民主的〉な構図といえるが、同時にそれは人間が犬や鳥といった動物と、親密な関係をもつことになぞらえられる側面を帯びている。むしろ人間がしばしば動物との間に生じさせるような相互理解もこの場面にはなく、黒人兵はこの「堂どうとして英雄的で壮大な信じられないほど美しいセクス」をもって山羊との性交を試みたりするような、純粋に〈動物〉としての生命力を湛えた存在として括り取られている。少年たちと黒人兵が決して言葉を交わさないのは、その交わりの性質を示唆しているが、それは人間として同一の地平に生きているはずの黒人兵を非人間化する、〈非民主的〉な眼差しの産物としても見なされるのである。

こうした二面性に、大江的な民主主義の特質が示唆されている。すなわち大江自身の言説とは別にその作品世界の様相を眺めれば、その起点にあるものは限定された空間に生まれる人間同士の緊密な連帯への憧憬であり、それが社会の体制や制度からもたらされる圧迫に抗する力を生み出すという構図に、大江的な民主主義の表象が託されている。そうした例の典型として挙げられるのが、初期の代表作である『芽むしり 仔撃ち』（一九五八）である。ここで仲間の少年たちとともに、疫病の蔓延する谷間の村に取り残された主人公は、帰還した大人たちに殴打されつつも彼らと妥協しようとせず、戦う姿勢を保ったまま流離の身となることを選ぶのだった。

もっともこの作品では戦争の時代が背景とされていながら、

少年である主人公は戦争に参加するわけではない。彼が戦う相手は、村に蔓延していく疫病であり、同国人である身勝手な大人たちである。そして主人公にこの戦う者としての姿勢を固めさせる契機となっているものが、見捨てられることでひとつの空間の主となるという設定であった。これまで感化院の少年として疎外されつづけた主人公は、そこで仲間との連帯のなかで初めて主体的な存在としての自己を見出す昂揚感を得ることになる。彼は同じく村に見捨てられた少女と親密になり、その愛を感じ取るのであり、雪の降り積もった朝に目覚めた際も、その感触を想起しつつ、「僕は快楽にみちた呻き声をあげて躰を揺りうごかした。そして力のあふれる巨人のように片膝をつき寒さに脣を噛みしめ眼をうるませ、戸外の雪を見た。僕は黙っていることができなかった」と語られるような、自己の内にみなぎってくる力の高まりを感じ取るのだった。

こうした他者との連帯のなかに湧き起こってくるロマン的な昂揚感に、大江作品における民主主義のもっとも集約的なイメージを見ることができる。もちろんこうした感覚は、本来の意味においても十分民主主義的であるといえる。教科書『民主主義』においても「人間が人間として自分自身を尊重し、互に他人を尊重しあうということは、政治上の問題や議員の候補者について賛成や反対の投票をするより、はるかにたいせつな民主主義の心構えである」（「民主主義の本質」）と述べられており、置き去りにされた者同士の連帯のなかで、自己を尊重し、他者を愛する心を見出していく少年たちの様相は民主主義の理念の端的な具体化として受け取られる。

それは一つには、この作品のモチーフとなったものが、もともと大江自身が関わった戦後の民主主義運動だったことによる性格である。以前述べたことがあるように[3]、『芽むしり仔撃ち』における戦いは、一見太平洋戦争に照応しているように見えて、実は一九五五～五七年におこなわれた砂川基地闘争を下敷きとして表象されている。それは主人公たちがもっとも強く対峙する相手が、外国人ではなく村の大人たちという〈同国人〉であり、その暴力に対して少年たちがまったく無力であるという構図に端的に示されている。砂川基地闘争は、アメリカ軍立川基地の拡張に反対する住民が、学生や労働者との連帯のなかで、抗議をおこない、それを抑えようとする警察側と衝突を繰り広げた民主主義運動であった。一九五六年一〇月には、反対者と警察の衝突が激化し、武装した約二千名の警官隊は、スクラムを組もうとする労働者や学生に対してこん棒で打ち、足蹴にするといった暴力を振るい、八百名を越える負傷者を出した。この衝突で特徴的であったのは、反対者たちが決して警察と武力的に対抗しようとせず、一方的に打たれ、蹴られるままであったことで、無力な少年たちが帰還した大人たちに一方的に暴力を振るわれる『芽むしり仔撃ち』の構図は、その表題とともに砂川基地闘争での衝突を踏まえていることを物語っている。

この闘争に大江が関わっていたことは、学生時代を回顧した『僕が本当に若かった頃』(一九九二)など、いくつかの作品やエッセイで示されている。初期作品では『見るまえに跳べ』のなかにも、「二年まえ」の回想として「ぼくは基地拡張に反対する闘争に加わって雨に濡れた髪から滴る雨水が眼や唇をつたい、あごを流れえりくびに流れこんで下着を濡らすのを疲れきり寒さに身ぶるいしながら耐えていたものだった」という記述が見られるが、こうした体験を核として、ロマン的に純化された人間同士の連帯のなかに生まれる充溢感が、『芽むしり　仔撃ち』の軸をなしているといえよう。

3　三島の民主主義擁護

『芽むしり　仔撃ち』が砂川基地闘争という民主主義運動を下敷きにして構築されることで、作者独特のイメージ性と思想的な理念性の両面において〈民主主義〉的な世界を現出させていたのに対して、それ以降の作品ではむしろ主人公たちによって仮構される小共同体の閉鎖性が前景化されることが少なくない。大江文学の代表作の一つである『万延元年のフットボール』(一九六七)は、小共同体における連帯の緊密さと排他的な閉鎖性という、大江的な両面性を示しながら、むしろ後者の側面が際だっている作品である。

ここでは四国の谷間の村に帰還した根所蜜三郎、鷹四という兄弟が、「根所」という彼らの姓が示唆するように、それぞれに自己の同一性の在り処を模索していく物語が展開していくが、自己の同一性を追求すること自体に懐疑的な蜜三郎と対照的に、弟の鷹四は自己の空間的な〈根所――出自〉である村落共同体を活性化することに熱情を注ごうとする。しかし革命的な行動家として見なす、曾祖父の弟と「S兄さん」に自己を重ねつつ、鷹四が村の青年たちに働きかけて遂行するものは、白《ペク》という在日朝鮮人の経営になるスーパーマーケットを襲撃し、商品を掠奪することである。鷹四がスーパーマーケットを標的としたのは、彼らが谷間の村に入り込んで以来、「谷間の人間は迷惑をこうむりつづけ」、終戦後は「土地も金も谷間からもぎとって、良い身分」になったという、村一番の肥満した女であるジンの言葉に示されるような、村人の怨嗟を集約しうる存在だからであり、その感情を共同体の一体感をもたらす契機としようとしたからである。

鷹四が自分たちの襲撃を「想像力の暴動」と位置づけることに示されるように、彼の内では社会の体制自体を転覆させようとする意欲はなく、むしろ彼が目論んでいるのは、無気力に陥った郷里の青年たちに活力を注入することである。鷹四は「谷間の青年たちは、指導者なしでは、何ひとつちゃんとしたことをやれないんだよ。曾祖父さんの弟のようなタイプの人間が出てこなければ手も足も出ない。悪い状況のなかで自己解放する方向をつかめない」と「あらわな嫌悪感」とともに言うのであり、その後鷹四がこの主体性を欠いた村の青年たちを駆り立てて企てるスーパーマーケットの襲撃は、何よりも「自己解放」によって彼らに生気を取り戻させ、共同体の連帯感を取り戻させるための手立てであった。鷹四はこうした暴動を起こした後に、白痴の妹との近親相姦という、これまで伏せてきた「本当の事」を告白して自殺するが、彼の目論見自体はある程度達成されるのであり、村の若い住職は鷹四の行為を追想して「あの「暴動」で一応は谷間の人間社会の竪のパイプが掃除されたし、若い連中の横のパイプはがっちり固められたからねえ」と評価している。その一方で追いやられた在日朝鮮人の白に同情を覚える人間はいないのである。

こうした大江健三郎の作品に繰り返し現れる共同体の閉鎖性に比べると、三島由紀夫の描く人間関係の方がむしろ開かれた面をもっており、その点で〈民主的〉な様相を呈しているということさえできる。たとえば『鏡子の家』（一九五九）の中心人物である鏡子は「いつまでたつても、アナルヒーを常態だと思つてゐた」というアナーキスト的な心性の持ち主として現れている。鏡子は「自分の家のお客からあらゆる階級の枠を外してしまつた」のであり、そのため俳優、ボクサー、画家、サラリーマンという、異種の職業、階層の人間が彼女のサロンに集うことができるのだった。

また伊勢の離島を舞台とする『潮騒』（一九五四）は、空間的な設定は一見大江の「谷間の村」に似ていながら、そこで展開される物語や人物像は大江よりもはるかに〈民主主義的〉である。漁師の新治が島にやってきた初江という美しい海女の娘と結ばれるに至る物語で、新治と初江の仲は途中で初江の父である照吉の反対を受けるという障害に出会うが、沖縄の海で嵐に流されそうになった船を引き留めた新治の危険を顧みない勇敢さが照吉を翻意させ、結婚を許可されることになる。「男は気力や。気力があればええのや。この歌島の男はそれでなかいかん。家柄や財産は二の次や。そうやないか。奥さん。新治は気力を持つとるのや」と燈台長の夫人に語る照吉の言葉は、まさに個人の価値に尊厳を置く民主主義の理念に叶っているといえよう。実際この作品には、「新治」と「初江」という主人公たちの名前にも託されるように、サンフランシスコ講和条約の締結と発効によってあらためて〈独立国〉となった戦後日本の〈新生〉を願って書かれた側面があり、それがこうした開明的な趣をもたらしている。

もっとも日本が真に自律的な国家となるという三島の希求は、軍事的にも経済的にもむしろ対米従属を強めるとしか思えない戦後の展開において裏切られていくことになり、『鏡子の家』に提示される、終戦時の廃墟の光景と繫がる「アナルヒー」への志向はそこからもたらされていた。それでも三島が民主主義国家としての戦後日本の政体自体を否定したことはなく、一九六〇年代後半に展開される評論的な言説においても、天皇の尊重が打ち出される一方で民主主義の理念自体は肯定されている。一九六九年の「反革命宣言」の末尾では、「天皇の護持」が終局的な目的として示されながら、「われわれの考へる文化的天皇制の政治的基礎としては、複数政党制による民主主義の政治形態が最適であると信ずるから、形としてはこのやうな民主主義政体を守るために行動するといふ形をとる」ことがその前提として置かれている。三島は天皇を「護持」しようとする言説が〈反戦後的〉なものであることを当然認識しており、少数派にほかならない自身の立場を打ち出すためにも、言論の自由を前提とする民主主義は守られねばならないのである。

　三島が警戒していたイデオロギーは明らかに共産主義であり、「反革命宣言」でも「なぜわれわれは共産主義に反対するか」の問いに対して、「それは、われわれの国体、すなはち文化・歴史・伝統と絶対に相容れず、論理的に天皇の御存在と相容れないから」であると述べられている。しかしより根本的に三島が共産主義を許容しえないのは、それが自身の言説を含めた言論の自由を認めない政体として見なされるからであり、同じ問いの項目では「言論の自由を保障する政体として、現在、われわれは複数政党制による議会主義的民主主義より以上のものを持つてゐない」と明言されている。共産主義への警戒感を強める契機として受け取られた、チェコの自由化への動きにソ連が軍事介入をおこなった「プラハの春」の事件に言及した「自由と権力の状況」（一九六八）においても、「現下の世界で考へられる言論の自由を最大限に保障する政治体制としては、悲しいかな、ただ一個、「複数政党制の代議制議会主義をとるところの民主主義」があるばかりである」と、揶揄を込めながら記されている。「反革命宣言」はこの評論の翌年に書かれており、むしろ民主主義に対する三島の肯定の姿勢は、晩年に向かって強まっているともいえるのである。(4)

4　天皇のゾルレン性

　こうした民主主義擁護の姿勢において、三島由紀夫は大江健三郎と同じ方向性を共有しており、その理念を基軸とする戦後日本の現実に対して厳しい眼差しを向けていたことも共通している。その眼差しの批判性から、大江が家を含む小共同体における濃密な人間関係を仮構しようとすることで、表層的には民主主義に逆行する表象をしばしばもたらしてしまうのに対して、三島は戦後日本自体を断罪しようとする自身の言説の異端性を意識することで、逆に民主主義を肯定する姿勢を示すことになるのである。

　もっとも三島も家族としての家もしくは家に比定される小共同体を描くことは少なくなく、とくに一九六〇年代前半には一家の家長たろうとする男性主人公の営為を軸とする作品群が残されている。『美しい星』（一九六二）、『午後の曳航』

（一九六三）、『絹と明察』（一九六四）という一連の作品では、いずれも父親の存在が問題化されており、また三島自身が『絹と明察』刊行後の『朝日新聞』のインタビュー（一九六四・一一・二三付）で、「この数年の作品は、すべて父親というテーマ、つまり男性的権威の一番支配的なものであり、いつも息子から攻撃を受け、滅びてゆくものを描こうとした」と語っているように、その主題の在り処を示唆している。

その背景には三島自身が一九五八年に結婚し、六二年に長男が誕生して父親となるという、現実的な事情があるが、実際に作品で描かれるのは、一家の主人が家から追いやられていた『鏡子の家』を含めて、むしろ父親ないし家長になろうとしてなりえない男たちの姿である。とくに『午後の曳航』と『絹と明察』ではそれが顕著であり、前者では二等航海士であった男が横浜の洋装店の女主人と恋仲になり、海を捨てて彼女と結婚しようとすることで、彼女の息子を含む早熟な少年たちによって葬られることになる。後者では大時代的な家族主義で紡績会社を営もうとする男が、その専横を社員たちに嫌われてストライキを起こされることで、企業の家長たりえなくなってしまうのである。

こうした家長たろうとしてたりえない男たちの表象の背後にあるものは、明らかに戦前、戦中の家族国家的な理念のなかで、日本の家長として位置づけられていた天皇が、戦後憲法下において〈神〉でなくなるとともに、国家の家長としての位置も降りることになった事情と照応している。「象徴」という曖昧な位置に置かれることになった戦後の天皇は、日本という国を収斂させる力をもつ焦点ではなく、また日米安保条約の体制下で、自国の防衛をアメリカに委ねてひたすら経済成長に邁進しているように映る戦後日本は、もはや天皇に代わる精神的な核をもちえない国として三島に捉えられていた。三島が次第に天皇への志向を露わにするように見えるのは、戦後日本の比喩にほかならない「象徴天皇」としての昭和天皇への距離感と背中合わせであり、三島が執着したのはあくまでも彼岸的な絶対性をはらんだ理念的天皇であった。晩年の言説に繰り返される天皇における「ザイン」（現実存在）と「ゾルレン」（理念、理想）の対比がそこからもたらされていることはいうまでもない。

興味深いのは、大江の世界にもゾルレン的な天皇が姿を現していることであろう。一九六一年の『セヴンティーン』では、左翼を自認していた少年が、肉体的、精神的な自身の無力さを自覚することをきっかけとして右翼の団体に近づいていき、天皇への信奉にのめり込むことでその無力感から脱却するに至る過程をアイロニカルに描いている。この作品における天皇は、少年が無条件の信奉を託しうる存在としての絶対性を帯びており、むしろそうした無条件の絶対性の暗喩として天皇が想定されている。

その点でこの天皇は三島的な範疇を用いればゾルレンとし

て位置づけられるが、三島的なゾルレンとはその性格を異にしていることも明らかである。すなわち、三島的なゾルレンとしての天皇は、現実世界を超越する彼岸的な一者であり、そこからも天皇家の皇祖神であるとともに、太陽神でもある天照大神《アマテラスオオミカミ》へと帰一していく存在であった。三島は古林尚との晩年の対談（「三島由紀夫　最後の言葉」）で、「ぼくは、むしろ天皇個人に対しては反感を持って」おり、そもそも「天皇というのは、だから個人的な人格は二次的な問題で、すべてもとの天照大神にたちかえってゆくべき」であると発言している。作品においては天照大神を直接示唆する表象は見当たらないものの、『憂国』（一九六一）で二・二六事件に決起した同輩のために割腹する武山中尉の死を見届ける妻の麗子の眼差しは、決起を嘉納する存在として待望された天皇のそれになぞらえることができる。その基底に想定されるものはやはり〈女神〉である天照大神なのである。また『奔馬』（一九六七～六八）では、主人公の飯沼勲が私淑する堀中尉が連隊を指揮する姿の描写において、中尉は「孤独な代理人」にすぎず、「盤上の駒を動かす巨大な不可視の指、その指の力の根源こそ頭上の太陽、存分に死を含んだ赫奕たる太陽にあつた。あれこそは天皇だつた」と語られている。

　こうした〈太陽〉であり〈女神〉である超越者は、いずれも天照大神の属性から演繹されるものであり、三島的な天皇のゾルレン性を物語っている。このユダヤ教のヤハウェにもなぞらえられるような裁断者的な超越性は、大江の天皇には想定されていない。『セヴンティーン』の少年が接近しようとする天皇は、無条件で自身が依拠しうる存在であり、その点で主体的な思惟を停止させる装置にほかならない。一般に右翼活動家の論理が単純であるのは、天皇の絶対性が個人の思惟を無化するからであり、個人の思惟という重荷からの脱出先として右翼的な立場が用意されることも少なくない。『鏡子の家』で片時も物を考えない青年として現れる峻吉が、ボクサーとしての寿命を絶たれた後に右翼団体に入っていくのはそれを物語っており、また中上健次の『異族』（一九八四～九二）に現れる痴呆的な少年少女たちが右翼を自認しているのもその例である。

　そのなかでも大江の天皇は、その絶対性によって無力な個人に救いをもたらす家長的な存在として想定されているが、この輪郭は家を含む小共同体を人物の生きる地平として繰り返し描いてきた大江の方向性と合致している。障害を持った長男をもうけて以降、大江は自身と彼との関係を素材とする作品を書きつづけることになるが、多く作者に擬せられる父親は無力な庇護者としての姿によって象られる。また大江の父親をモチーフとする『我が涙をぬぐいたもう日』（一九七二）では、終戦時に決起した父が敗戦の悔しさから流す涙を天皇が拭うというイメージが中心に置かれている。こうした〈父――天皇〉のイメージ的な連携は、皮肉なことに戦前、戦中の「家族国家観」に重ねられるものであり、一方三島的なゾルレンとしての天皇は今挙げたユダヤ教や、あるいは柳瀬善治が関連づけるカトリック[5]のように、むしろ非日本的な宗教的地平への繋がりを持っている。そこに「戦後民主主義」を標榜してきた大江の逆説的な立ち位置が、三島との対比のなかに浮かび上がっているともいえるのである。

（東京外国語大学教授）

註
1　松崎春夫『デモクラットの文学　大江健三郎と広津柳浪』（新日本出版社、一九八一）。
2　黒古一夫『大江健三郎とこの時代の文学』（勉誠社、一九九七）。
3　拙著『〈作者〉をめぐる冒険―テクスト論を超えて』（新曜社、二〇〇四）。『芽むしり　仔撃ち』のもつ寓意性を考える時に、参照すべき作品はアルベール・カミュの『ペスト』であろう。北アフリカの都市を舞台として、そこで蔓延するペストと戦う医師リウーを主人公とするこの作品は大江の念頭に置かれていると考えられる。またアンガス・フレッチャーによれば、『ペスト』自体が、ナチス勢力の拡張との闘いという寓意性をもった作品なのである（Angus Fletcher, *Allegory—The Theory of Symbolic Mode*, Cornell University Press, 1964）。
4　もっとも三島のチェコの自由化に対する眼差しはさほど共感的ではなく、チェコの目指したものが「世界の政治の二大潮流のいいとこどりであるところの折衷主義」にすぎないと断じ、むしろソ連の介入に理を見出している。三島の思惟においては、おそらくソ連のチェコに対する超越性は、天皇の民衆に対するそれになぞらえられるものであり、そこからも三島の天皇観の一端が覗かれるといえよう。
5　柳瀬善治『三島由紀夫研究』（創言社、二〇一〇）。ただ柳瀬が挙げる三島のカトリックへの言及はいずれもエロチシズムに関わるものであり、直接天皇に結びつけられているわけではない。

特集　三島由紀夫と同時代作家

三島由紀夫と安部公房のボクシング
――ラジオドラマの実験について――

鳥羽耕史

1　三島由紀夫の「ボクシング」

柳瀬善治『三島由紀夫研究―「知的概観的な時代」のザインとゾルレン』（創言社、二〇一〇年）はボクシング作家とも言うべき三島の姿と、その周辺に見えてくる戦後のボクシング文学と漫画の系譜を明らかにした。柳瀬は三島のラジオドラマ「ボクシング」（文化放送、一九五四年一一月二一日）について は、「劇の設定としてボクシングの東洋タイトルマッチが使われたという印象で、説明はもっぱらアナウンサーの実況により、ここから三島なりのボクシング観を探るのは難しい」とし、追究の対象とはしなかった。しかし三島由紀夫と安部公房を比較する場合、ラジオドラマとボクシングの組み合わせは興味深い視点を提供するように思われる。本稿は、ラジオドラマにおける二人のボクシング表象から、言語化困難な対象への二人のアプローチの違いを探り、それによって作家としての特質の違いを見ようとするものである。

山中剛史編「増補　三島由紀夫原作放送作品目録」（『三島由紀夫研究②　三島由紀夫と映画』鼎書房、二〇〇六年）によれば、三島の放送作品はこれ以前に五本あるが、いずれも小説朗読や他の脚本家による小説の脚色であり、三島自身がオリジナルシナリオを書いたのはこれが最初である。その後も事情は変わらないようで、三島自身による脚本は舞台中継または舞台用の戯曲を放送用として使われたものである。唯一の例外は三島が「対話形式のメルヘンのつもりで書いた」もので「一切舞台を予想したものではない」(1)とした「あやめ」（『婦人文庫』一九四八年五月号）がラジオのためのオペラ「あやめ」（中部日本放送、一九六〇年一一月二七日）として放送された例ぐらいだが、これも三島自身がラジオのために手を入れたわけではない。テレビ用のオリジナル作品はなく、ラジオ用のオリジナル作品も「ボクシング」一本だけのようである。小説や戯曲が盛んにラジオドラマやテレビドラマに脚色されていくのに関しても、ほとんど三島が関与した形跡がない。これは同じジャンルへの安部公房の積極的な関与と著しい対照をなしている。この三島の放送への不活発な関与のはじまりとなった「ボクシング」とは、ではどんなラジオドラマなのか。

「ボクシング」は決定版全集二一巻にシナリオが収録されている他、放送ライブラリーで実際に聞くことができる。まず、シナリオと対照しながら、このラジオドラマがどのように構成されているか確認してみたい。「第九回文部省芸術祭放送部門参加作品。三島由紀夫、黛敏郎作「ボクシング」」というアナウンスの後、銅鑼の音が響きわたるところからドラマははじまる。シナリオでは「只今より竹村敏男対ホセ・ゴンザレスのバンタム級タイトル・マッチを開始いたします」というそっけない場内アナウンスからはじまるが、ドラマではアナウンサーによるラジオ中継としてはじめられ、「いよいよ、バンタム級チャンピオン竹村敏男に挑戦するホセ・ゴンザレスのタイトル・マッチを開始いたします。既に場内をうずめた観衆は早くも興奮の様相を呈してまいりました」といった丁寧な実況中継として語りなおされる。この後も場内アナウンスやボクシング中継はシナリオには必要最少限にしか書かれていないが、文化放送のアナウンサーである佐藤利彦が担当したドラマでは、かなり具体的に二人の動きが描写され、実際のボクシング中継を聞いているかのようである。佐藤によるアドリブもしくは佐藤が書いた中継部分のシナリオがあったのか、三島が放送用に詳しくアナウンス部分を書き加えたシナリオがあったのかは不明だが、おそらくよく使う定型的な語りを組み合わせながら佐藤が構成したものではないだろうか。

第一ラウンドのゴングが鳴ったところで場面は転換し、ラジオを聞いている室内であることを示すために、雑音や「江戸一ー」という声の響く番組からチューニングをボクシング中継に合わせるところから室内シーンとなる。それにフルートによるヒロインのテーマ・ミュージックが重なるところで、「ラジオをきいてゐたつて仕様がない。行つてやれよ、試合の現場へ。え？」という中年男のセリフが語られる。男は竹村を手塩にかけて育てたが、竹村がヒロインと恋仲になったため、この試合についての賭博では不利とみられるゴンザレスに一千万円を賭けたことが明かされていく。一方、場面転換により交互にあらわれる試合場では、消息通の観客の声により、竹村に惚れているというリングサイドの美人・俊子との対比の中で、その女が来ると必ず恋仲のボクサーが負けるという不吉な女＝ヒロインと、彼女を操る悪党のボス＝中年男の噂が語られる。不吉な女と竹村の恋愛の進行や、「どこかの植民地」で生れた後、「実に、いろんなことをやって来た」という女の経歴は、音楽と効果音と言葉にならない男たちの声や咳でのみ表される。一度試合を見に行って帰ってきた中年男から「竹村のやつ、休憩のとき、俊子にウインクしたりしやがつて大へんな余裕だよ。いい気なもんだな。なア、女も、あいつもさ」という話を聞いたヒロインは急に立ち上がり、男と共に試合場に出かける。それを見た消息通は、「たうとう来た。竹村はもうだめだ。……しかしまだ一縷のぞみがある。竹村があの女の来たことに気づかなければ」と言い、しばらく竹村が気づくかどうかのサスペンスが中心となる。ジャズ的な「ボクシングの音楽」にオルガンによるヒロインのテーマが「まとはりつくように」からみ、消息通が「あッ！　もうだめだ！　竹村があの女と目を合はせた」と言ったところでヒロインのテーマは女声コーラスとなって高まる。竹村は「七回に入つて、俄かに不調」となり、「竹村の敗北の諦観的な暗い第二モチーフ」というピアノ曲が徐々に大きくなる中、第九ラウンド二分一〇秒でダウンし、敗北のテーマはオルガンやトランペットによって響きわたる。おもちゃのピアノのような軽い音でヒロインのテーマがクロスフェードで入り、中年男はカクテルを作って彼女をねぎらいつつ、「今度もお前は俺のために働いてくれたな」「俊子は竹村の女房になるだらうさ、いづれボクサーくづれの、ぬかみそくさい女房になるだらうさ」「お前は結局俺とは離れないよ。なア？　お前は離れない……それでいいんだ」と語り、ギターが加わったヒロインのテーマが高まったところでドラマは終わりを迎える。

管見の限り、このドラマが論文のテーマになったことはないが、長谷川泉は「妖麗な女をあやつって消息通の見るところ竹村の勝ちであった試合をひっくりかえした悪党の中年男の十分な芝居と、芝居をせず、無味乾燥、形式的で冷たい消息通の対比が鮮明に構成されている。女性二人、竹村を引っかけた妖女と、清純な俊子との対比も、計算して構成されている」[2]と評し、山口直孝は「この時期の三島が頻繁に言及しているボクシングという素材と「音が語る台本」（「「ボクシング」について」）という形式との相関を、まず問う必要があろう」[3]としている。山口の指摘するエッセイにおいて、三島は黛敏郎のミュージック・コンクレートの「解釈の余地を与へない生々しい音が独断的に迫つて来て、こちらの胸までドキドキしてくる」ことに打たれて「面白くなつてしまつた」ことを述べた後、このドラマの成立経緯を語っている。

> 私はラジオ・ドラマといふ形式に、今まで魅力を感じたことがない。今度黛氏から台本をたのまれたときも、「決してラジオ・ドラマを書くのではない」といふ気持で引受けた。音が語る台本、さういふものを書きたいと思つた。（中略）本当はセリフも使ひたくなかつたのだが、使はないわけには行かなかつた。そこでふつうの会話を避け、無言の相手との独白的対話や、何ら心理的なものを含まないスポーツ消息通同志の対話だけにとゞめる。ナレーションは一切使はない。そして主人公と女主人公にはセリフを云はせず、音の表現だけに任せたのである。[4]

シナリオを一読すれば明らかなように、ドラマの実際の進行は、家で女に語りかける中年男のモノローグと、リングサイドでの消息通の男たちのダイアローグで成り立っている。中年男に話しかけられ、リングサイドで不吉な女として話題にされる「ヒロイン」はテーマ曲によってその存在が示されるのみだし、リングサイドでの会話やラジオの実況中継によって試合経過を語られる竹村自身も声を発することがない。これらの語る声を持たない男女を「主人公」・「女主人公」と呼ぶところに、「音が語る台本」に対する三島の姿勢が見える。つまりこのドラマにおいてセリフを発する存在は脇役でしかなく、主人公たちは音楽や効果音によって描写される存在なのである。三島が同じエッセイで「この「ボクシング」が成功すれば、すべて黛氏の功績であるし、失敗すれば、これまた、すべて黛氏の功績である」と述べている通り、シナリオに「ヒロインのテーマ」、「ボクシングの音楽」と指定されている曲の出来栄えにこのドラマの仕上がりは大きく左右される。しかし効果音については、「音をしぼり、雑音を入れ、他の番組の何の関係もないセリフを一寸入れ、又元の喧騒に戻す」とか「喧騒――逆まはしの喧騒――更に、逆まはしのまま録音のスピードをおとした異様な喧騒――又もとの喧騒」といった形で、三島自身がかなり具体的に指示している。ドラマの展開を語る「音」のうち、放送局の効果音係の領分には踏み込みつつ、作曲家には全面的な自由と責任を与える形である。ナレーションが一切排されているため、ヒロインのテーマや、彼女の遍歴を表す音をシナリオに指定された通りに了解するためには、ラジオ聴取者側にかなりの想像力が要求されるものとなっている。

ところで、なぜ三島が扱ったのはボクシングだったのか。一九五六年九月から日大拳闘部に通ってシャドウボクシングをやり、小島智雄監督とのスパーリングをやったこともある三島は、先の柳瀬も論じていた通りマニアックなボクシングファンだった。しかしこのラジオドラマは日大に通いはじめる二年前である。それ以前の三島のボクシング観を示すものとして、「拳闘見物」（『報知新聞』一九四九年八月四日、決定版全集補巻）という興味深いエッセイがある。三島はずいぶん前に友人に誘われて後楽園で昼のボクシングを見た際、暑さに閉口したため行かなくなったという。ところが京都で夜のボクシングを見た際に「京都弁の声援のテンポとリングのテンポとがチグハグで面白かつた」ため、一人で銀座ボクシング・ホールへ出かけた時の体験を三島は語る。三島は隣に座った古い拳闘ファンの老人から、昔は女の見物はなく、たまに女が来れば色どりに無料で入れたが、今は女の見物が大そう多い、という話を聞かされる。そして試合が始まった時、老人の向こう隣りに座った「ナイロンのハンドバッグきらびやかな美女」の「あたりを圧した」声援を三島は記録する。

「もつと！　もつと！　ええ、じれつたいわね。さうおつかながらないでさア！　こはくないわよ、別に」

次は三回目、次は三回目へ入ります、とスピーカアが言ふ。

「もつと！　もつと！　進まなくちやだめよ、進まなくちや。……動きすぎらア、もう両方とも疲れちやつた。……もつと！　もつと！　落着いて戦はなきやだめよ」

説明なしにこの会話を使ふと検閲に引つかかりさうである。断つておくが、これは彼女のボクシング声援の実況なのである。

三島はこの後「素人腕自慢大会」で女がリングに上がった様子を民衆の力による「天才的な侮蔑」として描き、「いつの時代にも芸術はそこから、精神上の貴族主義のエネルギーの源泉を汲みとつて、そしらぬ顔をして口を拭ふものなのである」と稿を閉じている。

「三島由紀夫は、その長編作品の大部分において、その題材を同時代の「現実」の事件、それも時事的大事件ではなくてもっぱら話題となった三面記事的事件から採っていた」[5]という丹生谷貴志の「リアリズム作家」としての三島像を参照すれば、この低俗なボクシング体験から得た「エネルギー」が、その五年後、女にもボクサーにも一切の声を与えず、リングサイドの「老人」のような男たちが語るドラマとしての「ボクシング」に結実したと考えることもできるだろう。

三島自身のボクシングの実技レベルはそれほど高くならなかったようで、彼のスパーリングを一六ミリフィルムに収めたという石原慎太郎は、「ゴングが鳴る前に緊張の余りスパーリング用のエネルギーを費い果してしまうのではないかと案じられるほど」の三島の姿と、思いのほかパンチが当たらないスパーリングの様子を記録している。[6]この後三島は自らボクシングをやることは諦め、ボディビルに傾倒していくことになるが、「ボクシングと小説」（『毎日新聞』一九五六年一〇月七日、決定版全集二七巻）などでも語られていた主題としてのボクシングが『鏡子の家』にも展開していくことはやはり柳瀬が論じている通りである。その最初の試みとしてラジオドラマ「ボクシング」は書かれたと言えるだろう。

2　安部公房の「チャンピオン」における三島との類似と差異

一方、スポーツをやらなかった安部も、「私はボクシングが好きだ」として、ブレヒトが異化作用の説明にボクシングを援用したエピソードを紹介するエッセイを書いている。[7]しかし安部が自作でボクシングを扱ったことはほとんどなく、ほぼ唯一の例外が「チャンピオン」、そしてその改作としての小説・戯曲・映画『時の崖』なのである。[8]安部がこの構想を得るにあたり、「ボクシング」の五年後、勅使河原宏によって撮られたボクシング映画が大きな意味を持っていた。『ホゼー・トレス』である。勅使河原がニューヨークに行った際に撮ったこの映画は、あるプエルトリコ人ボクサーを記録したものだ。有吉佐和子が『非色』（中央公論社、一九六四年）でニューヨークでのプエルトリコ人の問題を描く五年前のことである。プアマンズ・スポーツとしてのボクシングを描いた安部の「チャンピオン」は、この勅使河原の映画の強い影響下にはじめられている。

「チャンピオン」は田辺ボクシングジムと後楽園ホールなどに仕掛けたマイクとテープレコーダーが拾った音を集めてから安部がシナリオを書き、中谷一郎と井川比佐志によるドラマ部分も合わせ、武満徹と共に構成したものである。「負けちゃいられねえよなあ」ではじまる四回戦ボクサーの一人称によって、その敗北までが語られる中に、録音されたボクサーたちの生の声がはさまれていく仕掛けである。こうした「チャンピオン」と「ボクシング」には共通点も見出だせる。ミソジニーの作家[9]による、ほとんど男の声だけのドラマであること、そしてボクサーの敗北を描いた作品であることは重要な類似である。しかしこうした共通点を持ちながら、その差異は際立っている。

まず取材源として、安部は田辺ジムや後楽園ホールというプロボクシングの世界を取材したが、三島がこの作品を書くにあたって積極的にボクシングの取材をした形跡は見当たらない。安部はその取材による録音テープでラジオドラマを構成したが、三島はおそらく空想上に構成したものとして、プロボクシングを材料にした巨額な賭け事の世界を描いた。その世界を語るのが三島においては周囲の人物であり、二人の「主人公」が声を持たないのに対し、安部の主人公は饒舌に内面を語る。ボクシングの試合経過については、三島のドラマではアナウンサーによって外側から具体的に語られるのに対し、安部のドラマでは主観的な語りや息の音とパンチを示すらしい効果音のみで、具体的な戦況がわからない。逆に言えば、それは多声的であり単一の意味に回収されない音やざわめきに満ちた安部のドラマと、設計された通りの音で理知的に構成された三島のドラマの違いとも言える。もちろんこれにはドラマにおける音楽や効果音の役割についての安部と三島の考えの違いに加え、武満徹と黛敏郎の個性の違いもあるだろう。

黛と安部に交渉がなかったわけではない。黛は一九五八年に安部の『幽霊はここにいる』の舞台音楽を担当し、一九五九年のミュージカルス『可愛い女』、一九六二年のテレビドラマ「モンスター」の音楽も手がけた。『可愛い女』もそもそもは一九五七年に朝日放送の企画として黛が持ち込んだもので、オルダス・ハクスレーの『猿と本質《エッセンス》』のミュージカル化からの出発だったという。しかし黛との関係は三島の方が深い。三島がエッセイ「黛氏のこと」（『実験工房室内楽作品発表会プログラム』一九五五年六月、決定版全集二八巻）で回想する一九五二年のパリでの出会いの前年から三島原作の映画『純白の夜』の音楽に関わっていた黛は、三年後に「ボクシング」と映画『潮騒』の音楽を手がけた後も、演劇『薔薇と海賊』（一九五八年）、三島作詞の皇太子ご成婚の奉祝カンタータ「祝婚歌」（一九五九年）、『金閣寺』のオペラ（一九七六年）などを手がけ、自決後の憂国忌にも世話人として関わっていくことになる。安部は武満との関係の方が深く、武満は安部原作で勅使河原宏監督の四本の映画音楽をすべて手がけた他、ラジオドラマ「白い恐怖（詩人の生涯）」（一九六〇年）、テレビドラマ「目撃者」（一九六四年）の音楽にも関わった。秋山邦晴は、武満徹、諸井誠ら若い実験的な作曲家の音楽が「なかなか一般には受けいれられないのと対照的に、黛敏郎の音楽は話題となり、ポピュラーとなっていた」理由として、「それは黛がジャーナリズムの寵児であったことのほかに、かれの音楽そのものはつねに新しいものと古いものとの混血児であったからではないだろうか」としている。[10]秋山が「一種の音響コラージュのような手法によるドラマで、黛はミュージック・コンクレートのようなやり方によって、この三島のドラマをエロティックな感性で音響化していた」とする「ボクシング」も、その最新の手法に反し、ある種の標題音楽のような古さが同居したものだったと言えるかもしれない。

「チャンピオン」を説明する文章の中で、[11]安部はラジオドラマにおける効果音の役割について考察している。「蝶の羽音」は不可能だとしても、「内部にのみひびく、ひっそりとした、素足の音」といった効果音の注文に対し、最初から努力を放棄してしまう効果マンの姿勢について、安部は疑問を呈する。足音や風の音を目の敵にしたがる効果マンの気持ちには理解を示しつつ、安部は「音の芸術であるラジオ作品の中で、効果マンがより主体性を恢復し、主導権を持つことに異存はないのだが、果して、素材の開発だけで、実現できる問題なのだろうか」と問いかける。ここで問われているのは、つまり、音を分節して単一の意味に還元することへの疑問であろう。これは「〜の音」や「〜のテーマ」という形で、言葉と音とを一対一で対応させていった先の三島のト書きとは対照的な姿勢である。シナリオ上で「鋭いひびき」とされる効果音などを入れつつ、基本的には録音構成だけで音楽も入れないという「チャンピオン」における安部と武満による音の使い方はこうした志向から追究されたものである。一方で三島と黛は単一のイメージが聴取者との間で共有され得るような、できるだけ誤解がなく意味のわかりやすい効果音と、美しさや不吉さのような人物の性格を伝える音楽によって、理想としての散文のように透明なメディアとしてのラジオドラマを作ろうと試みたように見える。

先の「『ボクシング』について」では「音痴」と自称し、音楽には積極的に関わらなかった反面、ボディビルで鍛え上げた肉体を細江英光のスチルカメラや映画のカメラの前には積極的にさらし、舞台での出演も果たした三島。武満と共同作業で「チャンピオン」の音響を手掛けた後、安部スタジオでは自らシンセサイザーによる音楽も手掛け、カメラマニアとして自ら撮った写真を自作にも取り入れていった反面、勅使河原宏や自らの監督による映画にはほんの一瞬の出演しか果たさず、自ら演出した舞台にも立たなかった安部。視覚的な面について言えば、演じて見られる作家と、演出して覗く作家という対照的な関係が二人にはある。音については逆に、自らの言葉に音と作曲家を従属させようとする作家と、録音された予測不能な物音や他者の声に自らをさらしながら、それらとの関係の中で新しい世界を切りひらこうとする作家という違いがあるように思える。安部の「作曲」も、譜面やデジタル的な音の指定によって作る現代のシンセサイザーとは違い、アナログのシンセサイザーのつまみをいじりながら偶然できた音のつまみの位置を記録して録音する、という形だったため、自らの構想を実現させるものというより、昆虫採集やジョン・ケージのキノコ狩りのような、偶然性にまかせたニュアンスの強い作業だったといえよう。

安部はインタビュー『都市への回路』（一九八〇年）で、「覗きという行為は、要するに人称の入れ替えなんだ。見るということはたいていは一人称だ。ところが、覗くと一人称でなくなる、つまり人称がなくなる。三人称ではないが疑似三人称化されるんだ」と述べ、盗聴についても議論を展開している[12]。テープレコーダーが拾った他者の声をして語らしめるという「チャンピオン」の方法は、まさにこの人称の転換を機械装置を用いて実現したものと見ることもできよう。そもそもは自ら戯曲を書く時に声の響きを確かめるのに使っていたというテープレコーダーは、その後も様々に応用されている。テープに自らの見た夢を吹き込んで記録したという体裁をもつ『笑う月』（一九七五年）や、マイクとテープレコーダーによる盗聴装置に囲まれた異常な病院空間を舞台とする『密会』（一九七七年）などでは、このテープレコーダーという装置がフルに展開している。カメラで記録したイメージを基に展開される『箱男』（一九七三年）や、ステレオの航空写真が重要な役割を果たす『方舟さくら丸』（一九八四年）と共に、機械装置による記録によって触発されたのが安部の創作のスタイルであり、その帰結としてワープロという装置も導入されることになったと言えるだろう。そうしたことを考える時に興味深いのは、ニューヨークで大江健三郎に語ったという三島の安部文学観である。

　安部公房は、そこらにあるものを使って、手仕事でもって大きな戦車をつくるんだ。普通の人には戦車なんかできないよ。そして二百九十頁目に、ついに彼は戦車を完成する。大江君は三百頁まで小説が続くと思うだろう。そうじゃないんだ。二百九十一頁目で、その戦車はガクンとエンコする[13]。

彼らがニューヨークで会ったのはウォルドルフ・アストリア・ホテルで同宿になった一九六五年九月しかあり得ないの

で、三島のコメントはおそらく前年に出版された『他人の顔』などを想定したものだろう。語られる内容よりも方法を重視した作家の特質を言い当てているし、逆に仕掛けや機械装置にはさほどの関心を持たない三島の特質も浮かび上がる。三島と安部によるボクシングをめぐるラジオドラマの競作は、この特質を鮮明に見せたものと言えるのではないだろうか。

（早稲田大学教授）

註1 『魔群の通過』（河出書房、一九四九年）収録時の付記。決定版全集二一巻。
2 長谷川泉「ボクシング」、長谷川泉・武田勝彦編『三島由紀夫事典』明治書院、一九七六年。
3 松本徹・佐藤秀明・井上隆史編『三島由紀夫事典』勉誠出版、二〇〇〇年。
4 三島由紀夫「『ボクシング』について」『日本文化放送協会パンフレット』一九五四年一一月号、決定版全集二八巻。
5 丹生谷貴志『三島由紀夫とフーコー〈不在〉の思考』青土社、二〇〇四年、一一七頁。
6 石原慎太郎「緊張の中の三島由紀夫」旧版全集三〇巻付録、一九七五年。
7 安部公房「ボクシング」『週刊読書人』一九六〇年二月二二日、全集二九巻。
8 これについては拙稿「メディア実験と他者の声―安部公房「チャンピオン」と「時の崖」」（『国文学研究』二〇一二年二月一五日）で論じているため詳細は省略する。
9 拙稿「「砂の女」―性的な戦略について」『国文学解釈と鑑賞』二〇〇八年四月号。
10 秋山邦晴『現代音楽をどう聴くか』晶文社、一九七三年、一四二～一四四頁。
11 「音とイメージ」『ラジオ・コマーシャル』一五号、一九六三年一〇月、全集一七巻。
12 安部公房『都市への回路』中央公論社、一九八〇年、全集二六巻二一六頁。
13 大江健三郎、辻井喬「〈対談〉真暗な宇宙を飛ぶ一冊の書物」『新潮』一九九三年四月号。

特集 三島由紀夫と同時代作家

〈エロス〉のドラマトゥルギー
――三島由紀夫・寺山修司「エロスは抵抗の拠点たりうるか」を読む――

山中剛史

1 三島と寺山という接点

二〇一二年三月にロンドンのテート・モダンで開催された寺山修司特集では、オープニングイベントとして三島由紀夫と寺山修司の対談「エロスは抵抗の拠点たりうるか」(「潮」昭45・7)を基にしたパフォーマンスが上演された。また、例えばかつて流山児☆事務所MISHIMA WORKSHOP PROJECTで上演された「葵上」(流山児祥演出、平20・4)では、演出家による自由なアレンジによって、「葵上」へのイントロダクションとして同対談における両者の演劇論がせめぎ合う部分を俳優群にシュプレヒコールさせるという演出がなされていた。対談における発言の応酬がこのような形で取り上げられることは異例であろう。この「エロスは抵抗の拠点たりうるか」は、三島と寺山による唯一の対談でもあり、三島のこなした数多の対談の中でも出色の一篇として数えてよい。特に三島の晩年には、自身と正反対の立場に立つ相手との緊迫感のある対談が幾つか残されているが、この対談には、どうにか対話のイニシアチブを取ろうとする寺山の常に三島に挑みかかる挑発的姿勢が随所に見られ―実際、〈寺山修司は三島が死の二、三年前から精力的に行った、一方的三島の独壇場ともいえる〝無理心中〟的対談のなかで、ただひとり五分に渡り合って対抗した人である〉などともいわれ(1)、対話を重ねれば重ねるほどお互い対極に立つ両者の考え方がスリリングな形で際立たされてそれが明確に浮き彫りにされていくところがある。対談の話題としては、エロス、連合赤軍、悟性と理性、政治的言語と文学的言語など多岐にわたるが、共に劇作家であり、劇団を主宰する三島と寺山の演劇に対する考え方、演劇を必然性が支配する世界と捉えるのか、偶然性を組織化することに演劇の本質を見るのかという、ドラマを巡る必然と偶然の対極的な考え方がぶつかる箇所は、それぞれの話題で相対する両者の違いが鮮明で印象深い。寺山を語る文脈において引き合いに出されたり上演に用いられたりする所以であろう。

三島、寺山共にそれまではほとんど接触することもなく活字としてはこの対談が唯一のものとして残されているだけだが、一九六〇年代特に後半から七〇年にかけて、同じく時代のアイコンであった両者は、意外にも劇作家としてはもっと交流があっても不思議ではないような近接的な位置にあったといえる。人的交流という意味では、三島著作の装幀や「椿説弓張月」ポスターを製作した横尾忠則は、寺山の演劇実験室◎天井桟敷創設メンバーとしてポスター製作や舞台美術担当として上演に参加しているし、(2)「黒蜥蜴」に丸山明宏が主演したのも、そもそもは天井桟敷の寺山作「毛皮のマリー」上演を三島が観て出演を打診したことによるものであった。(3)また『薔薇刑』を撮影した細江英公は、寺山と共に「ジャズ映画実験室」で実験映画を発表、『薔薇刑』で三島と共演した土方巽は、過去「贋ランボー伝」などで寺山演出の舞台に出演していた他、そもそも土方巽を中心とする「650エクスペリエンスの会」は、三島が熱心にその活動を見守っていたものであり、その第二回公演(昭35・10)には寺山も参加していたことも忘れてはならない。(4)三島とは旧来の友人であるドナルド・リチーや堂本正樹は寺山とも友人であり、映画「憂国」を監督した堂本は一時期寺山らと詩劇グループを結成していたこともある。また昭和四十二年九月、右の「毛皮のマリー」がアートシアター新宿文化で千秋楽を迎えた翌日が同じ劇場地下での堂本演出による「三原色」初日であったことなど、これら人間関係や場の近接性などは、現在からすれば六〇年代という時代とその先端にあった芸術家というものを考えるにあたって象徴的であるように思われる。

一九六〇年代、三島は前衛演劇や映画のメッカともいうべき草月アートセンターやアートシアター新宿に強い興味を持って足を運び、往時の熱い空気のなかにいたことは確かである。ドナルド・リチーによれば、草月ホールでは、〈三島さんも新しい現代芸術に随分興味を持っていたので、彼は土方さんのものはいつも観に行きました。(5)寺山さんの初日には、いつも三島さんが座っていた〉という。またアートシアター新宿の地下、「三原色」が上演されたアンダーグラウンド蝎座は、そもそもケネス・アンガーの実験映画「スコルピオ・ライジング」から取った三島の命名であり、映画「憂国」の試写会をしたり、三島自身もサロン然とした劇場ロビーによくたむろしていたことは、劇場の支配人である葛井欣士郎の回想『遺言 アートシアター新宿文化』(河出書房新社)などによって知られるところである。

つまるところ、おおざっぱにいってしまえば、両者は共に全く考え方や立場を異にしながらも一九六〇年代末という時代の先端の地平に位置しつつアヴァンギャルド芸術に触れ、それぞれが持つ交流関係においてはリンクし合いながら各々異なる活動を展開していたといえる。そこには、全く方向を異にしながらも何かしら共に共振作用を受けていたような時代の磁場とでもいうべきものがあったのではないか。もちろん、三島と六〇年代を論じた井上隆史が指摘しているように、六〇年代の前衛芸術やアングラ文化と三島との間には微妙な違和感、距離がある。そうした距離を念頭においてもなお三島が寺山と言葉を交わす前提となっているのは、〈大衆社会に対抗する芸術の原理〉の探索という点であろう[6]。おそらくそれこそが、この対談のタイトルにある〝エロスによる抵抗〟という姿勢であると思われる。対談のテーマとして、両者それぞれが直接的にではないにせよそれについて語っているわけだが、エロスといってもこれまた両者によって大きく異なっており、両者が意見の一致を見ることはない。

三島研究の文脈に寺山が出てくることはほぼ皆無であり、私見によれば今まで両者の同時代性に着目して両者を比較するということはほとんどなされてこなかった。あるとしてもそれは、寺山へのアプローチとしてこの対談が部分的にクローズアップされるだけだったといってよい。もちろん、冒頭述べたように演劇における必然性の支配を絶対とした三島とそうではない寺山との直接的な接点はこの対談のほかなく、その対談を、三島へファンレターを何通も出したが返事は貰えなかったと始める寺山は、過去短歌を中心に活動していた時期にはその作品に〈三島文学を意識した語彙がところどころに見られ[7]〉、その後も同時代で注目している作家として三島を挙げ対抗意識を持ったりと三島を意識していた側面があるが[8]、三島には寺山への言及は見受けられない。だが改めてこの対談をいま読み返してみると、両者が談を重ねそれぞれの旗幟を鮮明にし、そこから両者それぞれの考え方の特色が明らかになっているばかりではなく、その対極的な両者が同じ一九六〇年代という時代の地平において演劇活動やパフォーマンスをしていたことの意味とその抵抗の理念とを見ることが出来るのではないか。作品も考え方も全く異なる両者であり、この対談でも常に議論は平行線をたどってはいるのだが、むしろそこにこそ時代に相対する芸術家のあり方の問題が潜んでいるようにも思われる。以下、三島、寺山の対談を軸としながら幾つかの話題を取り上げて両者の主張における差異を確認しつつ、それぞれの時代に抗する姿勢のあり方について見ていきたい。

2　必然と偶然

先ほど述べたように、この対談では基本的にはどの話題に関しても両者は対立する形で進行、行き当たりばったりのように話題は移り時に話を蒸し返しながら結局は決着がつかないまま終わるのであるが、その中でも一番わかりやすい形で展開されるのが演劇における必然と偶然という話題である。

寺山　三島さんが賭博をおやりにならないというのは、反悟性的とお考えだからですか？

三島　偶然というのは嫌いですからね。偶然が生きるというのは、必然性がギリギリに絞られているときだけだ。たとえばA男とB子が数寄屋橋でバッタリ会う。「やあ、お久しぶり」「よく会えたね、ここで」というのは小説じゃないんですよ。ところが芝居だと舞台の両側から出てきて「やあ、珍しいとこで会ったね」「あなた、会いたかった」っていいたっておかしくないんですよ。芝居は必然性のワナですよ。

寺山　必然性というのも、偶然性の一つです。ぼくらは偶然的に宇宙に投げ出されたのだ、とは思いませんか。

三島　思わない。つまり、必然性が神で、芝居のスピリットなんだよ。だから、ハプニングというものを芝居に絶対導入したくないです。というのは、芝居は必然性があるから偶然性が許されているんで、ギリギリの芝居の線だと思う。

ここでやり取りされる必然と偶然という言葉は、それぞれ両者の演劇理念に根ざしたキーワードといってもよい。ではそれはどのようなものなのか。三島と寺山における必然と偶然の意味について確認しておきたい。

三島が右で述べる意見は演劇に関して戦後一貫して持してきた三島の考え方であり、「小説家の休暇」(昭30・11)六月二十五日の項にあるように、小説とは違って戯曲というものは形式上からも偶然の必然化という法則が貫いていなければならないというかねてからの持論そのままである。こうした前提に立つ三島にとって、〈ひたすら破滅に向つて統制され組織された均衡の理念が、私の劇の理念、ひいては芸術の理念〉(「戯曲の誘惑」昭30・9)なのであり、その均衡を意識した全体の構成と劇的効果のために三島が戯曲を執筆する時は幕切れの台詞から書き始めるというのもうなずける話である。となれば、その構成のために戯曲を組み立てる台詞は、一言一句をもゆるがせにすることはできない重要な要素となる。戦後の新劇界にあって、〈舞台と観客との感情の交流を調整し規制するものは、新劇では、演技の型ではなくて、戯曲の文体であらう〉(「楽屋で書かれた演劇論」昭32・1)とする三島がそれにこだわるのも当然である。ここには、舞台という上演空間の中で戯曲という文学形式をどのように立体化するのか、その台詞と文体を突き詰めた三島なりの論理がある。だから、三島演劇の特徴はといえば、その緊密な構成とそれを成り立たせる独特の台詞にあるといえる。一言でいってしまえば、三島演劇は徹底して台詞の演劇なのである。三島は『サド侯爵夫人』の再演」(昭41・7)で、〈なぜ芝居イコール台詞なのであるか?〉と問うて次のように答える。

それは、われわれが西洋の芝居をとり入れた最初の瞬間からいつか直面せねばならぬ最大の問題だつたのである。芝居におけるロゴスとパトスの相克が西洋演劇の根本にあることはいうまでもないが、その相克はかしやくないセリフの決闘によつてしか、そしてセリフ自体の演技的表現力によつてしか、決して全き表現を得ることがない。その本質的部分を、いままでの日本の新劇は、みんな写実や情緒でごまかして、もつともらしい理屈をくつつけて来たにすぎない。

明治以来のそして戦後の新劇界において何が問題であり己はどう対処するのかを意識した三島の、文学としての戯曲についての回答はまずは台詞ということになる。仮借なき〈セリフの決闘〉の果てに組み上げられるドラマ全体を貫き形成する法則こそが三島のいう必然なのであり、「近代能楽集」のようなある種の詩劇や「鹿鳴館」などの多幕物、そして「サド侯爵夫人」「わが友ヒットラー」にいたってその理念は実作として結実した。

これに対して、寺山は偶然というものを強調する。右の引用で寺山は悟性という言葉を使っているが、これは対談引用部の後に出てくる〈長い間、歴史が犯してきた過ちは悟性が犯してきて、その尻拭いを情念がしてきたわけでしょう。にもかかわらず、たまたま狂気や情念が過ちを犯して、いつも悟性が父親のごとく、それを整理、分析したかのごとくみせてきた歴史科学も悟性の産物です。最大の悪役は悟性です〉という寺山発言に対応しており、寺山としては、必然を支配する悟性に偶然（ハプニング）を引き起こす情念や狂気、空想といったものを対置する。ただし、こうして三島とは真逆の立場を取りながら、寺山はここで具体的に自らの演劇論を語り出すことはない。

それでは三島とは反対に、〈「知らない人間と知らない人間が知らない場所でバッタリ出会う」ことの偶然性を想像力で組織するのがドラマトゥルギーだという考え方が根底にある〉[9] 寺山の演劇論、三島の〝必然＝悟性〟に対して寺山の〝偶然＝非悟性〟はいかようなものであったのか。

初期の詩劇、劇団創設時の見世物の復権を謳う演劇、市街劇や暗闇の演劇など実験的な演劇、晩年の独特なスタイルで思想的問題を扱う演劇等々寺山の演劇スタイルは天井桟敷旗揚げから解散までの間に変化が見られるが、演劇に関する基本的発想は揺らぐことはなかったといってよい。それを一言でいえば、〈演劇とは「あらかじめ在る」ものではなくて、「成る」ものだ〉[10] ということである。劇団結成前から、〈ドラマによって人生を処方するつもりなどさらさらないが、観客も共犯者であることを強いることによってはじめて当世流行語の「舞台と客席の交流」などという考え方が達成される〉[11] として、新劇の教養・啓蒙的側面を否定し、演劇においては観客も共犯者であるとしていた寺山は、その後〈演劇実験室「天井桟敷」[12] の主目的は、政治を通さない日常の現実原則の革命である〉という、ラディカルな演劇論を披瀝するようになる。

われわれは《文学としての戯曲》を現場検証して見せる

ために演劇と取り組んだのではない。むしろ、文学などとはまったくべつの、日常的現実原則と虚構の現実とのクレヴァスを埋めあわせ、そこに新しい出会いを生成するために、演劇という様式を必要としたのです[13]。

こう述べる寺山は、戯曲上演とは文学の複製品に過ぎず、〈あらゆる経験を、「観る」ことに集約代行させる〉ことは、〈存在に本質を先行させることであり、作り手の意図を社会化することであり、舞台の高みから一方的に伝達すること[14]〉だとして、戯曲上演を、一人の劇作家の内部に退行した世界を集団で表現するだけの作者による閉じられたモノローグに過ぎないと規定する。もちろん偶然性だけで演劇は成り立たない。寺山の演劇は、〈相互創造の機会を生成するためのキーワード、コードネーム、暗号、図譜などの類を、私はとりあえずテキスト、台本と呼[15]び、それを用いて、劇場内に限らない劇空間の中で俳優と観客の相互創造としてのダイアローグ目指していく、というものであった。

劇が生成される条件として、他者との関係がまず問われる。その関係は非常に偶然的なものです。その偶然性を組織していくために、イマジネーション、あるいは見えないもの、実際にそこにないかもしれないものが呼び出される。だれもが、実際には不連続なのにもかかわらず連続していると思い込んでいる現実の原則―歴史に別の角度からの組織化をこころみる。（中略）僕は、政治を通しても変革できない部分によって、不連続な日常性の組織をこころみたい。それが僕にとって演劇という手段だったということがあるわけです[16]。

寺山にとって演劇とは毎上演が「出来事」ではなく「事件」であり、それは「在る」のではなく「成る」ものであった。それまでやってきた俳句や短歌がどうしても作者によるモノローグにしかならないことに絶望して、〈詩や短歌などでは表現し得ない新しい表現とは、関係性によって、自分自身の内面が揺さぶられたり解体されたりすることだ〉として演劇を始めた寺山にとって[17]、だから〈私たちはどんな場合でも、劇を半分しか作ることはできない。あとの半分は観客が作るのだ[18]〉ということになる。こうした演劇論は、いわば悟性によって計算され尽くした緊密な構成の三島演劇、演劇の必然性を担保するために台詞を絶対として偶然性を排除したいという三島とは対局に位置する。

では全く三島と重なる部分がないのかといえば、従来の新劇へ批判的姿勢を取りながら、戦後新劇の啓蒙的教条的部分への批判的戦略として劇場性を掲げていたというところに、かろうじてひとつの結節点が認められるかもしれない。〈劇的なるもののほかに、劇場的なものが問題になるべきだ。それは終りのある世界です。ある限られた時間だけしか存在しない幻影の肉体です。いま新劇はだんだんシアトリカルなものから遠ざかって行って、日常生活と連続の線上でとらえられるような劇場というものを考え始めてきている〉[19]とは寺山が劇団の旗揚げ公演をして間もない頃の発言だが、寺山が天井桟敷を創設した当初の路線は、見世物の復権を謳い社会的に異形の人物による祝祭的な舞台空間を作り上げ、以て観客の日常を徹底的に異化しようというものであった。寺山は文学としての演劇に否を叩きつけ空間としての即ち体験する場としての劇場を目指し自ら地下劇場を持ったが、一方三島は、ただ文学としての戯曲を書く劇作家ではなく文学座の座員であり文学座脱退後は自ら劇団を率いていく身でもあった。その演劇人三島が文学座脱退前から自ら目指すものとして打ち出していたのが、シアトリカル演劇という理念である。〈新劇を明治以前の「芸能」の精神へいかにつなげるかといふ問題が、これからますます重要になるだらうと信ずる〉（「『演劇のよろこび』の復活」昭38・3）三島が、〈私は、日本におけるフランスのロマンチック劇の再々の上演が、ひよつとすると、現代日本の新劇と伝統とのギャップを埋めるのではないか、という希望的観測〉（「ロマンチック演劇の復興」昭38・7）を持ち、既に「鹿鳴館」などでも意識してきた劇場性、〈明治以前の「芸能」の精神〉即ち型の伝承の中で観客を沸かせる大芝居を打つ歌舞伎名優の活躍するようなシアターの演劇というものを、教条的リアリズムに硬直した戦後新劇の世界に復活させようとしてサルドゥやユーゴーらのロマンチック演劇を上演することで全面に打ち出していた。[20]

とはいっても、寺山は非日常的空間を劇場に求め、三島は俳優の技芸や劇場のヴォリュプテ性を求めるといったように、同じく戦後新劇に距離を保ちシアトリカルという理念を掲げながら、三島は新劇の枠内で運動を進め、寺山はやがて従来の新劇概念を覆す〈現実原則の革命〉として全く別次元から演劇というものを捉え直していく。寺山の場合はただ新劇の改革ということに止まらない、演劇という枠を超えて社会や現実生活への抵抗を根底に据えた〈文化のゲリラ〉[21]なのであり、いってみれば（少なくとも理論的には）演劇を手段として利用したものであった。演劇を手段として、現実に抵抗する想像力による現実の組織化を標榜する寺山はその後、それを可能にする劇場という限定された場に限らない劇場概念の拡張を主張、観客に現実世界の中に劇を探させる市街劇という実験性の強い試みを実践していく。

しかしそれは演劇の改革というよりもいうなれば演劇という概念の全面的拡張であった。だからこそ現在からすれば、寺山の理論はそれを可能にした時代という限定の中でのみ有効だったのであり、普遍性のある演劇理論を構築しようとしたわけでもなく、ただ所与の演劇というメディアを使って文化の実験場に設え、そうした場を仮構するために、なにものかへの抵抗という口実を設けたのだという批判も一定の説得力を持つ。[22]芸術とは社会体制に対して文化的スキャンダルであるべきであり、そうであるものだけがすぐれた作品であると述べた寺山にとって[23]、その抵抗の基になる一つの有効な手段として演劇があった。

こうしてみると、三島と寺山の間における必然と偶然の対立というものは、そもそも演劇観の違いというよりももっと根本的な芸術理念の差異に存していることが明瞭となってくる。少なくとも理念的には、完全な構成を持つ完成された戯曲、それは必然の糸で貫かれたひとつの小宇宙であるというのが三島演劇の目指すものであって、それはひとつの世界でありフォルムによって形作られた完成品である。対して寺山演劇では、常に未完成の部分が孕み込まれ、可変的で流動的な毎度毎度の事件ともいうべきものであった。

三島寺山両者の演劇論における必然と偶然という理念と両者の根本的な差異について見てきたが、次に、両者の芸術理念の一端が垣間見えるエロスをめぐる対話について見ていきたい。

3　エロスとフォルム

寺山が自身の演劇観を語ったなかに、エロスという言葉を用いた次のような箇所がある。

> 現実原則の支配する一つの歴史とはべつの、エロス的な現実—ある限られた内部の「解放区」としての劇場観。それへの到達《ママ》が、さしあたって演劇映画による人間の復興である。と私は考える。劇場という名の「解放区」を、社会の中にどのように構想するかということが、政治的変革との交差点におけるエロス的変革の拠点として認識されるべき点となるだろう。[24]

解放区という言葉が出てくるが、寺山のいう劇場とは、〈内部の「解放区」〉とあるように、プロセニアムに区切られた舞台と客席というような現実との間の物理的な仕切りが設けられた空間を超えて、街頭であれ野外であれ演劇の発生する場の謂であり、そこに集う俳優・観客らの想像力の内部でのそれを指している。それを寺山がエロス的現実と呼んでいることに注意したい。つまり寺山演劇におけるエロスは、即ち社会や時代への抵抗拠点、政治と交差する〈変革の拠点〉となりうるものなのである。「エロスは抵抗の拠点たりうるか」というタイトルは、これを寺山流にいい換えてみれば、エロスの劇的想像力は現実への抵抗の拠点たりうるのかという意味になろう。寺山にしてみれば、偶然的存在に過ぎない俳優や観客が、演劇という事件に巻き込まれることによってエロス的な現実へと到達し、こうした想像力による新たな現実を以て日常の現実に対峙し、日常を打ち破って現実社会に抗していくことを自らの目標としている、といえる。では、そのエロスなるものとはいかなるものであったのか。対談では、このエロスなるものをめぐっても両者は大きく対立することになる。先走って述べてしまえば、この対立はそれぞれの芸術家としての根本的な部分での対立であり、こうした発想の違い、エロスをめぐる対立がそのまま先述した演劇観の違いに敷衍されていると見てよいだろう。

三島没後、寺山は同じく三島と対談した経験を持つ野坂昭如と「三島以後のエロス」と題して対談し、エロスに関して三島と対立したことを次のように語っている。

ぼくが三島由紀夫と対談したときのテーマは「エロスは抵抗の拠点たりうるか」というのでしたが、三島さんはジョルジュ・バタイユに興味をもっていて、聖を犯すこと、神の前で性を冒瀆することがエロチシズムだという立場をとっていた。ところが、ぼくなんか生まれたときから、神聖なものとしての性なんかなかったので、最初から冒瀆されてたものをどうやって神聖化するかということ—汚くて仕様がないものを想像力の助けを借りてどうやって神聖にしていくかということ—のなかにエロスを見出すほかはなかったわけです。そういう意味で三島さんと正反対の考えであった。[25]

実際には語られながら活字にはならなかっただけかもしれないが、活字化された三島・寺山の対談にはバタイユの名は一切出てこず、なおかつ寺山が右で三島の立場だと説明するバタイユ的エロティシズム論は、正確にいえば、三島が対談中に澁澤龍彦を取り上げたインタビュー記事を紹介して語ったものである。[26]とはいえ、改めて述べるまでもなく三島はバタイユのエロティシズム論には大きな影響を受けており、澁澤の「フリー・セックスは疑似ユートピアに過ぎない」といったコメントを紹介しながら、〈澁澤さんにとっては、エロチシズムは神とスレスレのところで神に背を向けるから、エロティックに高揚するんだから。それはサドだろう。だけど、そうでないセックスなんて、エロティックでもなんでもないわね〉と同意を示している。こうした三島に対し、当時の性解放運動を背景として、〈フリー・セックスがただ「解放」に向かっているあいだは非常に軽薄ではあるけれど、しかし母親と寝、兄妹と寝ることが文化になるのは当然の成り行きだ〉と三島に述べる寺山は、近代の性教育を批判し、近親相姦を肯定する。ヴィルヘルム・ライヒに注目し、社会制度ではなく個人の性意識の解放によって新たな他者との出会いがはじまるとする寺山の論理である。[27]個人の性意識の解放により得られたエロス的現実を、現実原則の支配する日常に抵抗していく新たな変革の端緒にしようというわけだ。続けて寺山の回想を引いておく。

三島さんの場合のように性が厳粛な必然性としてあって、盃から水がこぼれるかこぼれないかといった絶対との葛藤をこらえながらそれを犯すことを、あるいは犯そうと思って犯さないことをエロチシズムだとは思えないんだよね。もし妹がいたら、妹ともやらなくてはならないし、おふくろがいたらおふくろともやらなくてはいけない。そこには、禁じられている性、禁じられているエロスというのはまったくない。むしろエロスというのはタシ算の世界でどれだけ数を増やしていくかというようなことの、滑稽さの中に存在しているんじゃないかという感じがあったんです。三島さんはそれを悲劇的にとらえようとする。その辺が違うんですね。[28]

三島は寺山との対談で、薄い盆に水を張って歩くという例えで、〈まず人間にできないことを要求しておいて、そこからこぼれたものは自分のところへ取ろうという〉のがカトリックだが、〈それじゃこぼしてもいいとなったら、何が始まる? 文化の根本問題なんだ。エロスは希薄になるし、第一、あと許されざるものは、この世になくなっちゃうんだよ〉として、寺山的な性解放論に反論する。幾つかの対談で同じ主旨の発言を繰り返しているが、三島は既に「自由と権力の状況」(昭43・11)において、同じ例えを用いてカトリックとエロティシズムについて語っており、もしエロティシズムの完全な自由、その人間性(人間の自然)の解放がなされたならばサドが示したように行き着くところは快楽殺人をも許される社会なのであり、それでは社会も国家も成り立たず、つまりそれは政治上のアナーキズムと同じく幻想裡でしかかなわぬ観念だと指摘する。寺山は回想のなかで、性にまつわる禁止について三島は悲劇的に捉えようとしていると述べているが、対談における三島の文脈は、ただのエロティシズム論を超えて、〈フォルムというのはカソリックの夫婦間性行為と同じような意味を芸術に対してもっている。そのフォルムをこわしたら、もう芸術じゃないんだよ〉と文化に内在するフォルムの拘束、芸術とフォルムの関係というものに接続していくものであった。ここで展開される三島の考えは六〇年代後半の三島における芸術論の基本姿勢ともいうべきものであり、例えば三好行雄との対談「三島文学の背景」(昭45・5)でも、芸術家の根本的な能力とは、直感によって対象を形にすることだとする三島は、形がつかめないところから始めるアンフォルメルの隆盛に芸術の危機を見ている。

こうした三島に対して、寺山のエロス論はこの対談ではそれ以上に展開されることはないのだが、絶えず間然とするところがないように三島が繰り出す論理の前で寺山は最後の抵抗ともいうべき応戦を繰り広げる。先に必然と偶然についての両者のやり取りを見たが、次にこの対談の第二の山場ともいうべきその箇所を引いておく。

三島　(前略)芸術の場合はフォルムしか認めない。フォルムというのは人間に不可能なことなのに、どうしてあるんだろう。(中略)文化というのは、そういうものなんですよ。まったく不必要かつ不可能、そういうものがモトになっている。それを崩したら大変だぞ、と口を酸っぱくしてぼくはいってるんだよ。

寺山　しかし文化の概念が変質していくということは認めざるを得ないでしょう。

三島　絶対に認めないです。いくら変質したって、フォルムの形成意欲は変質しない。これは芸術の宿命でしょう。
寺山　フォルムを要求する心象は変らなくても、文化の形態そのものは変ります。変るから形なのだ、と言えるでしょう。
三島　それは絶えず変っていくでしょうけどね、単なる流行というか表面現象にすぎないでしょう。
寺山　不滅なんてない。
三島　不滅というのはフォルムですよ。
寺山　たとえば母親と息子がやることも文化とはお考えにならないわけですか。
三島　もし、それが倫理化されれば文化になるんだよ。

プラトン「饗宴」で語られるエロスに、既に〈近代の芸術家の定義〉（「芸術にエロスは必要か」昭30・6）を見る三島である。エロスというものがそもそも欠乏の自覚と欠乏しているものを愛求する運動であるとするならば、カトリックの禁止による欠乏が、延いては、つまり文化におけるフォルムの拘束というものがあってこそ、エロスが最大限に発揮される原動力となるのであり、それこそが芸術を生み出していくものだ、というのが三島の古典主義ともいうべき考え方である。してみれば、三島の論理からすると、対談中三島が述べるように寺山の意見が「近親相姦をするべきだ」という倫理化＝フォルムを要求するのであれば認めるが、ただ〈禁じられている性、禁じられているエロスというのはまったくない〉のだから近親相姦も肯定するというだけであるなら、それはただ想像裡の観念に過ぎない性的アナーキズムとなるほかない。そして三島は、〈″べき″でなきゃ抵抗の拠点になれないな〉として、この議論は物別れに終わる。先ほどの必然と偶然と同じように、寺山と三島の話はここでも常にかみ合わない。

4　形と不定形

ところで、三島があくまでフォルムにこだわったように、もともと寺山にはフォルムへの抵抗といったような考えが備わっていた。

僕はどうして俳句や短歌を書くのかと考えると、あとでシュペングラーを読んだことと似ていますね。それはいわば情念の中の形態学だからでしょうね。形というのは元々たいへん危険なもので、言語を管理したり、ものの思考が自由にほとばしり出ようとするのを形の中に閉じこめて桎梏を課するものですから、発想に対する言語のファシズムのようなものですね。（中略）そういうものに対する反撥みたいなものから、人のことばで文学はできるべきだという考えが生まれてきた。つまり、カミュの小説があったら、それをはさみで切り取り順列と配列の転換だけで全く別の自分の小説を作れるならやってみたいというようなことを考えたりする。[29]

これは三島との対談の前年に、寺山が鶴見俊輔と行った対談での発言である。先にも少し触れたが、寺山が俳句や短歌という一定の詩形に拘束されているものから次第に離れていき、俳優と観客を巻き込んでの相互創造としての演劇へと傾斜していった理由を端的に語っていて興味深い。またそればかりでなく、ここには過去の自作や他者の作品を独自に引用そしてサンプリングしながら作品をつくっていくという特殊な寺山的創作の理由の一端が示されてもいよう。こうした発想が根幹にあればこそ、三島との対立は正に必然であった。

三島と寺山の演劇へのスタンスは、今まで見てきたように、それぞれ必然と偶然、作家性と無私性、完成と未完成といったように対極にあるものと位置づけられるが、それはまた先ほどのエロスの問題に敷衍すれば、フォルムとアンフォルメルの対立、いわば、古典主義とバロックの対立のようなものであったといえる。戦後、三島がアヴァンギャルド芸術に少なからぬ興味を示し、蝎座や草月ホールに赴いていたことは冒頭述べた。だが三島は、土方巽の暗黒舞踏やドナルド・リチーの実験映画を賞賛しても、前衛芸術全般、美術界におけるアンフォルメルやハプニング等々には一切目をくれなかった。もともと〈美を論じても、風景を論じても、政治を論じても、演劇を論じても、私の問題性はそもそも私の内部にあった〉(「序文(『三島由紀夫文学論集』)」昭45・3)三島である。時代の先端をただ追うのではなく、自己の問題意識の切っ先を突きつけて時代に抵抗していたのであれば、常に時代を見きわめ、戦略的に時代へと挑発を仕掛けた寺山が新しい芸術に注いだような視線はここにはない。だからこそ三島の前衛観には種々複雑な線引きがあり、[30]その関心を惹くものは、当時のアヴァンギャルド芸術のうちでも限られたものであった。美とは〈形のなかにたわめられた力〉[31]であるとするフォルムにこだわる三島であってみれば、アンフォルメルを無視し、ばかりか芸術の危機として捉えるのも当然である。

共に六〇年代芸術のアイコンとして時代に抵抗しつつも、人脈的にも場所的にもある種近接的な立場にありながら、観客参加など偶然的要素を重視しその場その場で毎回異なる〈成る〉ものとしての演劇を志向する寺山の考え方と、その対極に立つ三島との差異は、形を以て抵抗するのか、形を突き崩した不定形によって抵抗するのかといったフォルムをめぐる芸術観の相違であったのであり、それは共に時代への抵抗という姿勢のあらわれにも違いをもたらしていたのである。

(大学非常勤講師)

註1 小川徹「対三島、泥酔の野坂、五分の寺山」(小川徹編『対談集 それは三島の死に始まる』立風書房、昭47・10)、33頁。

2 横尾忠則は、昭和四十三年一月の演劇実験室◎天井桟

敷結成に参加、旗揚げ公演「青森県のせむし男」（昭43・4草月ホール）以来舞台美術、宣伝美術を担当していたが、第四回公演「毛皮のマリー」（昭43・9アートシアター新宿文化）上演直前にスタッフと意見衝突し降板した。

3　三島由紀夫「黒蜥蜴」（昭43・4、プログラム寄稿文）、または丸山明宏『紫の履歴書』（大光社、昭43・9）。また、「毛皮のマリー」観劇後の三島が楽屋を訪ね、「君がどうしても嫌と言うなら諦めますが、よろしかったら丸山君を貸してくれませんか」と直接寺山に打診し了解を取り付けたという（豊田正義『オーラの素顔 美輪明宏の生き方』講談社＋α文庫、平21・12、230頁）。対談以外で知られている唯一の三島と寺山の直接的接触であろう。

4　舞台「贋ランボー伝」（昭35）については詳細不明。「ジャズ映画実験室」（昭35・10）や「650エクスペリメントの会」については、拙稿「自己聖化としての供儀ー映画「憂国」攷ー」（『三島由紀夫研究2』平18・6）参照。

5　ドナルド・リチー「現代文化のインキュベーター」（『輝け60年代 草月アートセンターの全記録』「草月アートセンターの記録」刊行委員会、平14・11）所収、208頁。

6　井上隆史『三島由紀夫　虚無の光と闇』（試論社、平11・18）、289頁。

7　小菅麻起子「寺山修司『空には本』における〈同時代文芸〉という方法ー堀辰雄・ラディゲ・三島由紀夫の受容から」（『立教大学大学院日本文学論叢』平14・9）、18頁。

8　例えば、高取英編「年表寺山修司1935～1983」（『現代詩手帖』昭58・11臨増）の昭和三十五年の項目には〈三島由紀夫演出のワイルド「サロメ」を観た時「もう三島は終りだ。いよいよ寺山修司の時代だな」と叫ぶ。（春日井建）〉という記述があり（307頁）、長尾三郎『虚構地獄 寺山修司』（講談社文庫、平14・9）には、「毛皮のマリー」上演後に同じ劇場地下で上演された「三原色」に客が入らないのを見て〈寺山は、三島に勝った、と得意満面だった〉（286頁）との報告がある。

9　寺山修司・唐十郎「対談・劇的空間を語る」（『劇場』8号［刊記無、昭52・3？］）、26頁。

10　寺山修司・鈴木忠志・渡辺守章「前衛劇の行方」（『新劇』昭52・1）、73頁。

11　「空想の劇場（演劇零年）」（寺山修司『時代の射手』芳賀書店、昭42・10）、109頁。引用単行本に初出表記はないが、初出は「雲」（昭41・5）。

12　寺山修司『迷路と死海 わが演劇』（白水社、昭52・6）、10頁。引用単行本に初出表記はないが、初出は「呪術としての演劇 密室から市街へ」（『新劇』昭48・5～49・7）。

13　同右、180頁。

14　同右、49頁。

15　同右、182頁。寺山は劇団結成後しばらくしてからは、自らの台本を戯曲ではなく記録であるとして雑誌掲載や単行本化していく。
16　前掲「前衛劇の行方」。
17　寺山修司インタビュー「〔スキャンダル〕の素顔―〝日常性〟を挑発する戦略」（「サントリー・クォータリー」昭57・9）、21頁。
18　前掲『迷路と死海』、39頁。
19　寺山修司・唐十郎・竹内健・高橋睦郎「座談会 本質論的前衛演劇論」（「三田文学」昭42・11）、15頁。
20　拙稿「三島演劇における歌舞伎の底流」（「三島由紀夫研究9」平22・1）参照。
21　寺山修司「マス文化への抵抗―アングラ演劇繁盛記」（「読売新聞」昭43・2・22）、9面。
22　内野儀「寺山修司の墓」（「ユリイカ」平5・12臨増）、74頁。
23　前掲「座談会 本質論的前衛演劇論」、25頁。
24　寺山修司「劇的想像力 または決闘のすすめ」（「地下演劇」1号、昭44・5）、8頁。
25　寺山修司・野坂昭如「三島以後のエロス」（前掲『それは三島の死に始まる』）、34頁。初出は「映画芸術」（昭46・3）。
26　「アウトサイダー70年代の百人8　澁澤龍彥」（「朝日新聞」昭45・5・9）、14面。
27　寺山修司他「性欲論」（『白夜討論』講談社、昭45・10）参照。当該文は劇団員と寺山との討論の活字化だが、討論の日時は不明。寺山が、三島との対談で三島に紹介された澁澤龍彥の論を引用しているので、三島対談の後になされたものと思われる。
28　前掲「三島以後のエロス」、35頁。
29　鶴見俊輔・寺山修司「今はまだ千早城（語りつぐ戦後史33）」（「思想の科学」昭44・11）、115頁。
30　稲田奈緒美『土方巽 絶後の身体』（NHK出版、平20・2）で引用紹介されている堂本正樹の談話が、当時の三島における種々の線引きの具体例について触れている（347～348頁）。
31　インタヴュー「『美』について、『愛』についてほか」（三島由紀夫（音声）『サーカス・旅の絵本・大臣』新潮社、昭63・1）収録。

特集　三島由紀夫と同時代作家

江藤淳『作家は行動する』の想像力論

井上隆史

私は巻をおくあたわざる思いでこの作品を読み通し、現代世界の裏側にひそんでいる甘美な、誘惑的な自己破壊の衝動に照明を当ててみせている作者の俊敏さに、一種の苦い喜びを味わざるを得なかった。（中略）「美しい星」の中では、火星も、金星も、いわば占星術的な光を帯びて輝いている。そうして後述の白鳥座六十一番星のごときは、天王寺の妖霊星のような不吉な光を発している。この光は私の最も原始的な闇の底までさしこんで来るが、SFの中では決して星はこんな輝き方をしないものである。星をこのように光らせているのが、作者の批評の力であることは言うまでもない。

さらに興味深い事実もある。右の時評が書かれた時、江藤はロックフェラー財団研究員として米国にいた。その滞在地プリンストンに三島が書き送った書簡五通が残されているが、そこには江藤が『美しい星』英訳出版のために進んで尽力し、それに三島が心から感

1

江藤淳の三島由紀夫論として真っ先に思い浮かぶのは「三島由紀夫の家」（「群像」昭36・6）であろう。そこで江藤は、『鏡子の家』は長篇小説として書かれた。そして長篇小説として失敗している。小説としてこの作品を読めば、これほどスタティックな、人物間の葛藤を欠いた小説もめずらしいのである」と述べた。一般に『鏡子の家』は失敗作とされているが、そうした評価を決定付けたのは、三島作品の表題をもじった江藤のこの評論であった。

だが、「三島由紀夫の家」を改めて読むと、三島の立場を理解していないわけではないし、『鏡子の家』を全面的に否定しているわけでもない。三島に向けられた江藤の視線には、もう少し屈折したものがある。それは『美しい星』を取り上げた次の文壇時評（「朝日新聞」昭37・11・3）にも、よく現われている。

謝していた様子が具体的に描かれており、これを読むと、むしろ江藤は三島文学の最善の読者だったのではないかとさえ思われるほどなのである[1]。

両者の関係は、決して一面的なものではないのだ。

そこで本稿では江藤の初期評論であり、本格的な文学理論であると同時に同時代評でもある『作家は行動する』(講談社、昭34・1)を取り上げ、その内容を分析するとともに、これをできるだけ大きな視野の中に位置付け直してみたい。そしてその視点から見た時、三島文学がどのような相貌をもって浮かび上がるか見極めてみよう。それは、三島と江藤との単純ならぬ関係を、文学史、思想史の大きな文脈において読み直す試みにつながってゆくはずである。

2

『作家は行動する』は文体論であると言われる。これは江藤自身、自著をそう一言で概括しているのだが(『小林秀雄』あとがき)、これは誤解を招きやすい言い方だと思われる。文体論といえば、言葉の形式的配列やレトリックの分析のことかと思われるが、江藤がやろうとしているのは、そういうことではないのだ。むしろ江藤の主張の基盤となり、その核心を形作っているとも言えるのは、セシル・デイ=ルイス[2]の『詩のイメージ』で展開される行動主義的な想像力論である。江藤は『作家は行動する』で、「真のリアリストたらんとする作家は、現代においては必然的にイマジストになる。それは現代の現実が混乱し、錯綜し、そのほかの態度をとることによってはとうていとらえがたいほど多様だからである。イメイジはその現実をうつしだす神通力をもった鏡である」と述べてから、『詩のイメージ』の一節を、自身の訳によって引用している。

> われわれはここでペルセウスとメデューサの伝説を思いださねばならない。アテナイ人たちは、なんにもましてペルセウスに一つの楯をあたえ、そのなかにメデューサのイメイジを映し出すように命じた。メデューサの顔をまともに見たものは、生き永らえてはいられなかったからである。この原始的なレーダー装置のおかげで、彼はこの魔女を直視することなくしとめることができた。……まったく同様に詩人たちは、もし彼が現代の状況の犠牲になることを肯んじないならば、現実を映しだすためのイメイジを用いて彼の想像力の剣をふるうのである[3]。

そして江藤は、「デイ・ルイスがいうのは詩人についてであるが、作家についても事情はまったく同じである」と付け加える。だが、訳には一部省略があり、デイ=ルイスの考えを丁寧に理解しようとするなら、もう少しまとまった形で原文を見る必要がある。次の引用のうち、網掛けは江藤の訳文に対応する箇所で、傍線①〜⑤は引用者による。

We should remember the legend of Perseus and the Medusa – how Athene gave Perseus, amongst other things, a shield, bidding him focus in it the image of Medusa, whom no one could look at face to face and live; and by this primitive Radar device he was able to attack her without setting eyes upon her. Reality to-day presents an even more ①'immense, moving, confused spectacle' to the poet than it did to Matthew Arnold. More and more, therefore, lest he be petrified by it, ②he uses the image as a shield in which he may focus reality for the sword-thrust of his imagination: that is the point of my own lines,

> Now, in a day of monsters, a desert of abject stone
> ③Whose outward terrors paralyse the will,
> Look to that gleaming circle until it has revealed you
> The glare of death transmuted to your own
> Measure, scaled-down to a possible figure the sum of ill.
> Let the shield take that image, the image shield you.

④The image is a drawing-back from the actual, the better to come to grips with it: so every successful image is the sign of a successful encounter with the real. When an image fails, we may trace the defect technically – ⑤it is inconsistent, too weak or too strong for its context: but the root of the trouble, for the modern poet at any rate, is indicated by Matthew Arnold's phrase, 'that impatient irritation of mind which we feel in presence of an immense, moving, confused spectacle'.(4)

右の議論は三段階に分かれるが、これをABCとしよう。

まず、傍線①、③によれば、現代における現実 reality は あまりにも複雑で手に負えず、私たちの精神力 will を麻痺させてしまう(A)。

しかし、②、④に言うように、詩人は現実 reality、the actual をより良く捉える grip, focus, encounter ために、現実から離れる drawing-back from という独特の行動を起こすことができるし、またそうしなければならない。それは想像力 imagination の働きによって、イメージ image を思い描くことである(B)。

けれども、⑤にあるように、イメージが文脈の上で弱過ぎたり強過ぎたりするなど一貫性を欠くならば、その試みは成功せず、詩人は現実の犠牲者となって終わる(C)。

このように見るならば、文体論と直接結びつく方向性を持つのはCのみである。Aは議論の前提となる現状認識だが、本書が、デイ=ルイスが一九四六年に行ったケンブリッジ大学トリニティ・カレッジの公開講座(Clark Lectures)を元にしていることを考えるならば、第二次世界大戦の終戦、戦後の混乱がその背景にあることを忘れるわけにゆかない。そのような混乱期にあるにもかかわらず、いや、それだからこそいっそう詩の存在意義が大きくなるというのがデイ＝ルイスの考え方で[5]、それはBに示されるように、行動主義的な想像力論の明確な主張として提起される。江藤淳がもっとも強く共鳴したのも、この点であった。そして、実を言えばそれは江藤の評論の書名に端的に現われていることである。すなわち、想像力豊かな作家は、決して書斎に籠もって夢見心地になる人間ではなく、まさに恐るべき現実に向かって行動する存在なのだ。

さて、以上のことを踏まえるなら、『作家は行動する』に関する注目すべき論点が、おのずと定まってくるであろう。次に四つのポイントを掲げながら、『作家は行動する』を分析することにしたい。

3

第一に、本来デイ＝ルイスの『詩のイメージ』は、第二次世界大戦の終戦、戦後の時代文脈から切り離して読むことのできないものである。だが、江藤が論じたのは昭和三十年代前半の日本の文学であった。それが可能だったのは、江藤の目に当時の日本の時代状況が、第二次世界大戦終結前後の混乱期に匹敵する深刻さを帯びて映ったからで、具体的には、江藤は六〇年安保改定前夜の日本に大きな混乱と変革の可能性を認め、そこに文学者の役割を探り出そうとしていたのである。

では、江藤はそのような時代認識のもと、行動主義的な想像力を駆使する作家の作品として、どのようなものを考えているのか。筆頭は、『作家は行動する』の各論の冒頭に置かれた大江健三郎の『芽むしり仔撃ち』である。その作中で、感化院の少年たちは、疎開先の村人たちが群れをなして敷石道を移動してゆくのを見つけて、「なぜなんだ？」と呟くが、この呟きについて、江藤はこう述べる。

その解答はやがてあたえられ、村人たちは「発生した疫病」におびえて村を捨てるのであるが、それにもかかわらずわれわれはこの「なぜなんだ？」という問いが、痛切なリアリティーをもって、現にわれわれがそこにおかれている一九五八年の日本の具体的な状況に向けて発せられていることを知るであろう。われわれの周囲に充満している現実逃避と、その現実のなかにおきさられているわれわれの存在、そこから発せられるこの抗議の声、——つまりこのイメイジはそれらを明瞭に反映している開放されたイメイジである[6]。

ちなみに、この「開放されたイメイジ」は、作家の大江がその想像力を駆使し作中の少年たちと同化することによって、時代状況を映し出す鏡として生み出される。それに大江が成功しているのは、まさにデイ＝ルイスが言うinconsistent, too weak or too strong for its contex ではない言語表現による「文体」を、大江が発見したからだという(7)。

第二に、「開放されたイメイジ」の対極に位置するのは、作家がフェティシズムの対象として戯れるだけの「閉鎖されたイメイジ」なのだが、その種の「イメイジ」に惑溺する作家として江藤が第一に挙げているのが三島由紀夫である。江藤は三島について、「下水溜にナルシスの顔がうつっている。彼は身ぶるいしてこの美少年を抱擁しようとし、溜のなかにおちこんで呑みこまれたままふたたびうきあがらない(8)」とまで言う。だが、このことをもって三島が全否定されているわけではないことに注意しなければならない。それは前節で『鏡子の家』や『美しい星』について指摘したことと同旨なのだが、『作家は行動する』には次のように記されている。長くなるが、重要なポイントなので次に引用しよう。

> ただここで特筆すべきことは、私小説家たちの自己解消やフェティシズムがきわめて無意識的なものであって、彼らが自分のつくりつつある価値に対しておおむね盲目であったのに対し、三島由紀夫氏がきわめて、意識的にその人工楽園をつくりあげ、そのなかで溺れ死のうとしている、という点である。私小説家たちは、彼らがリアリティーの断片に固執せざるをえないために、「世界よ、滅びよ！」ということはできない。しかし三島氏は確信をもって、にこやかに、「世界よ、滅びよ！」と三たびくりかえすことができる。実際には、そのとき彼の周囲にあらわれるのは、「現実界」の空無化の上に成立つ大空のように壮麗な「想像界」などではなく、一寸法師のオワンほどのちいさな蒔絵の筥で、その筥はいっこうに「空無化」されない現在の日本の現実の上をポカリポカリと浮かんでいくに過ぎないとしても、この態度は珍重されるべきである。いうまでもなくそれは作家の態度ではないが、その立場のいかんにかかわらず、ひとつの立場にs'engagerするということは、知識人の根本条件であって、現にこのことをよくなしえているものはすくない。だが、われわれとしては、われわれは「世界よ、滅びよ！」ということはできない。「世界よ、あれ！」というのが、つねにわれわれの立場だからである(9)。

右の引用中、「現実界」「想像界」は、サルトルの『想像力の問題』の用語だが、これについて検討する前に確認しておきたいことがある。それは江藤が三島を全否定しない理由だ。引用文を一読すると、みずからの駆使する想像力の性質について自覚的である点、言い換えれば「閉鎖されたイメイジ」を意図的に選択しているという一点において、江藤は三島を評価しているように見える。だが、もう一段深く考えるなら、江藤が三島の中に、「世界よ、滅びよ！」という破壊衝動を見出していることを、見逃すわけにゆかない。これに対して江藤は、『『世界よ、あれ!』というのが、つねにわれわれの立場だ」と表明する。だが、このような表明があえてなされる時、それは、これと対立する立場の自己否定として定立される、という場合が多いのではないだろうか。そうだとすれば、いずれ否定されることになろうとも、少なくとも一度は江藤の内面にも「世界よ、滅びよ!」という声が響いた筈で、むしろそこにこそ、江藤と三島を結ぶ密かな紐帯があったように思われるのである。事実、そう捉えなければ、前掲『美しい星』評で、「甘美な、誘惑的な自己破壊の衝動に照明を当ててみせている作者の俊敏さに、一種の苦い喜びを味わざるを得なかった」と述べている江藤の思いを、充分に了解できないであろう。この点については、本稿の最後にもう一度考えることにしたい。

次に第三の論点だが、それはサルトルの『想像力の問題』との関係である。原著の*L'imaginaire*は一九四〇年の刊行だが、日本では昭和二十九年に平井啓之によって紹介され[10]、翌三十年には平井による邦訳が刊行された[11]。そして文壇・論壇に少なからぬ影響を与えることになるが、同書の論旨をごく簡単に確認するためには、結論の章から以下の三つの文を取り上げるのが良いと思われる。翻訳では誤解を招く場合があるので、原文で引用しよう。

L'irréel est produit hors du monde par une conscience qui *reste dans le monde* et c'est parce qu'il est transcendantalement libre que l'homme imagine.

……l'œuvre d'art est un irréel.

……on peut déjà conclure que le réel n'est jamais beau. La beauté est une valeur qui ne saurait jamais s'appliquer qu'à l'imaginaire et qui comporte la néantisation du monde dans sa structure essentielle.[12]

ここでは美しいものとしての「想像界」l'imaginaireと、決して美しくないものとしての「現実界」le réelとが対比されている。そして、人は「先験的に自由」transcendantalement libreなので想像力という「意識」une conscienceを駆使して、この世界の外に「非現実界」l'irréel＝「想像界」を生み出すのだが、それは世界を「空無化」néantisationすることなのだという。そして、そのようにして生み出される芸術作品は、「非現実的存在」un irréelである。

このようなサルトルの主張を最初に取り入れた論として服部達の「われらにとって美は存在するか」(『群像』昭30・6~9)を挙げることができるが、服部によれば現代の作家が想像力を駆使して追求すべき対象は、「美」というより「未知なるもの」である。これに続いてサルトルの『想像力の問題』を本格的に取り入れたのが江藤の『作家は行動する』で、事実江藤は、「日本の近代文学にはいまだに想像力理論が事実上存在しない」ので「サルトルの『想像力の問題』を引用しながら話を進めることにする[13]」と記している。だが、ここに根本的な問題が生じる。もしサルトルが、「想像界」と「現実界」は相容れず、芸術作品は「非現実的存在」であるということを唱えているのだとすれば、先に引用したデイ＝ルイスの次の主張の後半と矛盾するからである。

The image is a drawing-back from the actual, the better to come to grips with it……

つまり、サルトル的な意味での想像力によって現実を捉えることなどないものねだりなのであって、「もしサルトルの論理が正しければ、われわれやセシル・デイ・ルイスの前提は崩壊するであろう[14]」。そして江藤が選ぶのは、言うまでもなくデイ＝ルイスの立場である。

最後に第四の論点だが、では江藤にとって想像力を駆使して追求すべき目標は、現実をより良く捉える、という言い方で隈なく言い当てられるかと言えば、必ずしもそうではないことに注意しなければならない。江藤によれば、その目指すところは、われわれが「真の実在」に触れ、「われわれの存在の重みがはじめて回復され」、「安全な自由」が実現することでもあるのだ[15]。それは、デイ＝ルイスが『詩のイメージ』の結語として据えたゲーテの詩句 The eternal spirit's eternal pastime—Shaping, re-shaping (Gestaltung, Umgestaltung, Des ew'gen Sinnes ew'ge Unterhaltung) や、これと合わせて『詩のイメージ』に引用されるウィリアム・ブレイクの詩「神のイメージ」The Divine Image の世界とも合致するであろう[16]。

だが、これが想像力の目指すところの陽の面だとすれば、実はそれが陰の面とも重なり合っていることを、江藤は暗示している。それは『作家は行動する』を最後まで読まないと浮かび上がってこないのだが、江藤は夏目漱石『夢十夜』の第七話を挙げつつ、次のように述べているのだ。

行先のわからない船が、黙示録的な海を走りつづけている。「焼火箸の様な太陽」がいくどとなく昇っては沈んで波をわきたたせる。彼はこの光景に耐えきれない不安を感じる。異人が来て、「神を信仰するか」ときくと、彼は黙して答えない。この掌篇は漱石がほとんどメルヴィルを思わせるイマジネーションを駆使することのできる作家だということを立証しているが、それと同時に「自己本位」の行動家の底にひそんでいるのが、ほとんどexistentialな「存在」の不安であることもものがたっているであろう。漱石は、ここで重い自己の「存在」にふれて、戦慄している[17]。

4

以上、『作家は行動する』を分析したが、これを踏まえて同書のテーマを要約すれば、昭和三十年代前半の日本における行動主義的想像力の可能性の追求、ということになるだろう。

　そこで本節では、江藤の考え方を想像力論史の大きな文脈に照らして特徴づけてみたい。

　最初に確認しておかねばならないのは、西洋の伝統的な思想において想像力というものは本来、決して肯定的な評価を与えられてこなかったということである。古代ギリシャで想像力にあたる語は *φαντασία*（fantasy の語源）だが、プラトンの考え方によれば、真の実在であるイデアに対して、この世の事物はイデアの似像であり、さらにその似像が人の心の中で思い描かれて *φάντασμα*（イメージ、表象）となる。従ってそれには、イデアから二重に遠ざかった低い位置しか与えられない。ブッチャーによれば、アリストテレスのミメーシス（模倣）の概念には、creating according to a true idea[18] という意味が含意され（そのような意味でのミメーシスの対象は単なる現実ではなく *βέλτιον* と呼ばれる）、そこには積極的な想像力論へと展開しうる契機が存するが、実際にそうした方向へと議論が深められることはなかった。そして、想像力を否定的に評価する立場は、デカルトやパスカルなど主にフランス系の思想に受け継がれる。

　このような想像力論の系譜の中で見ると、サルトルの立場はまことにアクロバティックである。彼にとって想像力はイデアに通ずる道ではない。そうかといって、この世の現実を捉えるということも、想像力の役割ではない。従って、想像力の産物はいかなる意味においても「真理」ではなく、これを積極的に評価する余地はないはずだが、しかしまさにそれ故にこそサルトルはそこに、現実を否定し、新たな価値を創造する人間の主体的自由を見出す。そして、この一点をもって、想像力の評価を逆転してみせたのである。

　しかしその一方で、このような逆説的な筋道を通らずに想像力を積極的に評価しようとする立場が、西洋思想のもう一つの側面を形づくって来たことも、忘れるわけにはゆかない。たとえばルネサンス期、新プラトン主義を代表する哲学者マルシリオ・フィチーノは、プラトンの『饗宴』の注釈において、「ある男が目で人間を見、想像力でその似姿を心の中に作り、長いことかけてそれを修正しつくした時、彼は神の光の内にある人間の理念を見られるまでに自分の知性をとぎすましたことになる」[19]と語るが、ここでは想像力が先述の *βέλτιον* に向かうものとしてのミメーシスに極めて近似した概念として捉えられている。

　本稿で既に触れた人物の中では、ウィリアム・ブレイクが重要である。先に引用した詩「神のイメージ」に即して言えば、彼にとって pray と imagine はほとんど同義といっても良いくらいである（注16参照）。ほかに想像力の役割を重視した思想家として、アダム・スミスの名も挙げる必要がある。スミスの『道徳感情論』は、人間は利己的な生き物であるが、他者の幸福や不幸に同感しあるいは哀れむという本性も持っている、という主張から始まるが、スミスによればその同感

sympathy や哀れみ pity ということが可能なのは、私たちに想像力が備わっているからである。そうだとすれば、想像力は他者の境遇や他者の集合体である社会の現実を理解するために必要不可欠な契機だということになるだろう。

　このように、西洋思想においては、想像力を否定的に評価する立場を基軸としつつ、これと背反する立場も根強い伝統を形作っている。従って、そこには深刻な矛盾が存するのだが、この矛盾それ自体を主題的に問うた哲学者がいる。それはハイデガーである。ハイデガーは『カントと形而上学の問題』において、カントが『純粋理性批判』の第1版でいったんは高く評価した構想力の位置付けを、第2版で改変し、構想力の評価を低めてしまったことに光を当てる。構想力とはドイツ語で Einbildungskraft、英語の imagination に相当する。それをカントははじめ、人間のあらゆる認識に必要不可欠な心の機能と見なしたのだが、第2版ではこうした論述を削除し、かつて構想力に担わせていたものを悟性の役割として捉え直したのだった。

　カントはなぜこのような改変を行ったのか。ハイデガーはその理由を考察しているが、それによれば、伝統的に低級な能力として否定的に扱われてきたはずの構想力の重要性に気づいたカントは、そこに Unbekannte（未知のもの、不可知なもの）を覗き見てしまった。そのために彼の理性主義が根底から崩れることを恐れて、カントは構想力の問題から退避したのである。

　さて、以上西洋における想像力論史を概観したが、これを座標系を用いて整理してみたい。想像力というものを高く評価する立場をX軸の右方向に、想像力にイデアや他者、社会的現実など何らかの対象の「真理」へ近接する機能を認める立場をY軸の上方向に当てはめるならば、各象限にそれぞれ次の名を置くことができる。

第Ⅰ象限　フィチーノ、ブレイク、スミス、デイ＝ルイス
第Ⅱ象限　『純粋理性批判』第2版のカント
第Ⅲ象限　プラトン、デカルト、パスカル
第Ⅳ象限　サルトル

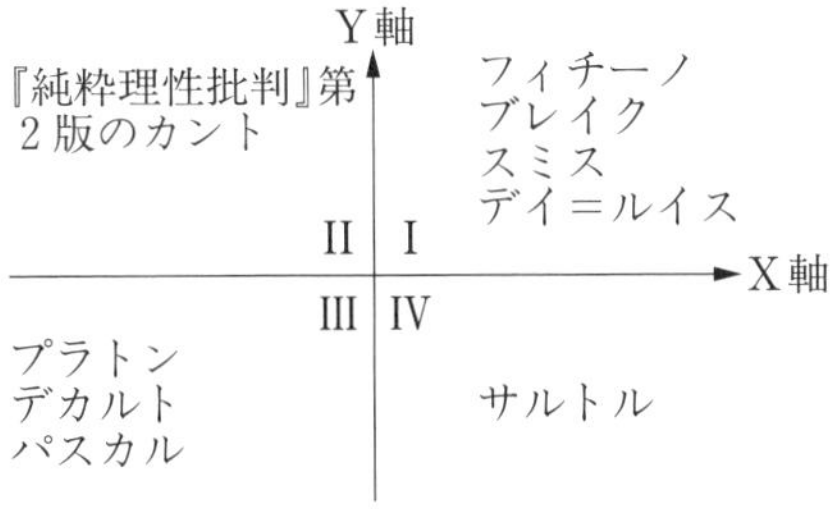

このうち、『純粋理性批判』第2版のカントは表面的には想像力（構想力）それ自体に「真理」へ近接する機能を認めないが、実のところそれを認めた上で、そこから逃避したのだと考えるなら、第II象限に置くことが許されるであろう。また、ドイツロマン派やイエナ期のヘーゲルの想像力（構想力）論、バシュラールの理論なども、第I象限に置くことができるであろう[20]。

これはあくまでも、簡易的な模式図に過ぎないが、それでもこのように視覚化することで明確になることがある。

これに従うなら、江藤淳の『作家は行動する』の立場は、基本的に第I象限である。ただし、先述のように江藤は漱石の『夢十夜』の分析を通じて、想像力の問題が孕む existential な「存在」の不安に触れていた。そうだとすれば、江藤の視線は第II象限の方向にも及んでいたはずである。

これに対して、三島における想像力はどこに位置づけられるだろうか。江藤の理解によれば、先に引用した『作家は行動する』における三島論から推し量られるように、三島における想像力はサルトルのそれの一つのバリエーションである。私としても基本的には同感であるので、従って三島の名は第IV象限に置かれるであろう。ただし、『金閣寺』や『鏡子の家』を読めば明らかなように、世界の外に「非現実界」を生み出す想像力そのものを称揚するというよりも、その想像力が引き起こす世界の「空無化」、言い換えれば虚無こそが、三島文学の中心的主題であることには注意を要する。

以上のように考えるならば、江藤と三島の立場が、明らかに異なっていることがよくわかる。本稿冒頭に引用した江藤の『鏡子の家』評も、第I象限から第IV象限を批判したものと理解することができるだろう。しかしながら、第IV象限に響いているはずの「世界よ、滅びよ！」という声が、座標系の裏道を通って、Unbekannte を覗き見てしまったカントの不安にまで届いているということは、ありうることである。そうだとすれば、やはりそこに二人を繋ぐ密かな紐帯を認めることができるように思う。

さて、本来ならここから、江藤と三島の二人を日本の戦後という文脈に置き直し、その保守思想の内実について、さらにはともに自死した二人の最期について考察を進めるべきだが、もはやそれだけの紙幅の余裕がない。続論のための準備を終えたところで、本稿の筆を擱きたいと思う。

（白百合女子大学）

注1　『決定版三島由紀夫全集別巻』月報（新潮社、平18・4）。ただし江藤が尽力した『美しい星』英訳刊行は実現しなかった。他に江藤が『小林秀雄』で新潮社文学賞を受賞したことへの三島からの祝電も残されている。

2　Cecil Day-Lewis（1904～1972）。イギリスの詩人・作家で、ニコラス・ブレイクという筆名による推理作家としても著名。

3　講談社文芸文庫版74ページ

4　C. Day Lewis, *The Poetic Image*, London, Jonathan Cape Thirty Bedford Square, 1947, pp. 99-100.

5　デイ＝ルイスは序文で、講座に参加した若者たちが熱心に反応して、詩が失われた理想でもわけの分からない秘儀でもない neither a lost cause nor a mystery ことを示してくれたことに対する喜びを語っている。

6　講談社文芸文庫版140ページ

7　やがて江藤と大江は政治的立場において対立するようになるが、それは、想像力に対する両者の考え方の対立をも意味していた。二人の対談「現代をどう生きるか」（「群像」昭43・1）を参照。

8　講談社文芸文庫版179ページ

9　講談社文芸文庫版180ページ

10　「近代文学」昭29・6、7

11　人文書院、昭30・1

12　Sartre, *L'imaginaire*, Gallimard（Collection idées）, pp. 358, 362, 371.

13　講談社文芸文庫版75ページ。ちなみに、日本の文学者がサルトルの想像力論を本格的に扱った論考として最も重要とされる野間宏「サルトルの小説論と想像力論」は、「新日本文学」（昭42・1～43・2）に連載され、河出書房から『サルトル論』（昭43・2）として刊行された。江藤の論考の方が、これより八年ほど早いことになる。

14　講談社文芸文庫版80ページ

15　講談社文芸文庫版130ページ

16　「神のイメージ」は以下のような詩だが、その第一連と三連を、デイ＝ルイスは引用している。

The Divine Image　William Blake

To Mercy, Pity, Peace, and Love
All pray in their distress;
And to these virtues of delight
Return their thankfulness.

For Mercy, Pity, Peace, and Love
Is God, our father dear,
And Mercy, Pity, Peace, and Love
Is Man, his child and care.

For Mercy has a human heart,
Pity a human face,
And Love, the human form divine,
And Peace, the human dress.

Then every man, of every clime
That prays in his distress,
Prays to the human form divine,
Love, Mercy, Pity, Peace.

And all must love the human form,

In heathen, turk, or jew;
Where Mercy, Love, & Pity dwell
There God is dwelling too.

なお、ゲーテの詩句は『ファウスト』第二部第一幕のメフィストフェレスの台詞より。

17　講談社文芸文庫版253～254ページ

18　Butcher, S. H., *Aristotle's Theory of Poetry and Fine Art*, 4th ed., London, Macmillan, 1923, p. 153.

19　邦訳『恋の形而上学』（左近司祥子訳、国文社、昭60・2）177ページ

20　なお、想像力が発動する起点と、その結果生み出される対象との距離、シクロフスキーの用語を用いれば「異化」の度合いを測るＺ軸を、ＸＹ平面に対して垂直に立てることもできる。日本のような真の実在としてのイデアという観念の乏しい文化においては、想像力はＸＺ平面上に展開する場合が多いが、その種の想像力に対して江藤は批判的だった。注7で挙げた対談「現代をどう生きるか」で、江藤は大江の『万延元年のフットボール』を厳しく批判しているのが、それは大江の想像力がＸＺ平面内に閉塞していると江藤が考えたからである。

ミシマ万華鏡

山中剛史

本年六月に明治座で「黒蜥蜴」が上演される。黒蜥蜴を演じるのは浅野ゆう子。明智を演じるのは加藤雅也である。といっても、三島の戯曲ではなく乱歩を原作としたオリジナル脚本での上演である。

三島戯曲版の初演は昭和三十七年三月サンケイホール。黒蜥蜴は水谷八重子（初代）、明智は芥川比呂志であった。しかしなんといっても「黒蜥蜴」の名を世に知らしめたのは美輪（丸山）明宏による黒蜥蜴であろう。当時の丸山明宏ブームもあり昭和四十三年四月から始まった公演は、地方公演、凱旋公演とステージを重ねていき映画化もされ、三島没後は自ら演出をしながら、四年前のルテアトル銀座公演まで四十年ものあいだ美輪は黒蜥蜴を演じてきた。だから黒蜥蜴といえば美輪をイメージしがちだが、何も三島没後に黒蜥蜴を演じてきたのは美輪ばかりではない。小川真由美、坂東玉三郎、松坂慶子、麻実れいといったそうそうたる俳優らがおり、また上演年譜を繰れば小規模の集団による上演やオペラ公演などもある。

三島版ではないオリジナル脚本の上演としては、橋本治による篠井英介主演「女賊」や、宝塚歌劇団による上演などが知られていよう。とはいえ、やはり原作ではどこまでも冷徹な明智の探偵劇を黒蜥蜴との〝美的恐怖恋愛劇〟に仕立て上げた三島によるロマンチックで大時代がかったあの名台詞をまた舞台で聞きたいものである。

特集　三島由紀夫と同時代作家

磯田光一の「転向」

佐藤秀明

1

三島由紀夫の自決があった翌月、磯田光一は知人や出版関係者に、年賀の欠礼と著書『殉教の美学』の刊行停止を通知した。はがきに印刷されたその全文は次のとおりである(1)。

三島由紀夫氏の死への哀悼の意をこめて、来年の年賀は欠礼させていただきます

なお拙著「殉教の美学」は三島ブームの去るまで一年間刊行を停止し、来年度は「文学界」二月号の追悼文を最後とし、御遺族の意志をふまえたものでないかぎり、三島氏に関する出版企画・雑誌特集・座談会などには協力しないことをここに表明いたします。

一九七〇年一二月

東京都葛飾区亀有二丁目三六番八号

磯田光一

刊行を停止したのは、昭和四十四年十一月十五日発行の『増補 殉教の美学 磯田光一評論集』（冬樹社）で、初刊『殉教の美学』は昭和三十九年十二月二十五日、冬樹社刊、停止解除後は『殉教の美学 第二増補版 磯田光一評論集』として昭和四十六年十二月二十日に冬樹社から刊行された。なお同書は『殉教の美学 新装版』として昭和五十四年六月にも冬樹社から刊行されている。これら評論集の根幹となるのは評論「殉教の美学」（二編の評論と書名とを一重鍵カッコと二重鍵カッコの違いで表記する）で、初出は「文学界」昭和三十九年二、三、四月号である。

はがきの文面には服喪の意志が明らかに出ている。しかし、三島事件後のあのマスコミやジャーナリズムの大混乱を思えば、騒擾に巻き込まれまいとする意図が、はがきの文意になかったとは言えまい。それというのも「殉教の美学」が、三島作品に表れたドン・キホーテ的な情熱に邁進してしまう超越論的精神を賛美していたからである。それが、三島の行動への賛美と短絡的に結びつけられてしまう可能性は十分にあ

った。この評論のどこを切り取ってもいい。磯田光一は、三島の作品を辿りながら、一つのことを様々に変奏して熱っぽく述べていた。

（「憂国」の―引用者注）武山中尉や麗子の信じた「悠久の大義」は、天皇制ファッシズムという風車の上にドン・キホーテが想い描いた「巨人」であったかもしれない。しかし、殉教のリアリティは、「巨人」をまさしく「巨人」として見すえるところにのみ、成立しうるものではなかろうか。むろん作者自身は、「悠久の大義」の虚妄性を知りぬいている。しかし、三島の独創は、「虚妄」を「虚妄」としか見ないことのむなしさをも知っていたところにあったのである。人間に内在する「美しい死」への希求を、極度に知的な方法で対象化すること、そこに三島の古典主義美学の根幹があった。

磯田光一は、慎重に「作者自身」は「巨人」が風車であることを「知りぬいている」と書いている。風車を巨人としても風車としても見るこのような「相対主義」は、磯田の思考の個性にちがいない。松田良一は、すぐれた磯田光一論である「磯田光一と「転向」の問題――芥川龍之介・三島由紀夫・永井荷風」で「相対主義は、観念過剰な左翼に現実主義を突き付け、保守政権を補完するだけの右翼には革命の幻想を鼓舞した。七十年安保前後の磯田の批評は左翼学生にも右翼にも、ノンポリにもよく声が通った」と回想的に述べている。[2] その過激と言ってもいい絶妙なバランスが、単純化する思考や世俗化する思考を攪乱し煽ったのであろう。だが磯田が、「巨人」の「虚妄性」を知りつつ、ドン・キホーテの情熱を文学に定着した三島を高く評価しているのは明らかである。そしてその反動として、風車を風車としてしか見ない〝思想〟の「むなしさ」を指摘し、それを低く見ていることも確かである。こう書けば「殉教の美学」の文学的立場は明白なのだが、それを磯田が一九六〇年代半ばの、いささか筆にのぼせにくい空気の中で書いていたことも伝わってくるのだ。それは、磯田より少し遅れて登場した田中美代子の三島論にも感じられた。三島由紀夫が『林房雄論』で左翼思想と幕末の攘夷論との共通性を指摘し、あろうことかそれを「日本人のこころ」と呼んだのに対し、磯田はそれをまっすぐに捉えてロマン主義的心性として普遍化してもいる。このようなことが、エゴイズムとヒューマニズムとを基軸にして戦後文学をリードした「近代文学」派の進歩主義に対し、かなり辛辣で挑発的な攻撃として作用し、それが学園闘争世代の学生たちに対しては「よく声が通った」ということになったのである。

だが、文学の内のりとして、「架空の原理へのエロス的情念」が「自己否定の欲求」として昇華したと論じた磯田は、その外側で「架空の原理へのエロス的情念」が「自己否定の欲求」となる現実行動と出会ってしまったのである。磯田が直面した三島由紀夫の死とは、そういう意味を持っていた。

また、その可能性は極端に低いにしても、磯田の挑発的な批評言説が、一方で当の三島由紀夫にも働かなかったと言い切れるだろうか。文芸評論としては多くの読者を持った「殉教の美学」が、学生運動に共鳴していた三島に、現実的な行動を煽る役割の一端を担っていたとしたら……。

ここで、まだ検証も経ないままの予断を一つ記しておこう。三島由紀夫の死に遭った磯田光一は、三島が体現していたロマンティシズムから離れようとしたのではないかという推察である。それが、ある圧倒的な力によって、自己の信念にまで高められていた理念から離脱せざるをえなかった体験とするならば、その体験を広い意味での「転向」と呼ぶことも許されよう。井上隆史は、磯田のはがきから三島の死を「一つの事柄としてキチンと整理してしまおうとする手つき」を読み取っている[3]。それはここでの趣旨に引き寄せて言えば、磯田の「転向」に対する批判のように読める。本論は、三島由紀夫のロマンティシズムに同伴していた磯田光一の思想の軌跡を明らかにするものである。そのために広義の「転向」という枷をはめることで一つの仮説とし、磯田光一がロマンティシズムとは異なるいかなる思考を手にしたかを追うことになる。したがって本論は、磯田光一論であるとともに、文学についてのロマン主義とは別の視角を検討するものでもある。磯田の「転向」を検証し、それをいかに評価するかはいずれ述べることになろう。

＊

三島由紀夫存命中の昭和四十三年十二月に勁草書房から刊行された『比較転向論序説――ロマン主義の精神形態』を見てみよう。その「序論・問題と視点」には、「いったい人生の目的が何にあるのか私は知らない。しかし生きるとは、少なくとも生き甲斐のある生を生きるとは、ひとつの夢なり理念なりのために、ひたすら生を燃焼させて行く過程であろう」という文章がある。ここには「殉教の美学」を引き継ぐロマンティシズムが露わに出ている。実は「殉教の美学」にも、これとほぼ同じ文章があるのだ[4]。「政治面から見れば転向論」だが「文学面から見れば、ひとつのロマン主義論、想像力論としての色彩をもつ」という昭和四十三年の『比較転向論序説』は、「殉教の美学」と同じ地平にある。

さらに遡ろう。最も早い時期の評論「芥川龍之介論――大正精神の終末」（「新思潮」昭和37・2）でも、生活や現実から離陸した精神の高揚が書かれている。「『西方の人』のマリアが「世間智と愚と美徳」にみちた庶民的現実の象徴であることは言うまでもない。「聖霊」に憑かれて精神の高みを飛翔するキリストは、そういう現実に飽き足らない人間の一側面の象徴であったと見られよう」。磯田自身が言うように、「西方の人」の読み方には「殉教の美学」に「つながるものがあり」（『パトスの神話』「あとがき」）、それは対象に合わせた読み方ではなく、磯田の思考の原型だったと言ってもよいものである。

　では、一年間の刊行停止を解除して再刊された『殉教の美学 第二増補版 磯田光一評論集』を、磯田はどう見ていたのか。新たにつけ加えられた「三島文学と私（第二増補版あとがき）」に、磯田の「転向」の形跡があるかというと、それを見つけることはできないというのが正直な感想だ。この「あとがき」で磯田は、「殉教の美学」は「美学であって倫理でも政治でもない」と言い、「政治・文学二元論」を主張する。『殉教の美学』の刊行停止は、三島事件の怒濤のような反響によって、「政治・文学二元論」がもみくちゃにされるのを避けたためだと一応は受け取ることができる。好意的に見ればそうなる。しかし、この二元論は後付けの補強に見えてしまうところがある。この状況においては、どう考えても「政治・文学二元論」などというのは虚構の線引きにしか見えない。二元論を強調すれば、「政治」に巻き込まれることもなく、「哀悼の意」による刊行停止と出版再開も辻褄が合う。だが、「転向」についてはしばらく措くとしても、明敏な磯田が、辛くも切り抜けたこの問題を忘れ去るとは思えないのである。

　では、はがきに記された「「文学界」二月号の追悼文」（「太陽神と鉄の悪意――三島由紀夫の死」「文学界」昭和46年2月）には何が書かれていたのか。その内容を要約すると、「文学」の立場に立つならば、「鎮魂歌」を書く以外にはないとまず言い、三島の「美的生死への渇き」は、「不可能」を追わずにはいられず、聖なる「〝太陽神〟」を求め、そのため「地上」のとりわけ戦後という時代を呪詛したということになる。注目すべきことの一つは、「しかし私は確信をもっていうことができるが、本質的には、三島氏ほどイデオロギーから遠い人は稀であった」という箇所で、[5] ここには何らかの書かれなかった「確信」の裏付けが匂わされている。それが島田雅彦との対談で磯田が語った「本当は宮中で天皇を殺したい、と言った、腹を切る前に」[6] という直話を指すのではないかというのは予想に過ぎないが、いずれにせよ「イデオロギーから遠い人」で「精神の貴族主義者」だった三島は、政治に接触しなかったというのが磯田の三島観である。これと第二増補版の「あとがき」とを比較すると、「政治・文学二元論」が、磯田の遁辞であったとばかりは言えないことにも気づかせられる。少なくともここでの三島観と「あとがき」との間には、整合性が認められるのである。

　この追悼文でもう一つ目にとまるのは、「戦後」に対する三島の「悪意」を論じた箇所である。三島と戦後という取り合わせは、特に目新しいものではない。しかし、のちに磯田が『戦後史の空間』を書くことになるのを思うと、三島の戦後観を論じた磯田のことが気になる。「日本浪曼派の血脈を継承しながらも、三島氏をそこから截然とへだてているもの、それがほかならぬ「戦後」である」と磯田は書く。「地上」

を否定する点で日本浪曼派と三島との血縁を見ながら、そこに差異のあることを指摘せざるをえないと言い、戦後に対する強烈なアンチテーゼが、三島の思考も文学も存在さえも独創的なものにしていたと述べるのである。それはよい。だが、そこからスパンを広げて、次のような見通しを立てることができるのではないかと思うのだ。磯田の『戦後史の空間』は、三島由紀夫の側から見た「戦後」史という視点を全くと言っていいほど持たない。『戦後史の空間』は、三島が悪意をもって見ていた戦後を、その中に入り込んで内側から書こうとした評論ではなかったか。三島の死後、追悼文で触れた戦後という時代を、三島の側からではなく内側から書くことで、三島由紀夫を反対側から見る視角を形成しようとしていたのではないか、というのが『戦後史の空間』についての本論の見立てである。言い換えれば、三島由紀夫の「苛烈な自意識または悪意」（「太陽神と鉄の悪意」）に触れることなく書かれた『戦後史の空間』は、「殉教の美学」に対応する、逆説的に書かれた三島由紀夫論ではなかったかということである。そこには、三島由紀夫に対する磯田の「転向」が明白に表れていると思えるのである。

2

ここで『戦後史の空間』を論じる前に、『思想としての東京——近代文学史論ノート』の「補論・文学史の鎖国と開国——身内の眼・他人の眼」と『鹿鳴館の系譜——近代日本文芸史誌』について触れておきたい。まず『磯田光一著作集』の曾根博義の「解題」を参照し、発表の時期を確認しておこう。『思想としての東京』は、「思想としての東京——日本近代化の精神構造」として「月刊エコノミスト」（昭和51・1～3）に連載され、それを大幅に増補改訂し、昭和五十三年十月に国文社から刊行された。その末尾に置かれた補論の「文学史の鎖国と開国——身内の眼・他人の眼」は、「文学界」（昭和51・9）が初出である。『鹿鳴館の系譜』は、「文学界」昭和五十六年八月号から五十八年四月号にかけて隔月連載され、一部編成を改めて昭和五十八年十月に文芸春秋から刊行された。『戦後史の空間』は、「新潮」昭和五十六年一月から五十七年十月にかけて概ね隔月に連載され、昭和五十八年三月に新潮選書として刊行された。『鹿鳴館の系譜』と『戦後史の空間』について曾根博義が記したように、「五十六年八月から五十七年十月までの期間、二つの長篇評論を併行執筆していたことになる」。さて「殉教の美学」からの距離を見る本論の論点からすると、刊行の順序とは逆になるが、『鹿鳴館の系譜』を先にし、『戦後史の空間』を後に検討することにしよう。大まかな区分では、六〇年代半ばの「殉教の美学」、七〇年の三島の死、七〇年代半ばの「補論・文学史の鎖国と開国」、八〇年代の『鹿鳴館の系譜』と『戦後史の空間』ということになる。

『思想としての東京』の最終章「補論・文学史の鎖国と開国――身内の眼・他人の眼」は、花田清輝の葬儀の帰りに見た中野重治と竹内好が連れだって歩く後ろ姿に、「ここにまぎれもなく〝日本〟がある」と感じたことから書き出される。彼らには明治憲法や「〝修身〟」を思い起こさせる「ストイシズム」がある。それは、戦後も三十年を経過すると、気質的にも文壇の位置においても対極的に見える本多秋五や江藤淳にも感じられることだという。これらの人たちが同じメンタリティを持つように見えるのは、戦後社会における「ストイシズム」が衰弱したからにほかならない。もうそういう時代に入っているのだという認識が磯田にはある。かつての「〝文壇〟という〝ムラ〟」を「〝鎖国の王国〟」と呼び、その中で「〝身内〟」の感覚で書かれた文学や文学史の功罪を指摘する磯田は、「だが、〝鎖国の王国〟のなかで、〝永遠〟に通じる主題を追っていった人々の業績を、私はやはり無にしたくはないのである」と幾分感情的に書く。そして文学史の「〝開国〟」を求めて、今後書かれる文学史には「〝身内〟と〝他人〟との二つの感覚を併有」する「複眼の確立」を提言するのである。

磯田には、ストイシズムを内に持つ人への共感が変わらずにある。それが旧制の中学生まで明治憲法のメンタリティーを生きた体験として置き換えられるのだが、このやや錯綜した批評を整理すると、一つには世代論的な共感の構図の変化が示され、一つには文壇の「〝身内〟」として書かれた文学史に接近しつつも、それとは異なる文学史の構想が示されたということになる。[7] そうであるならば、ここに磯田光一の「転向」の端緒を見て取ることができるのである。「複眼」の一方の眼は、かつて仮想敵にしていた「〝身内〟」の眼だからである。「殉教の美学」では、「近代文学」派の人々への批判がその背後にあった。しかし、ここでは平野謙について紙数を費やし、「近代文学」派への接近が見られるのである。それは、直接的には村上龍らの登場があり、年月の経過による世代論的な共感の構図に変容が起こったからだが、それだけではあるまい。磯田光一自身の中に、構図を変容させる何かが生まれたのだと考えられる。それを早口に言っておくならば、三島由紀夫への距離のとり方であり、ロマンティシズムの捉え方の変容である。

『鹿鳴館の系譜』は、鹿鳴館が、国家の体面を保つための西洋の猿真似だったという評価を転倒したところから発想されている。「あとがき」には、「かつては軽薄さのために批判された明治の鹿鳴館時代が、歴史の一齣として肯定的に評価できそうに思われてきた」とある。圧倒的に優位に立つ外国文化を輸入することなく、日本文化が形成されたはずはない。鹿鳴館は、輸入文化の中でスケープゴートのように扱われてきたが、『鹿鳴館の系譜』では、異質なエキゾチシズムがこの国の風土に溶け込んでいった様子を、「肯定的に」論じたのである。『永井荷風』（講談社、昭和54・10）以後とみに用いられるようになった様々な分野の資料を駆使した考証を基礎にしていて、読み応えのある文化論となっている。最終章「三人の鹿鳴館演出者」では、聖徳太子、伊藤博文、吉田茂が取り上げられているように、ここで言う「鹿鳴館」は移入された外来文化の象徴であり、彼ら「〝鹿鳴館的人間〟」は、外来文化と伝統文化との摩擦に耐えるというドラマを担ったのである。日本の近代にとって、「鹿鳴館」とは、高価で豊かで手の届かない眩しいものが生活の中に下降してくることであった。その過程で、西洋文化の理念と伝統文化の理念は、せめぎ合った挙げ句どこかで互いに変質し、あるいは置き去りにされたであろう。ここには、本来の文化的理念が何であったかを究める理想主義的な視線はない。異文化が日本社会に浸透する様を見る散文的な視線を持ったところに、「殉教の美学」からの距離を見て取ることができるのだ。

「殉教の美学」からの距離を考える場合、『鹿鳴館の系譜』では「東京外国語学校の位置——二葉亭四迷『浮雲』の原像」を取り上げるのが最も興味深い。磯田は、二葉亭四迷が内海文三とその内面を共有していることを認めながらも、二葉亭は文三を「苛酷に風刺し」、本田昇を「大きく肯定している」と見る。「お勢を聖化する文三の胸中にあったのは、この地上ではけっしてみたされることのない理想への渇きであった」と言う磯田は、文三をはっきりとロマン主義者として定位している。そして「〝内面〟の絶対化が悲劇をこえて喜劇になってしまう」と言い、逆に「俗物」的でもある本田の実利性を救済するのである。さらに、同じ価値観によって、失職した文三に手のひらを返すように辛くあたるお政をも磯田は擁護するのだ。本田昇—お政に通じる「〝社会〟の象徴」を、二葉亭が正当に評価していると見る見解は、意外性があり十分な説得力もある。しかしそれだけではなく、「こういう部分にあらわれた現実感覚を除外して、『浮雲』を再評価する意味があるであろうか」と書く磯田が、ここに、自らの「転向」の痕跡を綴ったと考えられて、より興味深いのである。

本田昇を評価することに「抵抗」を感じる読者がいるかもしれないと磯田光一は言い、マックス・ウェーバーの『職業としての政治』と『経済と社会』所収の「官僚制論」を引き合いに出す。「責任倫理」と「官僚の没主観的な専門能力」を挙げて、本田昇の現実生活における能力を、「内海文三のロマンティシズム」と比較して高く評価するのだ。復職のために本田に「一着を輸する事」のできない文三は、志操を曲げずに貫き通す「心情倫理」の人間である。マックス・ウェーバーは言う。「心情倫理家は、純真な心情の炎、たとえば社会秩序の不正に対する抗議の炎を絶やさないようにすることにだけ「責任」を感じる。心情の炎を絶えず新しく燃え上がらせること、これが彼の行為——起こりうる結果から判断すればまったく非合理な行為——の目的である。行為には心情の証しという価値しかなく、またそうであるべきなのである」[8]。ロマン主義者が「純真な心情の炎」に価値を置く以上、彼は「心情倫理家」であり、文三もその例に漏れない。そしてその「結果」に対する「責任」は持たないし、持てないということになる。平岡敏夫は、静岡県士族の子である内海文三は「佐幕派」の子弟であり、彼の免職も「佐幕派」の「士族的エトス」が関わっていると論じている[9]。復職の斡旋を本田に依頼するのも潔しとしない文三は、幕臣の子として「非転向」を貫き、結局〝ひきこもり〟となってしまう。「責任倫理家はこれに反して、人間の平均的な欠陥のあれこれを計算に入れる。つまり彼には、フィヒテがいみじくも語ったように、人間の善性と完全性を前提してかかる権利はなく、自分の行為の結果が前もって予見できた以上、その責任を他人に転嫁することはできないと考える。これこれの結果はたしかに自分の行為の責任だと、責任倫理家なら言うであろう」[10]。文三が「心情倫理家」であるほどに明確に本田が「責任倫理家」であるかどうかは疑問の余地もあるが、文三ほどナルシスティックに自己の心情に淫していない分、「責任倫理家」の要素が濃いとは言えよう。

マックス・ウェーバーのこの二通りの倫理観は、『戦後史の空間』でも援用された分析概念であり、『戦後史の空間』を論じるためにも必要なので、ここに解説的な引用をしてみたのである。節を貫くという態度は、伝統的な倫理として私たちの文化に根づいている。しかしマックス・ウェーバーは、結果に対して無責任な「心情倫理家」よりも、節操を曲げても結果に責任を持つ「責任倫理家」を評価する。磯田が同じ評価軸を用いて『浮雲』を再評価しているのは明らかだろう。現実的側面を重く見る磯田のこの評価軸が、かつて「殉教の美学」で「現実的、世俗的なものを否定し、自然の根源的な生命と合一することによって、救われようとするロマン主義の情念」を高々と掲げた評価軸からいかに隔たっているかは、もはや言うまでもあるまい。

その上で磯田は、「文三の遺恨が閉ざされた理想主義として政治の世界に侵入するとき、そこに成立するのがファナティックな過激主義なのである」と、この論点を「政治の世界」に拡大してみせる。二葉亭が、文学を差し置いても対ロシア政策に強い関心を抱いていたという背景があるにしても、一方で「ファナティックな過激主義」ということばから想起されるのは、三島由紀夫の最後の行動である。このことばを扱う手つきには、ネガティヴなニュアンスが籠められており、ここにも三島からの距離が現れ出ている。それを責めているのではないし、次に書くことも同様である。かつて「政治・文学二元論」を表明しながら、ここでは文学の表現としてあった理想主義が、政治と無縁ではないとの認識が示されていて、そのことにも気づかないわけにはいかないのだ。

『浮雲』の文三は、『其面影』の内省的な教師・小野哲也に引き継がれ、本田昇は、哲也の友人で世間に顔の広い葉村幸三郎に引き継がれる。これは、つとに言われてきたことだ。理想主義者で内面に没入するしかなかった「内海文三―小野哲也」の系譜に対して、実際家の「本田昇―葉村幸三郎」を「肯定」した二葉亭を磯田が称揚するのは、〝新しい読み〟を提出するためだけではなかったであろう。磯田は「文三にちかい気質を持った二葉亭が、本田昇―葉村幸三郎の系譜を大きく肯定するほど作家としての背丈が高かったことを物語っていよう」と言う。二葉亭が気質の近い文三を「風刺」し、二葉亭とはタイプの異なる本田や葉村を「大きく肯定」したことで「作家としての背丈が高かった」と言っているのではない。文学を一人の人間の煩悶の中に収めさせない人物を、肯定的に据えている点を言っているのだ。別の言い方をすれば、磯田が手に入れようとしていたのは、閉ざされた理想主義を描く文学とは異なる文学を評価する価値軸だということである。明治の鹿鳴館では、井上馨や伊藤博文らが、西洋人との対等な交際を求め、不平等条約改正の下地をつくることに腐心していた。「本田昇―葉村幸三郎の系譜」を「肯定」する磯田の感性は、詳細な観察で鹿鳴館の人々を揶揄することになったピエール・ロティのような人たちを尻目に、生真面目に西洋を演じていた政府高官の心中を「肯定」する感性に通じていたと思われる。

3

「殉教の美学」をドン・キホーテの比喩から書き始めた磯田光一は、十八年後の『戦後史の空間』の「史観と歴史小説」でもまた、ドン・キホーテを用いた説明をしている。ある公的な世界観を基礎にした「歴史主義」とそこから自由な歴史観との違いを問題にし、「この問題は『ドン・キホーテ』を例にあげることによって、いっそう鮮明な輪郭を示すであろう」と言い、次のように述べる。

かつての偉人伝や立志伝、あるいは「皇国史観」や「人民史観」に依拠した人物評伝は、あたかもドン・キホーテが中世ロマンスの世界観にしたがって行動するように、特定の世界観を実現してゆく過程が、ほとんど相対化されずにえがかれるのである。

ここにドン・キホーテがネガティヴなニュアンスとして用いられていることは明らかだ。「殉教の美学」のドン・キホーテの記述を引用するまでもあるまい。『戦後史の空間』でドン・キホーテの比喩を用いた磯田が、「殉教の美学」を意識しなかったはずはない。『戦後史の空間』のこの章では、北畠親房の『神皇正統記』には、足利尊氏に対する「講和条約」が「提示」されているという山崎正和の読み方に注目し、これを天皇主義の理念と「外交文書的機能」という現実政治との「落差」として整理する。むろん磯田の力点は、理念の中に「外交文書的機能」を見透すリアルな視点の方に置かれている。「巨人」を風車と見るのである。

『戦後史の空間』では、国際政治や国内政治に深く関わった要人からいじましい市井の人々に至るまで、実に様々な人たちが取り上げられているが、磯田の偏愛としか思えない何人かの人たちが、しかるべきところにさりげなくはめ込まれて論じられているのに気づく。そのうちの一人は、吉田満「臼淵大尉の場合」（「季刊芸術」73・7）の臼淵大尉である。臼淵大尉は『戦艦大和の最期』にも登場する大和の乗組員である。出航すれば撃沈され死に至るのは必至だと言う仲間に、自分たちは日本が「敗れて目覚める」ための捨て石だと説く。この覚悟がいかに崇高なものであったとしても、それは日本国民を置き去りにしたものではなかった。磯田は、臼淵大尉の命を賭した覚悟が、戦後を生きる大衆のエゴイズムと結びついてしまうのを、彼が「祈念していた」と捉えたのである。磯田は、インテリゲンチャの大衆からの乖離を批判的に論じた吉本隆明の「転向論」（「現代批評」昭和33・12）を高く評価していた。臼淵大尉らの覚悟を、大衆がエゴイスティックな振る舞いによって「裏切った」と捉えなかったところに、戦後を内側から見る磯田の成熟した見方が窺えるところである。

　これは何を言おうとしていたのか。それに答える前に、さらに数人の人物について見ておこう。大岡昇平の『俘虜記』（創元社、昭和27・12）に出てくる上官の中隊長がその一人である。中隊長は、退路の開いているルソン島に渡らずに、「警備隊は警備地区をもってその墓場と心得ねばならぬ」と訓示した。これを磯田は、「「ここを離れずに無事に俘虜となって、いつか故郷に帰れ」という裏の意味が含まれている」[11]と読み解く。これは松田良一の言う、深読みならぬ「裏読み」で、ここまで直截に言い切ったのはいかにも磯田らしく、物事の本質を衝く読解だ。建て前の背後に良心的な命令を潜めておく。そうして人としての責任を果たそうとしたのを読み取っているのである。中隊長の命令は、兵隊たちの生命と結びつくことで、気高いものとなっている。

　もう一人、今度はいささか毛色の変わった人物を取り上げよう。同じく『俘虜記』に出てくる綾野という人物である。俘虜たちの想像も交えて書けば、綾野は旧左翼からの「転向者」で、米軍への「投降」者でもあり、戦争終了後は俘虜収容所内に「民主グループ」を結成してその「急先鋒」となった人物である。臼淵大尉や中隊長が、表向きは節を曲げずに一貫した姿勢を通したのに対し、綾野はその場その場で変貌する日和見主義者である。厭戦気分を抱えていた「私」（大岡）も、さすがに「同情はむしろ旧軍人の方へ傾いた」と語っている。しかし磯田は、『俘虜記』の「八月十日」以後の部分を戦後占領のアレゴリーとして読んでいくとき、綾野という人物にたいする風刺に、私は戦後思想史の重要な問題の一つを見ないわけにはいかない」と強く注意を喚起するのである。どういうことか。

綾野は日本に帰還したとき、外套もない仲間のために復員事務所に掛け合って「毛布をせしめて来た」のである。そこを磯田は重視するのだ。便乗者的振る舞いから人間的に軽薄ささえ感じられる綾野が、実は「大衆的利益を引き出した」(『戦後史の空間』)点を言うのである。綾野がアメリカ軍への同調者としていわば「転向」した人物であったからこそ、にわか作りの「民主グループ」のリーダー的存在となり、ひいては復員事務所から毛布をせしめる行為にまで及んだのである。言ってみれば彼の「転向」が、疲れ切った復員兵の身体を守り、そこに磯田は注目したのである。その評価の裏には、アメリカ軍に安易に同調するのを潔しとしない、しかしその精神性以外に何事もなしえなかった人たちへの批判が籠められているだろう。精神的な高潔さがもたらしたものとは別のものを、高く評価する姿勢がここにはある。この綾野という人物の持っていた資質が、強大な国力と資力を擁するアメリカに対抗する戦後日本の姿に重ね合わされて見えるのは言うまでもない。ということは、『戦後史の空間』の磯田は、アメリカに依存せざるをえなかった戦後日本のあり方を根幹のところでは承認していたのである。

広池秋子「オンリー達」(「文学者」昭和28・11)のパンパン、阿部昭「千年」(『千年』講談社、昭和48・4)の進駐軍将校の愛人になった娘、あるいはアメリカ人捕虜のためにB29が落とした食料をくすねて、「父を殺した鬼畜米英のピンはねて、仏前にそなえるというのもへんな話」と思う野坂昭如「アメリカひじき」(『アメリカひじき・火垂るの墓』文芸春秋、昭和43・3)の少年なども磯田は取り上げている。また、「米よこせデモ」の矢面に立った吉田茂が、アメリカが食料を出すまで赤旗を振らせておけばよいと言ったという高坂正尭『宰相吉田茂』(中央公論社、昭和43・2)も紹介している。彼らは皆、綾野に通じる人物なのである。ここに『浮雲』の本田昇や『其面影』の葉村幸三郎、それに臼淵大尉や『俘虜記』の中隊長を加えることもできよう。彼らをつなぐ線とは何か。臼淵大尉も中隊長も、軍人精神を全うした人であったが、彼らが見据えていたのは戦後であり戦後まで生き延びる人たちであった。その意味では、臼淵大尉も中隊長も広義の「転向者」である。彼らは、聖戦思想やナショナリズムやイデオロギーという精神性を後回しにしても、実益を引き出し分配しようとした人たちで、そういう形で一種の責任を果たそうとしたのである。それは、心情倫理を貫徹するだけで何ももたらさない人とは異なる人の人間模様であった。人間の心情を書くことが文学の一つの役割だとしても、そうであるならばなおさらのこと、心情倫理に傾かず責任倫理で動いた人たちの心情も捉えなければ、文学は甘く狭い枠内に縮小してしまう。責任倫理を果たした人たちを正当に評価しようとする磯田の姿勢は、文学的にも人間的にも幅のある成熟した見方だと言ってよい。

「殉教の美学」から遠く隔たったこのような思考を、磯田に促したものは何だったのか。その一つに、花田清輝の「「慷慨談」の流行」(「中央公論」昭和35・4)があったと思われる。「「慷慨談」の流行」は、『戦後史の空間』の「転向の帰趨」でも引用紹介されているが、これは要するに転向の効用を説いた文章である。福沢諭吉の「瘦我慢の説」を批判し、幕臣ながら新政府に厚く登用された勝海舟と榎本武揚を逆に擁護した「「慷慨談」の流行」は、直接的には六〇年安保闘争の政治的急進主義に対する批判として書かれたものだ。しかし磯田は、ここから「転向」と「責任」の問題を引き出す。花田清輝は、おそらく橋川文三の「日本近代史における責任の問題」(『現代の発見 第三巻 戦争責任』春秋社、60・2)に触発されて「「慷慨談」の流行」を書いたと思われ、磯田もそこに着目するのである。橋川文三は、尊皇攘夷論や藩主への忠誠心を明治の世になっても「維持する」態度を「責任ある態度」とし、「瘦我慢の説」で批判されたように勝海舟や榎本武揚らは「無責任」だと言う。それに対し花田は、それは「道徳的責任のことであって、政治的責任のことではない」と断じ、次のように述べる。

正しかったにせよ、まちがっていたにせよ、終始一貫、政治的責任をとってきた勝海舟や榎本武揚のような人物の行動を、道徳的責任の名において糾弾することは、本末てんとうもはなはだしいような気がわたしにはするのであるが、如何なものであろう。

花田の言う「政治的責任」が責任倫理に重なり、「道徳的責任」が心情倫理に重なることは明らかである。この点を磯田は汲み取り、「『「慷慨談」の流行』の登場の意味は、戦中派世代への風刺にあったというよりは、むしろ政治における責任倫理を積極的に評価し、心情倫理が政治的には無責任なものにすぎないことを明らかにしたことにある」と評価したのである。

ある心情倫理が多数派の支持を得て突っ走ったならば、おそらくあらゆる局面において社会は破滅に向かうであろう。それを認めれば、それこそ無責任の誹りは免れない。あるいはまた、心情倫理が各人に密かに分け持たれてしまったならば、個人的な「こだわり」の中に矮小化してしまう。そのとき心情倫理は倫理としての社会性を失い、文学の主題としても矮小化せざるをえまい。そしてもし、理想主義を欠いた、心情倫理の生き延びる余地のない世界を想定してみると、底知れぬ味気なさが思われ、そこに文学がどのように存続するのか、容易にイメージしづらい状況も見えてくる。心情倫理が生きるのは、有効性を求める責任倫理が前提として存在するからだが、逆に責任倫理は心情倫理なしに存在してしまうのだ。磯田は次のように言う。

古典的な意味での転向文学は、昭和の半世紀を経過してその帰趨がほぼ明らかになったが、広義の転向が人間の社会から消えようとは思われない。（中略）もしそこから何ものかを汲みあげる意欲さえ人びとが持たないほど時代が衰弱したのであれば、むしろ心情倫理をいさぎよく放棄し、責任倫理を身につける道に就くべきであろう。責任倫理に耐えうる人間が、かりに文学に無縁であったとしても、責任倫理の実体化が広い意味での倫理や文化の問題であることは、つけ加えるまでもあるまい。狭い意味での文学を散文的な現実で相対化することも、現在の文学的課題の一つだからである。

磯田の思考の射程は、ここまで届いている。「時代」が心情倫理の通じる社会から責任倫理を重視する社会に傾くと予感し、その上で責任倫理がその決断に伴う苦痛に「耐え」ざるをえないことを認め、そこに人間固有の「倫理や文化の問題」が生じると見ているのである。それはまた、「時代」を先取りした新しい文学の要請でもあった。『戦後史の空間』が書かれた後、世界は一律の経済効率を最優先させるグローバリズムに覆われる。成果主義の社会では、心情倫理の価値はあっという間に吹き飛んでしまう。心情倫理は、心理の古風な領域で細々と生き延びるしかあるまい。そんな風潮の中では、心情倫理を主題とした文学も、時代小説のような安定した情緒を再生産することになるだろう。かつては心情倫理が現実と衝突し、そこに高い精神のドラマが生じ、あるいは深い挫折の痛みが生じた。そういう文学を、もはや社会は、古風な抒情を描く娯楽としてしか許さなくなろうとしている。

ここで三島由紀夫の死における「責任」についても触れておかねばならない。三島の死は行動に対する責任を果たしたが、檄の実効性は期待されず、実際にそれはなかった。だからこそ象徴的な行為として人々の記憶に残ったのだが、そのあまりに強烈な印象から、三島の理念の真意がつかみにくくなったというのが、大方の人の感想であろう。何が言いたいのか――三島は心情倫理に則って行動したが、その影響についても打つべき手は打っていたということだ。真意を量り難くして追随も誘発も拒絶し、理念の実効性も期さなかったので、結果についての責任は果たしようのないものになっていた。その上で、死によって責任を贖おうとしたのである。責任については、とりうるかぎりの対処をしていたということになろう。しかしそれだけに、人々の共感を弾き出すことにもなったのだ。三島のロマン主義に深い理解を示していた磯田にしても、「鎮魂歌」を手向けるしかなかった。そして磯田は、三島が攻撃した戦後の内側に入って、責任倫理を果たした人々の方へ関心を向けたのである。

＊

最後に、仮説として掲げた磯田光一の「転向」の時期について検討を加え、全体のまとめとしておきたい。

「殉教の美学」を書いた磯田にも、ドン・キホーテとサンチョ・パンサの「複眼」は備わっていたが、明らかに彼は、三島のロマンティシズムにエロティックに共感していた。エロティックにというのは、対象理念に没入するという意味で、むろん三島自身が、自己の理念や夢想に対してエロティックに惹かれていたことは言うまでもない。「殉教の美学」では、磯田のロマン主義と三島のロマン主義とが強く共鳴していたと言っていいが、むしろ三島のロマン主義を磯田が増幅させていたような気迫さえ感じられたのである。しかし、三島の死は、磯田を決定的に此岸に置き去りにしてしまった。そのとき三島の理想主義は、磯田の外部に行ってしまった。三島由紀夫は文学作品で共感できる読者を求めながら、行動においては限られた青年たちしか共感の道連れにしなかった。衝撃は与えたが、それは屹立し共感を許さなかったのが三島の死である。死が、文学的な共感を感じていた読者からロマンティシズムもろともに三島由紀夫という存在を拉し去ったとき、三島文学の読者と三島のロマンティシズムとの間には深い溝ができてしまったに違いない。それを仮に磯田の「転向」と呼んだのである。とはいえ、その時期の磯田は、「転向」の痕跡を残さなかった。だから磯田の「転向」がこのときだったという断定は控えたい。

その後、『永井荷風』『思想としての東京』あたりから、磯田は文学作品に書かれた事実の考証に精を出し、批評の目はいわば「地上」に降り立つことになった。その延長上に、三島由紀夫が激しく攻撃した戦後社会を検討する『戦後史の空間』が書かれたのである。そこには「殉教の美学」にあったロマンティシズムは影を潜め、理念よりも現実的な責任を重く見る思想が、扱う文学作品の評価をも変えていた。この点で、磯田は江藤淳の「治者」に接近したとも言える。しかし磯田としては、「殉教の美学」に対抗するものとして、『戦後史の空間』で、風車を風車として見ることの奥深さを示したのである。資料を駆使して徹底的に「地上」の論理で分析する、その徹底ぶりが、『戦後史の空間』を「殉教の美学」に対抗する位置に置いたのだ。そしてそこでは、現実的な利益をもたらす行動に、看過できない価値が見出されていたことも付け加えておかねばならない。

とはいえ、磯田風の「裏読み」をすれば、彼の中でロマンティシズムの炎が全く消滅していたならば、磯田光一は『戦後史の空間』を書かなかったであろう。磯田がしばしば転向の「逆説」として書いたことだが、転向は、転向後の自分を苛酷に突き詰めることで、かえってかつての理念の聖性を証明しようとする。[12] 三島のロマン主義が否定した戦後の「地上」に深く分け入ることで、『戦後史の空間』の磯田光一は、三島と共鳴していた自らのロマン主義の純粋性を浮かび上がらせていたのかもしれない。そういう逆接が成り立つとしても、本論は、文学への視野を広げたという理由で、磯田の「転向」を「肯定」するのである。

（近畿大学教授）

注1　『磯田光一著作集1』(小沢書店、90・6)の曽根博義「解題」に、はがきの写真が掲載されている。なお、「読売新聞」(昭和45・12・20)に「三島事件へ磯田氏の姿勢」という記事があり、このはがきの内容が紹介された。

2　松田良一「磯田光一と「転向」の問題」(「椙山国文学」平成18・3)

3　井上隆史「磯田光一論」(「国文学解釈と鑑賞」平成18・6)

4　「殉教の美学」には次のようにある。「生きるとは、少なくとも生き甲斐ある人生を生きるとは、何らかの目的のために生を燃焼させてゆく過程にほかならず、それは何ものかのために「死にうる」という自覚と本質的にはまったく同義なのである。」

5　同様のことを澁澤龍彦が『三島由紀夫おぼえがき』(立風書房、昭和58・12)で述べている。

6　磯田光一・島田雅彦「《対談》模造文化の時代」(「新潮」昭和61・8)

7　文学史は、松原新一・磯田光一・秋山駿の共著『現代の文学 別巻 戦後日本文学史・年表』(講談社、昭和53・2)として刊行される。その後、磯田が「補論」を新たに加筆し、『増補改訂 戦後日本文学史・年表』(講談社、79・8)として刊行。また「文学史の鎖国と開国」の時点では射程に入っていなかったと思われるが、小学館の『昭和文学全集』別巻に磯田の「昭和文学史」が予定されていた。しかしこれは、磯田の死去によって書かれなかった。

8　マックス・ヴェーバー『職業としての政治』(脇圭平訳、岩波文庫、80・3)

9　平岡敏夫「ある佐幕派子弟の物語――坪内逍遙『当世書生気質』・二葉亭四迷『浮雲』」(『佐幕派の文学史――福沢諭吉から夏目漱石まで』おうふう、12・2)

10　注8に同じ

11　松田良一は、磯田光一の「裏読み」を「本人さえ意識していない領域、過去の自己史の痕跡に手を差し伸べていて、いわば相手の尾骸骨に触れようとしている」として「尾骸骨読み」と称している(注2に同じ)。ただし、『俘虜記』の大岡昇平は、明示してはいないものの、磯田のように読まれることは期待していたと思われる。

12　例えば『鹿鳴館の系譜』には、「多くの転向者がえらんだ自己救済の道は、自分を裏切者として断罪することを通じて、逆説的に聖なる理想の正しさを証明することであったように思われる」とある。

二次創作された三島由紀夫の舞台
——言葉・身体・音楽の饗宴——

有元伸子

本年（二〇二二年）一月、三島由紀夫の戯曲をそのまま上演するのではない、いわゆる二次創作作品が相次いで舞台化された。

ひとつは「金閣寺」（1月19日～22日、大阪・梅田芸術劇場。1月27日～2月12日、東京・赤坂ACTホール）。三島の代表作を、伊藤ちひろの台本、宮本亜門の演出で演劇化。昨年一月～三月に初演、その後ニューヨークでも上演されて、今回は凱旋公演であった。

主演の森田剛が溝口をしっかりと自分のものとして掴んでおり、キャストのアンサンブルも極めてよい。舞台前半は柏木役の高岡蒼甫が、後半は鶴川役の大東俊介がナレーターをつとめて溝口の心中を語り、一人称小説「金閣寺」の設定を生かしつつ、溝口の認識と行為の物語に収斂させていく。父や老師といった溝口の男性モデル、母や有為子といった溝口をとりまく女性たちも登場するが、基本的には溝口―鶴川―柏木の若い三人の、エロスをも感じさせる男同士の関係性の劇として進行する。結末の「生きよう」というセリフを三人がリレーし、最後に溝口が客席に腰かけることで、金閣に火をつける溝口は決して特異な怪物（モンスター）なのではない、鶴川も柏木も観客も、現在を生きる私たち皆が生きづらさにもがいている溝口なのだという強いメッセージが込められていた。

舞台装置はごくシンプルで、現代舞踏の大駱駝艦がセットを人力で動かしていく。寺の作務をコミカルに早送りしてみせるところなどスピード感にあふれ、鍛えられた肉体による躍動が美しい。さらに金閣（鳳凰）を演ずる山川冬樹がくりだすボイス・パフォーマンス（ホーメイ）もアクセントを添える。それらが一挙にはじけるのが、溝口が舞鶴に出奔する列車のなかで次々と過去が甦える場面である。父―有為子―海機の学生―鶴川……という死の系列のあと、ホーメイの強烈な声で反転して、柏木―母―老師……と現世を強烈に生き抜く生の系列がつづく、その配置が実に見事。

金閣放火の場面でも一瞬のうちに四方の壁が倒れ、溝口の内界と外界の壁が壊れて広々とした世界に入ったことを強く印象づけた。全体的に小説のモチーフをほぼ生かしているものの、放火前に遊廓に行く場面などは省略されおり、男同士の物語として周到に再構成したことが窺える。原作小説に加えて多くの資料や研究をも読み込んだのであろう、明確な解釈のもとにモチーフを取捨選択し配置し直してキッチリと作り込まれている。宮本氏が芸術監督就任第一作目にこの作品を選択した意気込みが伝わってくる、名作と呼ぶにふさわしい舞台だった。初演のＤＶＤも販売されたので、舞台を見逃した方にもぜひ雰囲気を味わっていただきたい。

ふたつめは、「オペラ班女」（1月20日・22日、広島アステールプラザ能舞台）。近代能楽集の「班女」が原作で、台本・作曲・音楽監督は細川俊夫、オペラ初演出の平田オリザ、指揮・川瀬賢太郎、演奏・広島交響楽団、出演が半田美和子・藤井美雪・小島克正。

二〇〇四年フランスで初演、その後の上演でも高い評価を受けた待望の舞台である。50分程度での上演が一般的な戯曲「班女」が、全六場、1時間40分にオペラ化されていた。もともと細川氏がフランスのエクサン・プロヴァンスから依頼を受けて制作したために歌は英語で、今回はセリフの部分のみ日本語で上演されたが、予期に反して二言語の切り換えに違和感はなく、心地よく耳に届いてくる。〈語りの歌舞劇（オペラ）〉たる能を原曲とする近代能楽集において、セリフと歌とが美しく融合するのも当然だろうか。

能舞台の左手・脇正面にオーケストラ・ピット。舞台上は、正面鏡板の前に屏風が置かれ、その前にロッキングチェアが一つ、床には裂かれた新聞紙が敷きつめられただけの、ごくシンプルな作り。キャストは洋服で、能舞台のために足もとは足袋での演技。現代音楽独特の不思議な音色にあわせて芝居が進むが、演奏は決して前面に出ることはなく、しかし観客が過度に感情移入しすぎぬよう異化しつつ、歌とセリフにより人間関係と情念とが醸成されていく。花子の「狂気の宝石」のような美をめぐって、実子は不安から喜びへ、吉雄は優勢から敗北へと変化し、その振幅はきわめて演劇的に表現され、観客の五感に働きかける。

プレトークで細川氏は、異種のもののぶつかりあいを狙ってオペラ化したと語っていた。人間同士の愛と嫉妬の、現実と夢幻世界の、日本語と英語という二言語の、能舞台に象徴される日本と洋楽器による西洋音楽の、種々のぶつかりあいを感じてほしいと。三島作品に潜む多面性を洞察した発言であろう。細川氏から演劇としてのオペラの可能性追求を託された演出の平田氏は、演劇と音楽のコラボレーションの魅力を語るとともに、三島独特の長いディベート部分をどのように処理するかに工夫をこらしたと話していた。私自身は、「近代能楽集」の自由度の高さが強く印象に残った。「サド侯爵夫人」や「鹿鳴館」など、ある程度上演形式が決まってしまう作品と異なり、「近代能楽集」は懐が深く、どのような実験的な試みにも堪えられる変幻自在さをもつ。「オペラ班女」は、三島演劇の含み持つ幅を最大限に生かしながら、作品の本質的な魅力を音楽を通じて深く観客に味わわせてくれた。

三島作品の可能性を広げる貴重な試みとして、二つの二次創作舞台の再演を期待したい。

ミシマ万華鏡

山中剛史

ここ数ヶ月で国会図書館の検索システムが大きく変わった。全てではないが、雑誌や図書などがデジタルデータのカラー画像となって図書館内の端末で閲覧出来るようになり、それに伴って例えば雑誌ならばその目次の詳細がすべてデータ化され検索できるようになったのである。未だ新システムの操作に慣れないところもあるが、検索システムが変わったことで新たな発見があった。

決定版三島全集の書誌に携わった者としては誠に慚愧に堪えない次第だが、新しい検索システムによって初めて検索にかかり判明した三島の全集逸文が幾つかあった。その一つに鶴田浩二との対談「もし徴兵令が布かれたら」（「自衛」昭29・8）がある。新東宝ニューフェイス時代の鶴田が若い。自衛隊発足時のもので、鶴田は再軍備反対、三島は肯定という立場での対談である。鶴田とは後年ヤクザ映画などを巡って対談（「刺客と組長」昭44・7）しているが、それが二度目のものとはよもや知らなかった。

本来なら決定版全集時に発見するべきものではあるが、こうしたものは今後も手を緩めずに粘り強く探索し続けていく他ない。その後の調査やコレクターの方など情報提供者のご協力もあって、全集刊行後に判明した逸文や対談等は本誌前号にて決定版全集逸文目録稿（1）として紹介した。次号では今回のも含め新たに判明した分を目録稿（2）として紹介する予定。

資料

ポエムジカ・「天と海」について

犬塚 潔

決定版三島由紀夫全集第41巻（2004年、新潮社）は、「椿説弓張月」（自作朗読）、「青春を語る」（対談）、「からっ風野郎」（歌唱）など、三島由紀夫自身の肉声を収めた巻である。「この他にも、（略）詩の朗読『天と海』（略）などの音源があるが、分量あるいは録音等の点から割愛せざるを得なかった」とある。この巻に収録されなかったポエムジカ「天と海」とは、どのようなものであろうか。

写真1a　タクト・レコード・ジャケット表面

写真1b　タクト・レコード・ジャケット裏面

タクトLPレコード（写真1a、b、c、d、e、f、g、h、i、j）

ポエムジカ「天と海」は、昭和42年5月1日、タクト電気株式会社より定価1800円で発売された。規格番号はTS-1007である。詩・浅野晃、朗読・三島由紀夫、作曲・指揮・山本直純、演奏・新室内楽協会、プロデュース・山本宏、スタッフ・青木十良・寺崎嘉浩・山本繁・小野正一郎である。ジャケット表面は、朱色の空と海、裏面には三島氏の写真が使用されていて、題字は安岡正篤筆である。ブックレットは綴込になっていて、浅野

写真1c　タクト・レコード・ブックレット

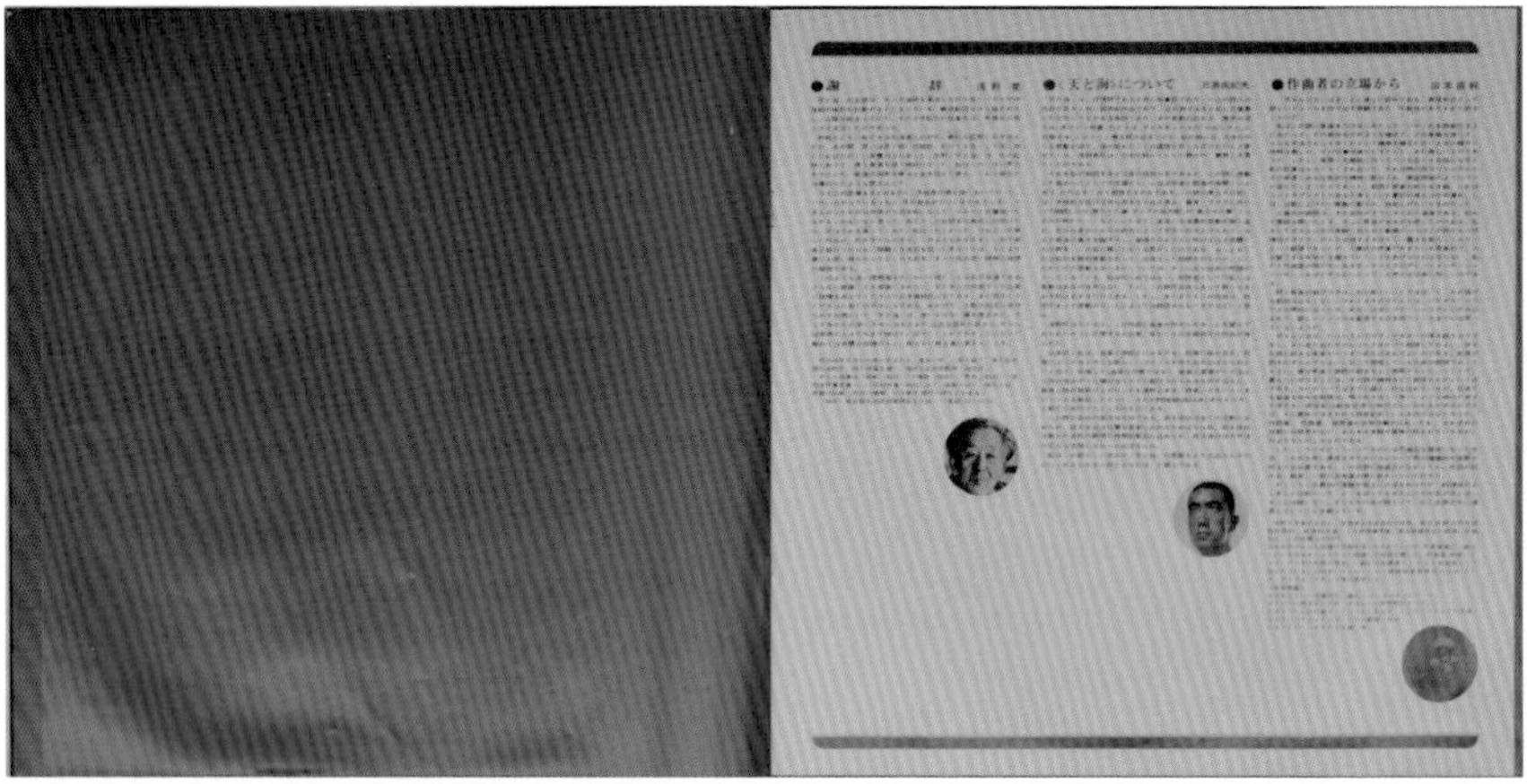

写真1d　タクト・レコード・ブックレット

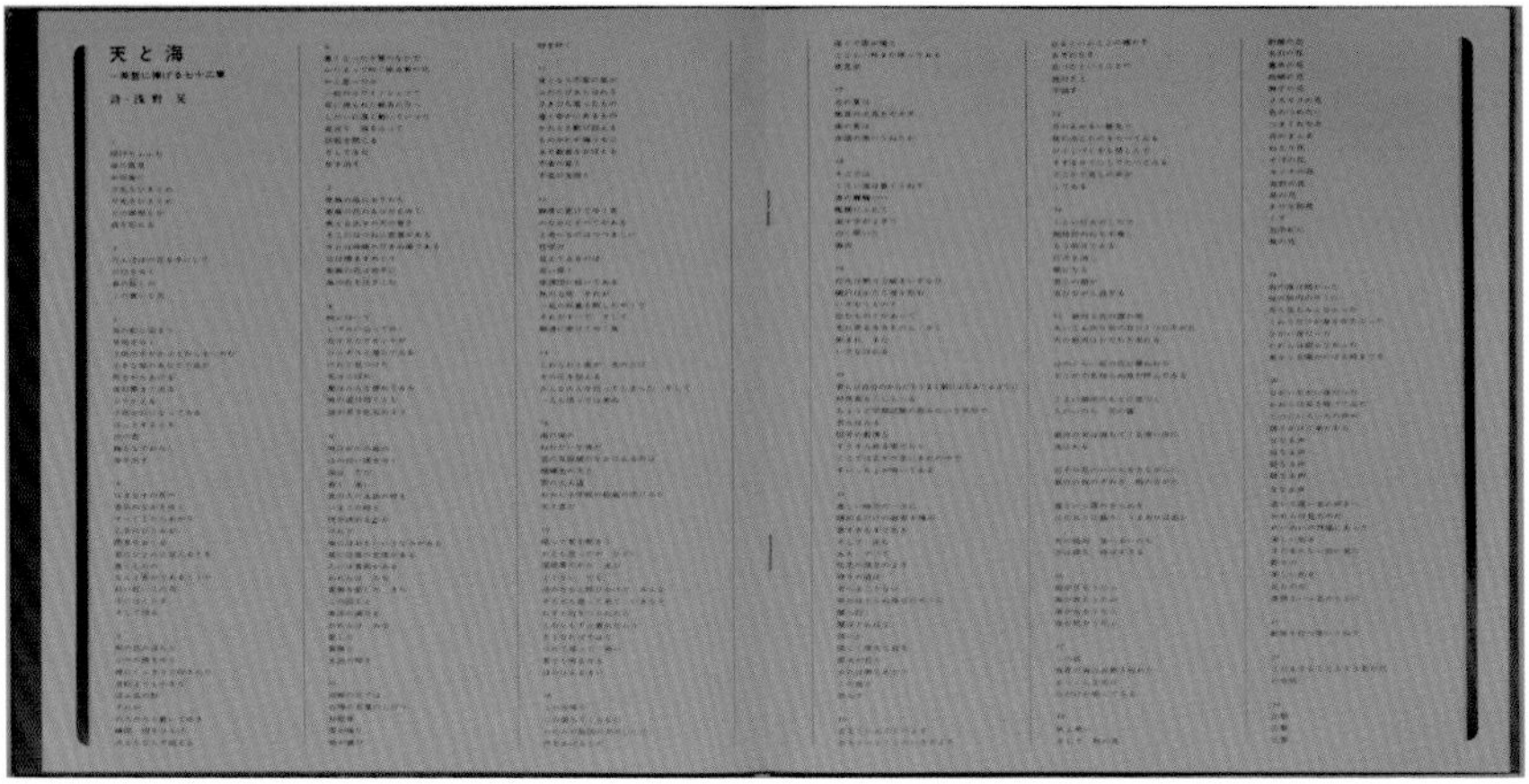

写真1e　タクト・レコード・ブックレット

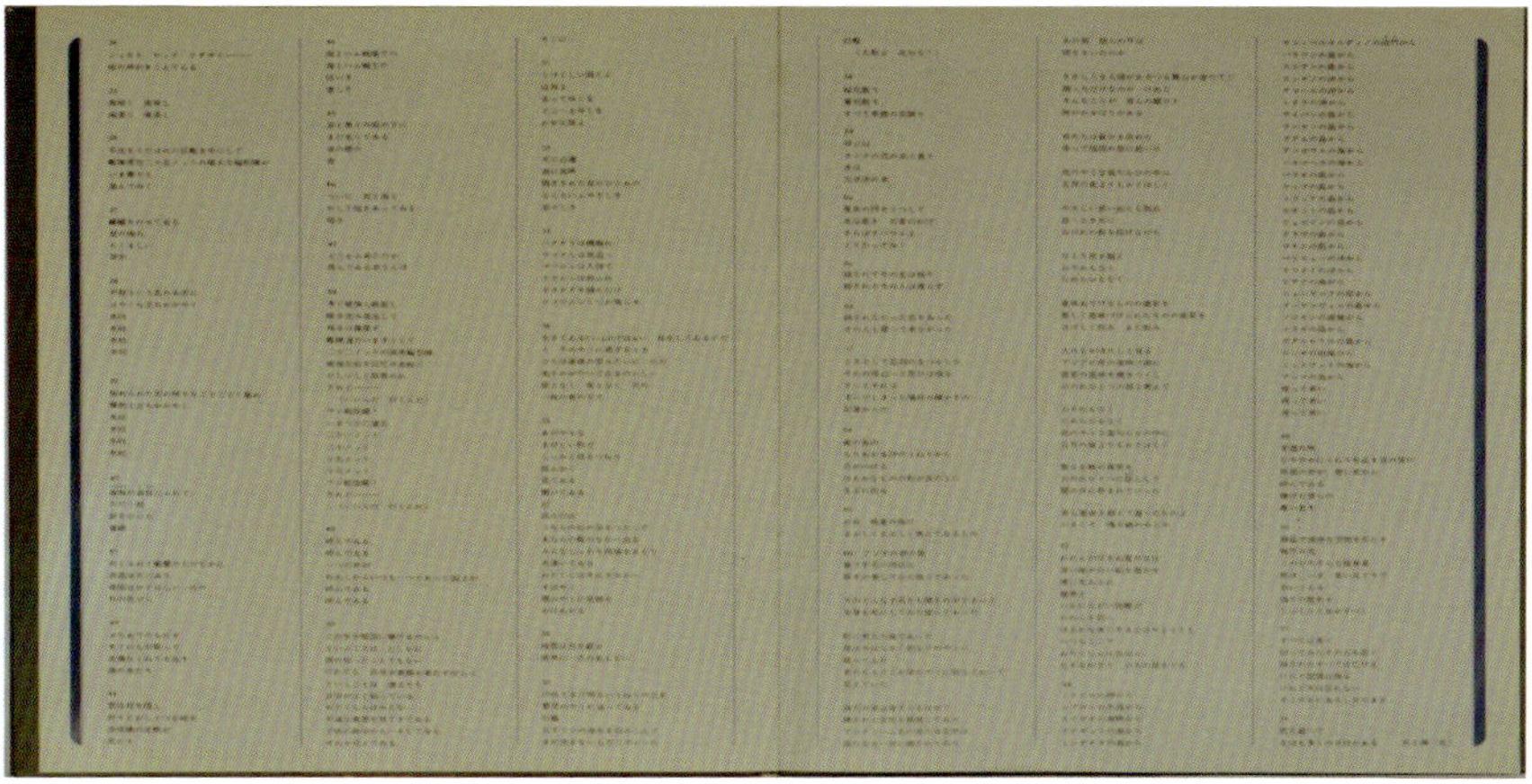

写真1f　タクト・レコード・ブックレット

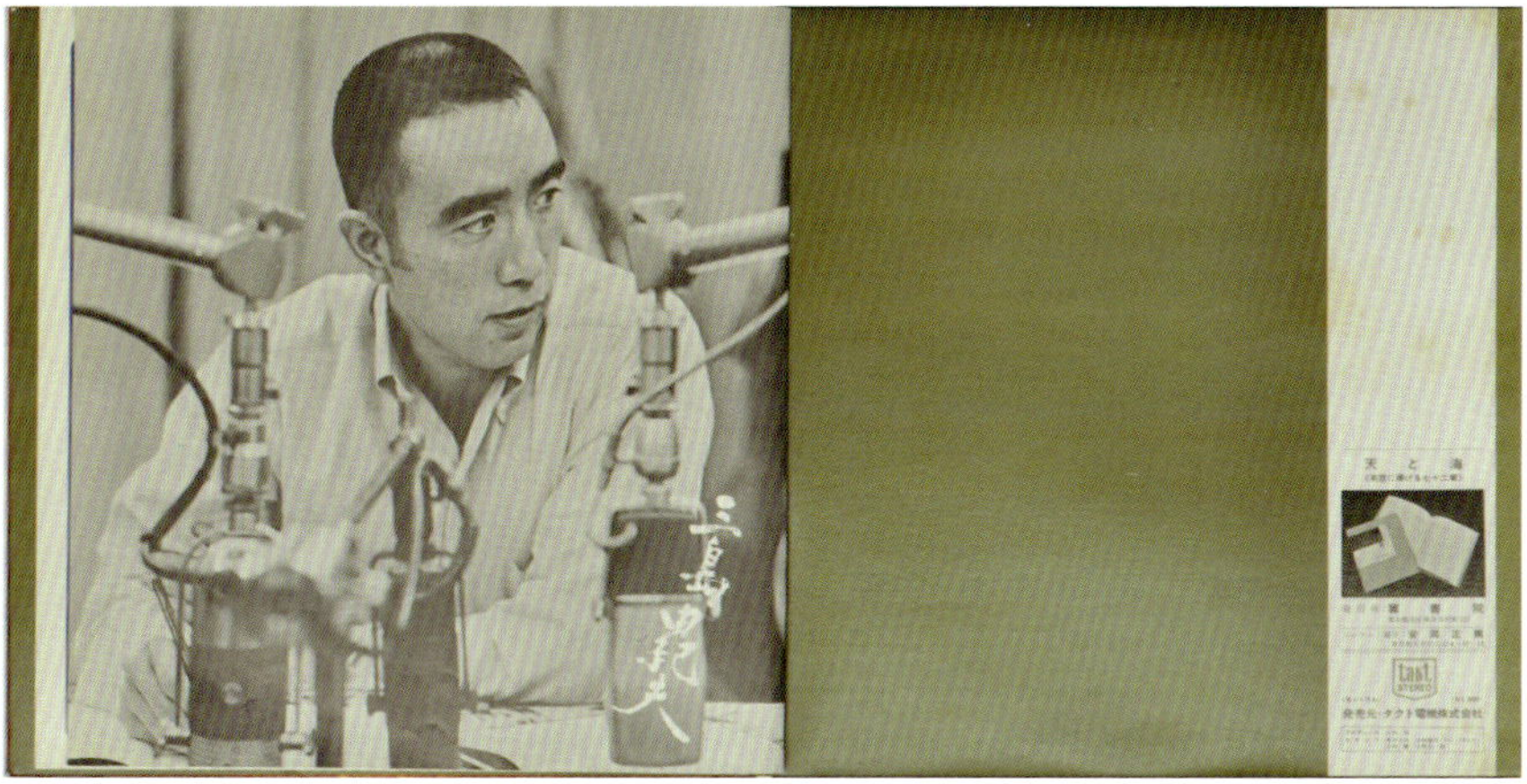

写真1g　タクト・レコード・ブックレット

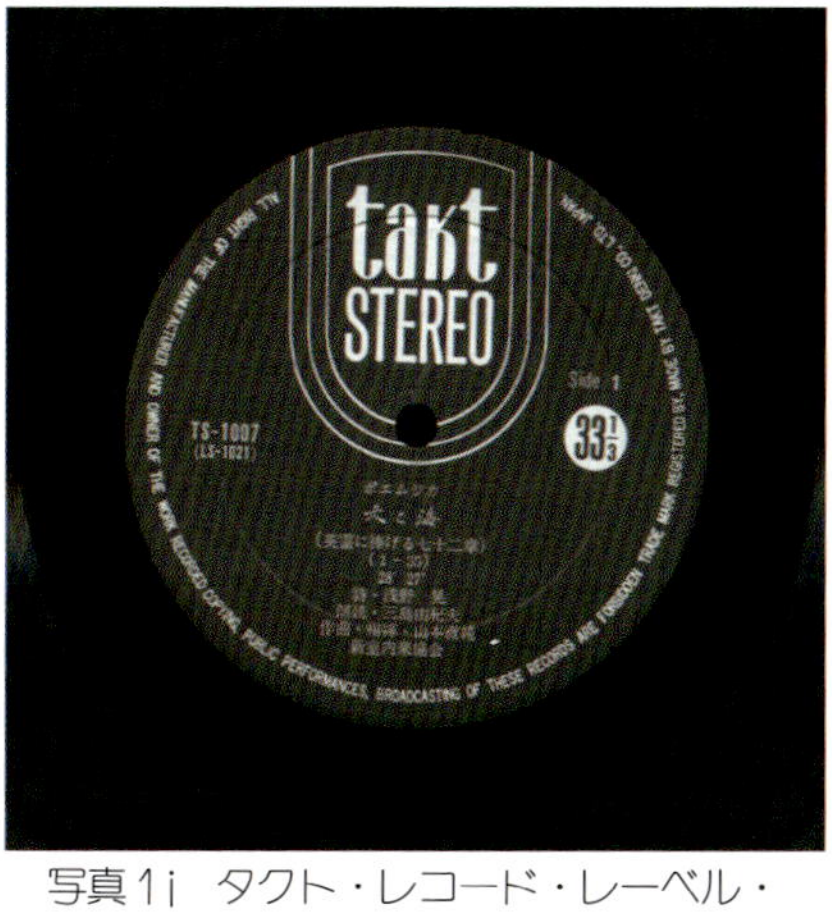

写真1i　タクト・レコード・レーベル・オリジナル

写真1h　タクト・レコード・レーベル・見本盤

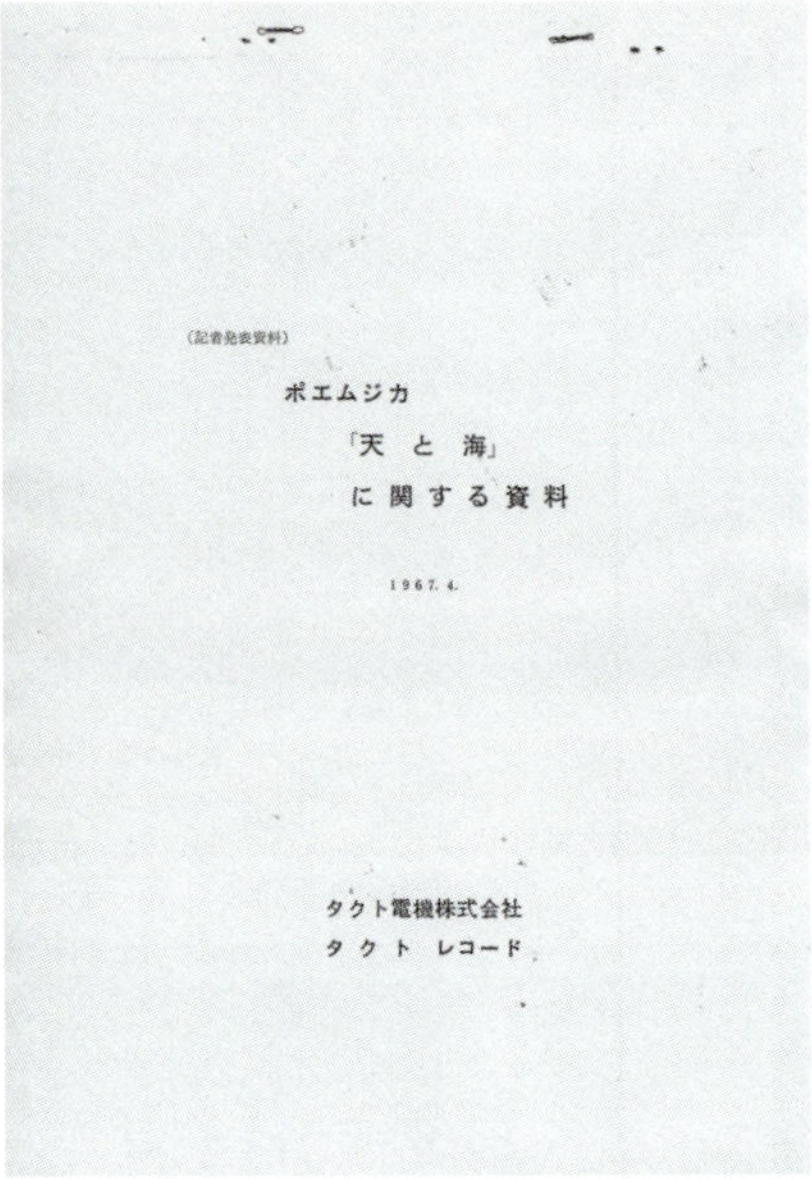
（記者発表資料）
ポエムジカ
「天と海」
に関する資料
1967.4.
タクト電機株式会社
タクト　レコード

写真2a　記者発表資料

晃の「天と海」「謝辞」、三島由紀夫の「『天と海』について」、山本直純の「作曲者の立場から」が掲載されている。

記者発表資料（写真2a、b、c、d、e）

1967年4月に、タクト電気株式会社・タクトレコードで制作されたB5判6枚綴りの「記者発表資料」が残されている。タイトルは「ポエムジカ『天と海』に関する資料」である。

「前略

■当社ではこのたび『ポエムジカ』POEMUSICAと名づけて新しく詩のレコードをシリーズで発売することになりました。今回はその第1回目で、浅野晃氏の詩集『天と海-英霊に捧げる72章』を選び、これを三島由紀夫氏の朗読、山本直純氏の作曲によって、LP盤1枚におさめました。

写真2b　記者発表資料・天と海

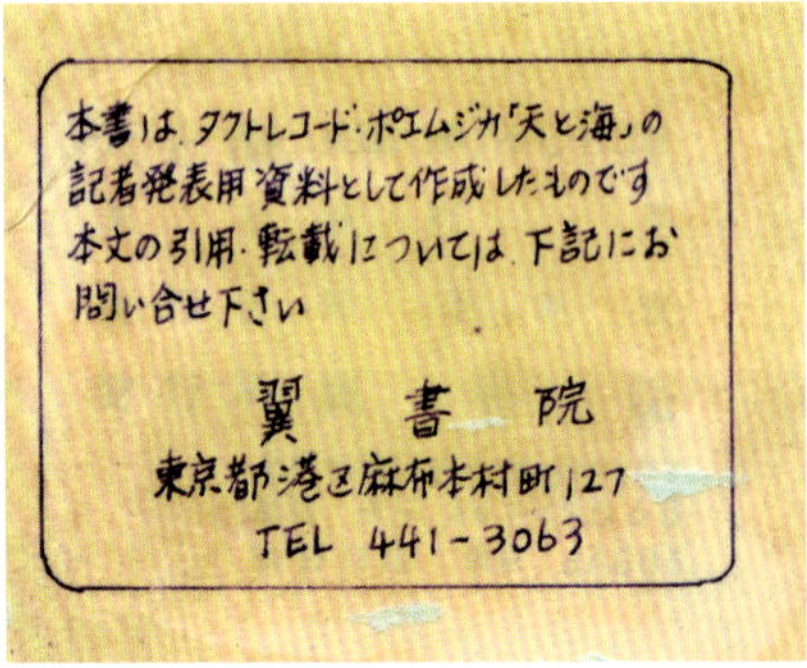
本書は、タクトレコード・ポエムジカ「天と海」の
記者発表用資料として作成したものです
本文の引用・転載については、下記にお
問い合せ下さい
翼　書　院
東京都港区麻布本村町127
TEL 441-3063

写真2c　記者発表資料・天と海・奥付け

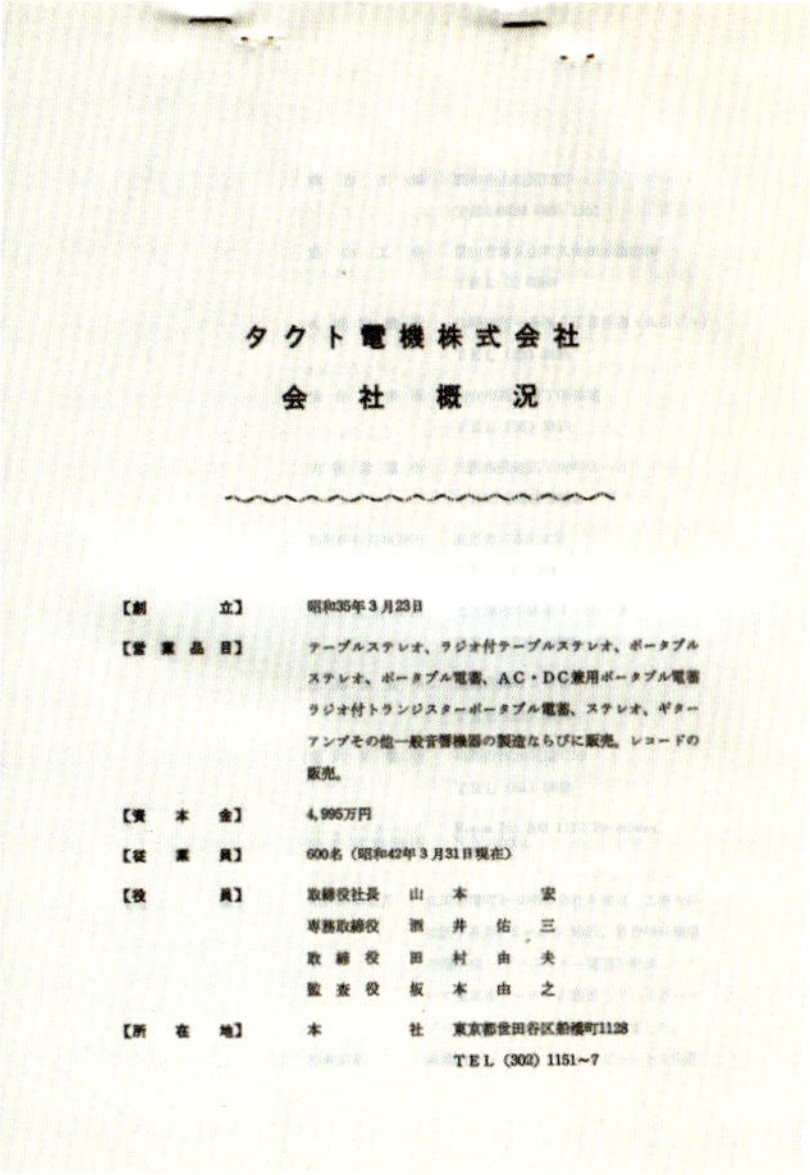

タクト電機株式会社

会社概況

【創立】	昭和35年3月23日
【営業品目】	テーブルステレオ、ラジオ付テーブルステレオ、ポータブルステレオ、ポータブル電蓄、AC・DC兼用ポータブル電蓄ラジオ付トランジスターポータブル電蓄、ステレオ、ギターアンプその他一般音響機器の製造ならびに販売。レコードの販売。
【資本金】	4,995万円
【従業員】	600名（昭和42年3月31日現在）
【役員】	取締役社長　山本宏
	専務取締役　酒井佑三
	取締役　田村由夫
	監査役　板本由之
【所在地】	本社　東京都世田谷区船橋町1128
	TEL (302) 1151~7

写真2d　記者発表資料・会社概況

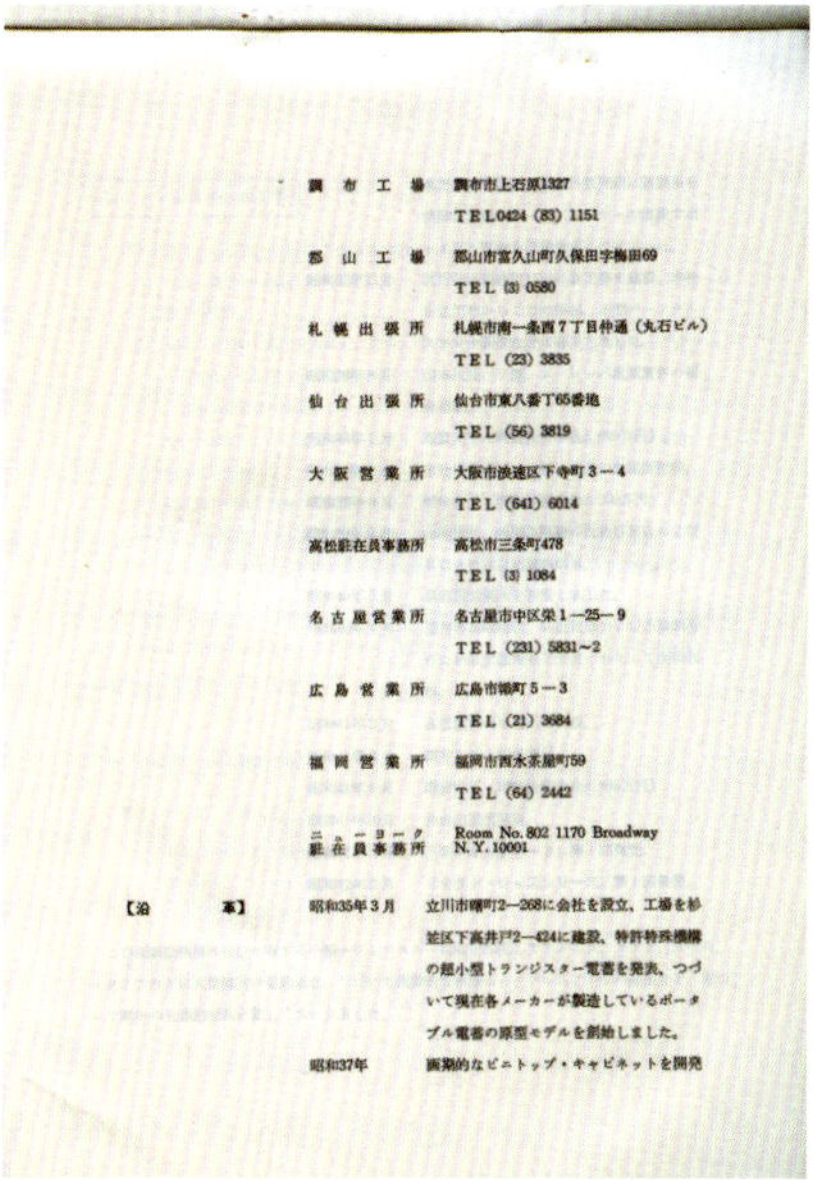

調布工場	調布市上石原1327
	TEL0424 (83) 1151
郡山工場	郡山市富久山町久保田字梅田69
	TEL (3) 0580
札幌出張所	札幌市南一条西7丁目仲通（丸石ビル）
	TEL (23) 3835
仙台出張所	仙台市東八番丁65番地
	TEL (56) 3819
大阪営業所	大阪市淀速区下寺町3—4
	TEL (641) 6014
高松駐在員事務所	高松市三条町478
	TEL (3) 1084
名古屋営業所	名古屋市中区栄1—25—9
	TEL (231) 5831~2
広島営業所	広島市錦町5—3
	TEL (21) 3684
福岡営業所	福岡市西水茶屋町59
	TEL (64) 2442
ニューヨーク駐在員事務所	Room No. 802 1170 Broadway N. Y. 10001

【沿革】	昭和35年3月	立川市曙町2—268に会社を設立、工場を杉並区下高井戸2—424に建設、特許特殊機構の超小型トランジスター電蓄を発表、ついて現在各メーカーが製造しているポータブル電蓄の原型モデルを創始しました。
	昭和37年	画期的なピニトップ・キャビネットを開発

写真2e　記者発表資料・会社概況

■詩と音楽を結びつける試みは、当社が昭和41年にレコード部門に進出するときからぜひ手がけたいと考えておりましたが、今回新しい表現形式としてのジャンルを創り出すことができたのは、この3氏の並々ならぬご協力のおかげでございます。

■詩のレコードは、すでにコロンビアレコードの『フランス詩人選集』、ビクターレコードのフィリップス盤『フランス近代詩大系』があって、ボードレール、ベルレーヌ、ランボー、ロートレアモンなどの詩、ジェラール・フィリップなどの朗読が楽しめますが、日本の詩人のものは、このポエムジカが初めての試みであります。また三島由紀夫氏が詩の朗読をレコードに吹き込むのも、初めてです。

記

1. 題名　ポエムジカ『天と海』
　詩／浅野晃
　朗読／三島由紀夫
　作曲・指揮／山本直純
1. LP盤（演奏時間＝約1時間）
1. 価格　1800円
1. 発売日　5月1日（全国主要レコード店）

参考資料①として、「詩人・浅野晃氏の略歴、作曲・指揮担当・山本直純氏の略歴」がある。参考資料②に、「ポエムジカに寄せられた浅野、三島、山本3氏のことば」として、浅野晃の「謝辞」、三島由紀夫の「『天と海』について」、山本直純の「作曲者の立場から」が掲載されている。

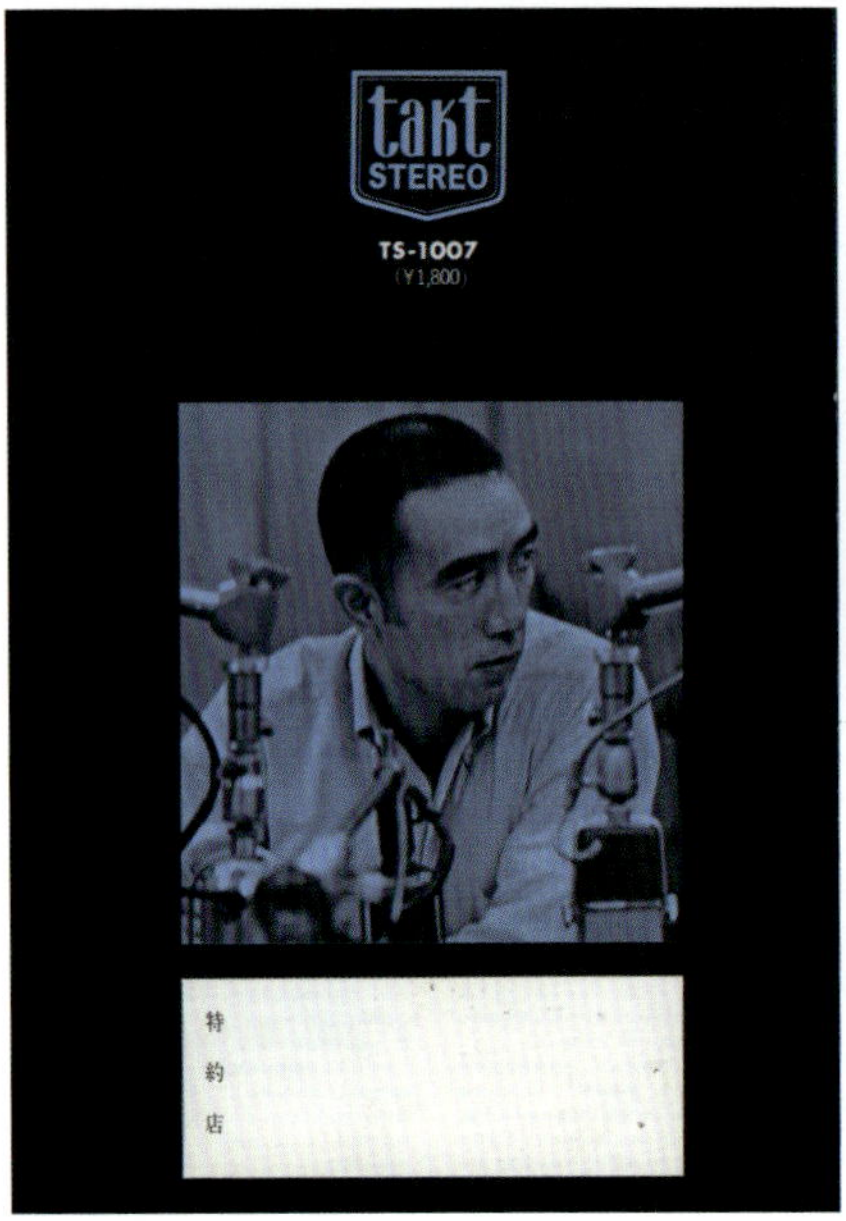

写真3b　タクト・チラシ

写真3a　タクト・チラシ

天と海

《英霊に捧げる七十二章》

TS-1007（¥1,800）

●謝　辞

浅野晃

「天と海」の主部は、スンダ海峡を標流しながら見たバタビヤ沖海戦の強烈な印象がもとになっている。輸送船団はみな錨をおろし、上陸は始まっていた。そのとき私らの佐倉丸は、魚雷を2発うけて沈没したのであった。

終戦とともに私は北海道にのがれ、勇払の曠野に五年住んだが、その間、思いは多く戦いの始終、わけても若くして国に殉じたおびただしい英霊の上に走った。自然、「天と海」は、北の曠野にあって、遠く南溟を思う格好になった。私はこの一作に微力を尽くした。戦後の年を便々と生き存えた罪も、これで幾分かは償われたような気さえした。72の断章をまとめるのに、序破急の順を頭においてやった。いろいろやっているうちに、序の部分が2つに分かれてしまい、でき上がったものは4部から成る形になった。これだと交響曲になるかもしれないなと思った。あとでこの空想を三島氏に打明けたら、氏はそれを賞ってくれた。私はうれしかった。けれどもこの貧しい作品が、氏みずからの手で、このようなみずみずしい形で音楽と結びつけられ、陸離たる光彩を放つに至ろうとは、もとより夢にも思い得なかったところである。すべて氏の深い理解と同情の賜物である。

このような深い理解者を氏において得たことは私の幸運である。どんなに感謝しても感謝しきれない。また苦心の作曲でこの企画に画睛を点じてくださった山本直純氏にもである。また、協力してくださった多くの方々にもである。おかげで少数の知友に見守られて片隅にいた「天と海」は、思いがけない翼を恵まれた。そしてゆかりの深い方々はもとより、広汎な国民の皆さん、さらには世界の人々にまで翔けり、近づくことができることになった。願わくは英霊の加護のもと、相ともに無上道に進まんことを。

●「天と海」について

三島由紀夫

「天と海」は、抒情詩であると共に叙事詩であり、一人の詩人の作品であると共に国民的作品であり、近代詩であると共に万葉集にただちにつながる古典詩であり、その感動の巨大さ、慟哭の深さは、ギリシア悲劇、たとへば、アイスキュロスの「ペルシア人」に匹敵する。この72章を読み返すごとに、私の胸には、大洋のやうな感動が迫り、国が敗れたことの痛恨と悲しみがひたひたと寄せてくる。浅野晃氏は、日本の詩人として最大の「責務」を果したのである。

それを私が朗読することは身の程知らずであるが、この詩に感動した者の一人としての立場から、いはば作者と読者の媒介といふ形で、ただ心をこめて朗読するのみである。この詩の偉大さの前には、末梢的な技巧は何ら用をなさぬと思ふ。事実、マイクに向って朗読しつつ、第66章「アジアの岸の歌」や、第68章「ミンドロの岬から……」などにいたると、澎湃たる浪曼的感動が胸に溢れ、自分の身がこれらの詩句によって天空へ引き上げられて、はるか南溟の島々を瞰下ろし、潮鳴りのあひだに呼び交はす英霊たちの声を、この耳に聴いたやうな気がしたのである。もっともこれは私の主観的感動であって、出来上った朗読そのものが、人にどれだけの感動を与へるかについては、そこに自ら技術の問題が入ってくることを、私は知らぬではない。朗読者としての私には感動はあるが技術はない。ただ、この詩作品自らをして語らせるお手助けをするだけである。しかし、あくまでもこの作品は、技術があって感動のない人によっては朗読されるべきではないと思ふ。

浅野氏はもともと、この作品に音楽が附せられることを望んでおられたやうに仄聞するが、此度、幸ひにも山本直純氏の作曲が得られた。山本氏と私は、音楽と朗読といふものを、対等に組み合せ、対等にぶつけ合ふやうな新らしいジャンルを作り出さねばならぬといふ点で、共鳴した。音楽は伴奏ではなく、音楽と言葉がただ互ひに扶け合ふやうに補ひ合ふやうに結びつけられるのではなく、音楽と詩が相戦いながらしかも渾然とする「詩楽」ともいふべきジャンルを創始したかった。それが、POEMUSICA（ポエムジカ）と新たに名付けたところのものである。

この詩の余白の部分は大切である。或る余白は全くの沈黙に占められ、或る余白は壮麗な音楽に占められねばならぬ。或る余白は戦士の決死の瞬間の時間的緊迫に占められ、或る余白は太平洋の広大な空間に占められねばならぬ。

私はこの新らしい試みが、「天と海」の感動をより広汎な人々の心にしみ入らせる一助ともなれば、と望んでゐる。（原文のまま）

●作曲者の立場から

山本直純

「ポエムジカ」はまことに楽しい試みである。表現形式として新しいジャンルを作り出す実験であり、可能性がありすぎて困るくらいだ。

私はこの詩に音楽をつける、いやこれを詩楽化するにあたって、どの部分をどのような様式で、どの楽器を使って、どんな手法でもってゆくかという構想を練るのに大方の精力と時間を費した。その仕事は実にむずかしく、また楽しいものであった。しかし、実際に五線紙に向かってペンを走らせる段になると、私の計算はもろくもくずれ去った。

それは詩のもつリリシズムと、その背景にある圧倒的な精神に酔わされ、夢遊病者のようにペンが進んでしまうからであった。朗読と音楽の織りなす綾、これはコントラプンクトであると考えていた最初の考えはやや薄れ、しばしば歌い上げたい衝動に駆られ、独走しがちになるのだった。

三島氏の朗読は、それ自体がすでにすぐれた音楽である。初めて朗読を聴いたとき、そこに音楽があるのを感じたのである。私をしてポエムジカの実験に走らせた動機の一つはこの詩のもつ抒情性とダイナミズムの交錯するすばらしい響きを音化してみたいという願望であったが、三島氏の声質があまりにも音楽的で、人を魅了する何物かを備えていたこともあげなければならない。私たち作曲家の頭の中にあるオーケストラのアレンヂメンテーションの中にこれほどすなおに入ってくる声の主は実に珍しいのである。

詩と音楽の結びつきは、別に新しいことではないし、わが国でも前例は少くない。けれどもそのほとんどは、いたずらにシリアスな傾向に走ったり、あるいは逆にコマーシャリズムにのみ込まれて、新しいジャンルを創造する力を持つところまでには至っていないようだ。

ポエムジカは、たった一人でピアノやギターの弾き語りもできるし、またあり合わせのレコードをかけて朗読してもよい。好きな詩と好きな音楽が一つずつあればそれでよいのである。即興の詩を口ずさんでもよいし、日ごろ愛唱している古典の朗読であってもよい。要は音楽と朗読の結合をどう表現するかということで、最もたいせつなことは、その詩の精神をどう表現するかという点である。ヨーロッパではすでに盛んに行なわれているが、日本でも音楽を伴わぬ朗読は裸で街を歩くに等しいような時代が来ると信ずる。

20世紀は総合芸術の時代だといわれるがポエムジカは、その意味ではきわめて20世紀的といえるのではなかろうか。作詩者、作曲者、朗読者の共同作業ではあっても、それぞれの役割には限界がない。あらゆる実験や冒険の許されている点が、何よりもたのしみなのである。

しかし、ラジオがこういったものには不適当な媒体になった今日、これが大衆に浸透するためには、レコード界の積極的な姿勢が何よりも必要である。この分野に推進力がなかったら、今回の試みも、結局、一部の芸術家の夢に終わっていただろう。

かくしてこの最初の実験が俎上にのぼるわけだが、料理法のよしあしは別にして、どこを切ってもポエムジカの血がほとばしることは疑いない。そしてその血が脈うって、広く大衆の中に浸透していくことを願っている。

写真3c　タクト・チラシ

タクトLPレコードのチラシ（写真3a、b、c）

タクト版「天と海」のチラシがある。表面にはレコードジャケットに使用された写真が、裏面には録音中の三島氏の写真が掲載されている。これは、ブックレットに使用された写真とは別のアングルで撮影されたものである。A6判4ページで「日本人必聴のレクイエム　ポエムジカ天と海」とあり、浅野晃の「謝辞」、三島由紀夫の「『天と海』について」、山本直純の「作曲者の立場から」が掲載されている。

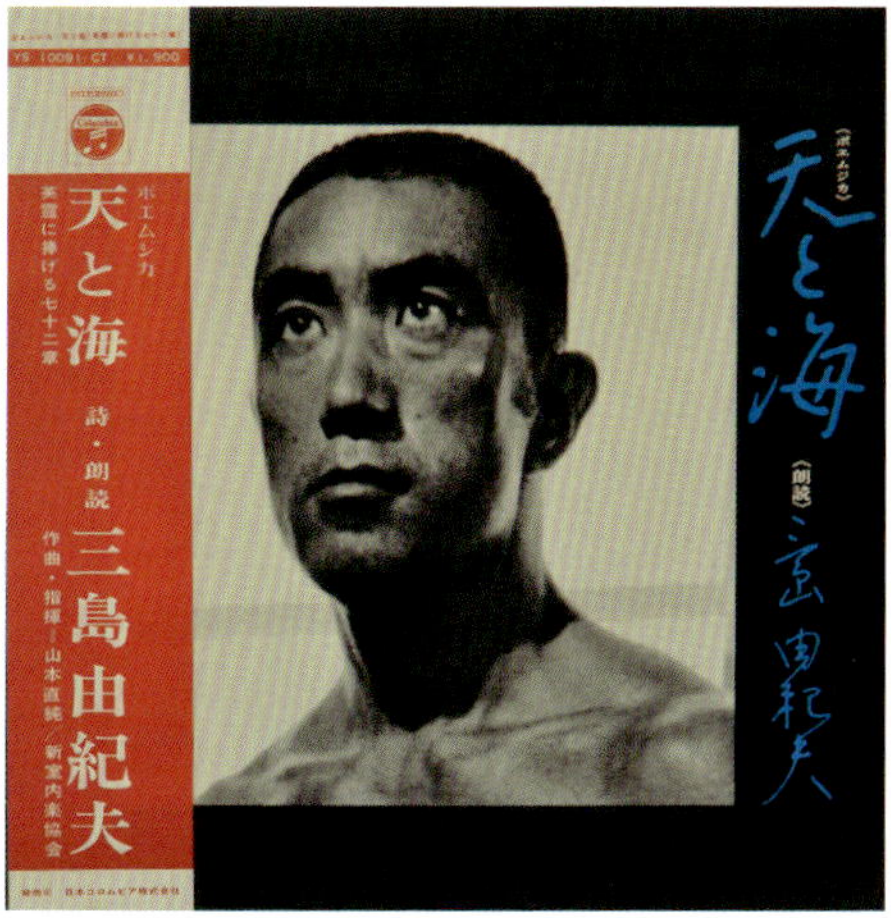

写真4a　コロンビア・レコード・ジャケット表面

コロンビアLPレコード（写真4a、b、c、d、e、f、g、h、i、j）

コロンビアLPレコード「天と海」は、昭和45年12月15～20日（都内は15日）、日本コロンビア株式会社より定価1900円で発売された。規格番号はYS-10091-CTである。見本盤の規格番号はYS-10091A（裏面はYS-10091B）（写真4h）と表示されている。詩・浅野晃、朗読・三島由紀夫、作曲・指揮・山本直純、演奏・新室内楽協会、協力・翼書院・（株）タクト企画・川瀬PR事務所である。昭和42年5月のタクトLPレコードとはジャケットが異なり、三島氏の顔写真が大きく使用されている。また、ジャケット題字の「天と海」は、三島由紀夫筆に変えられている。

写真4b　コロンビア・レコード・ジャケット裏面

写真４c　コロンビア・レコード・ブックレット

写真４d　コロンビア・レコード・ブックレット

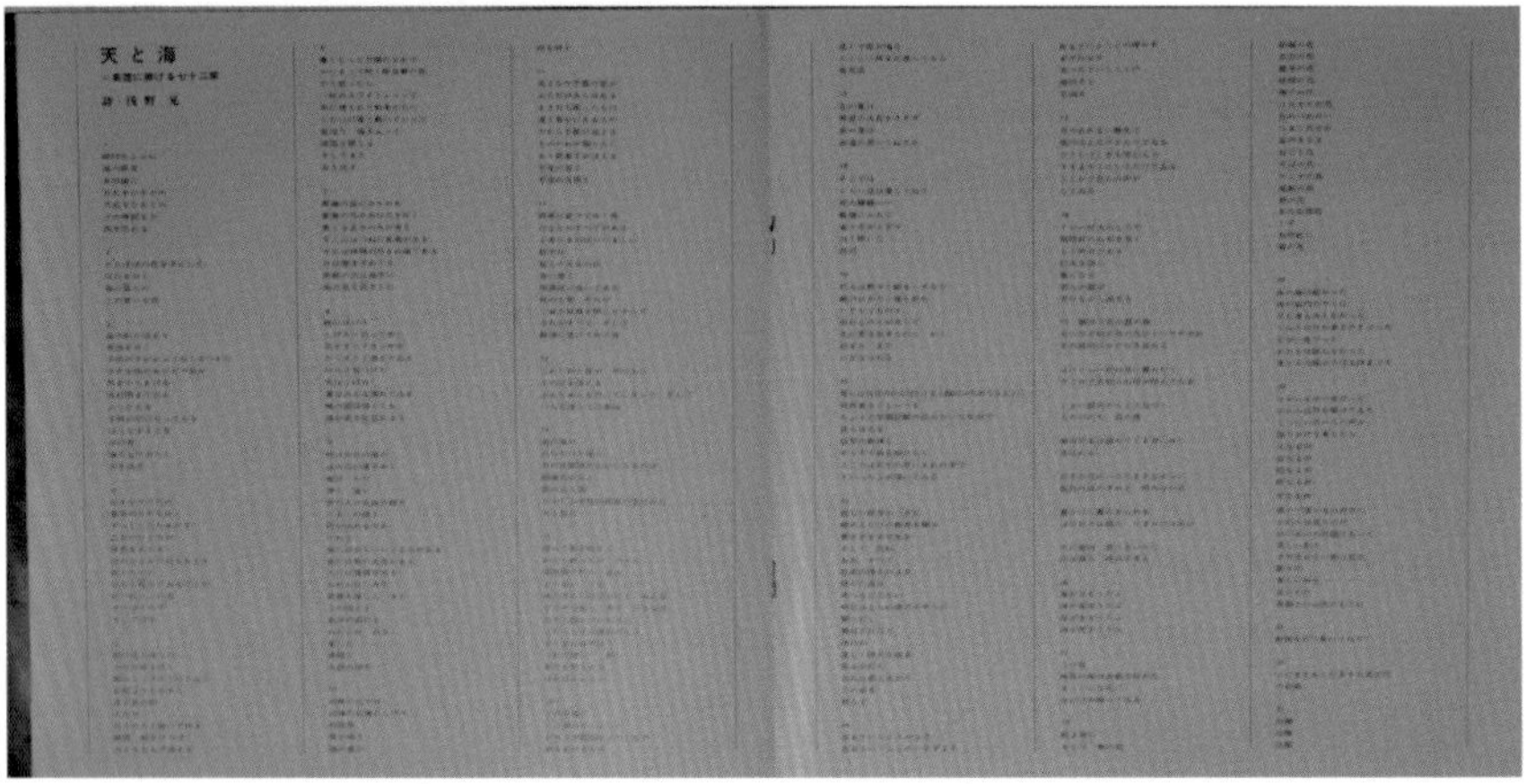

写真４e　コロンビア・レコード・ブックレット

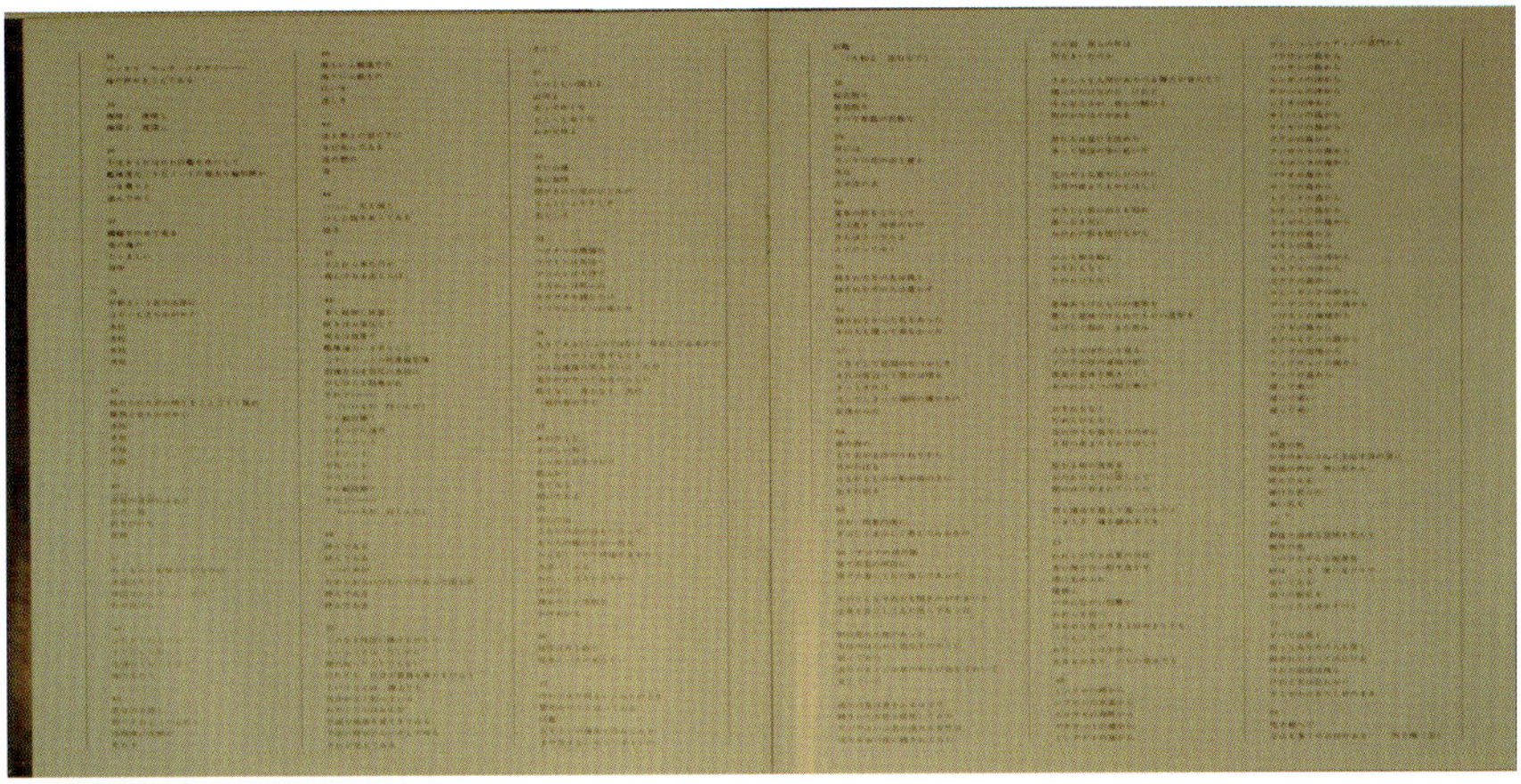

写真4f　コロンビア・レコード・ブックレット

写真4g　コロンビア・レコード・ブックレット

写真4i　コロンビア・レコード・レーベル・オリジナル

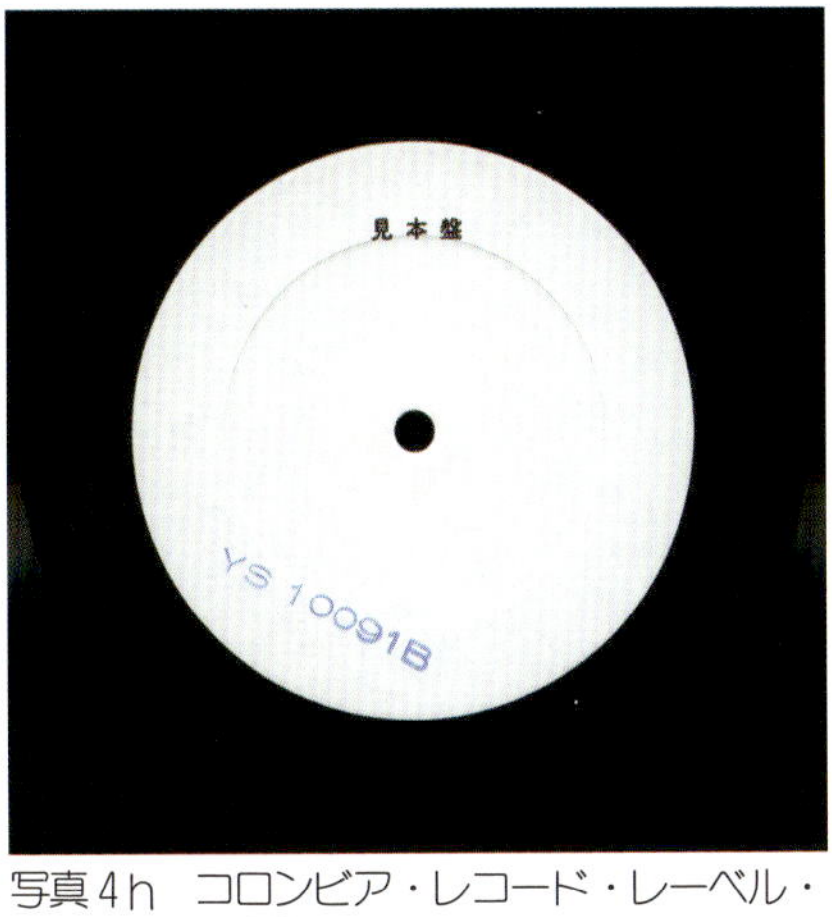

写真4h　コロンビア・レコード・レーベル・見本盤

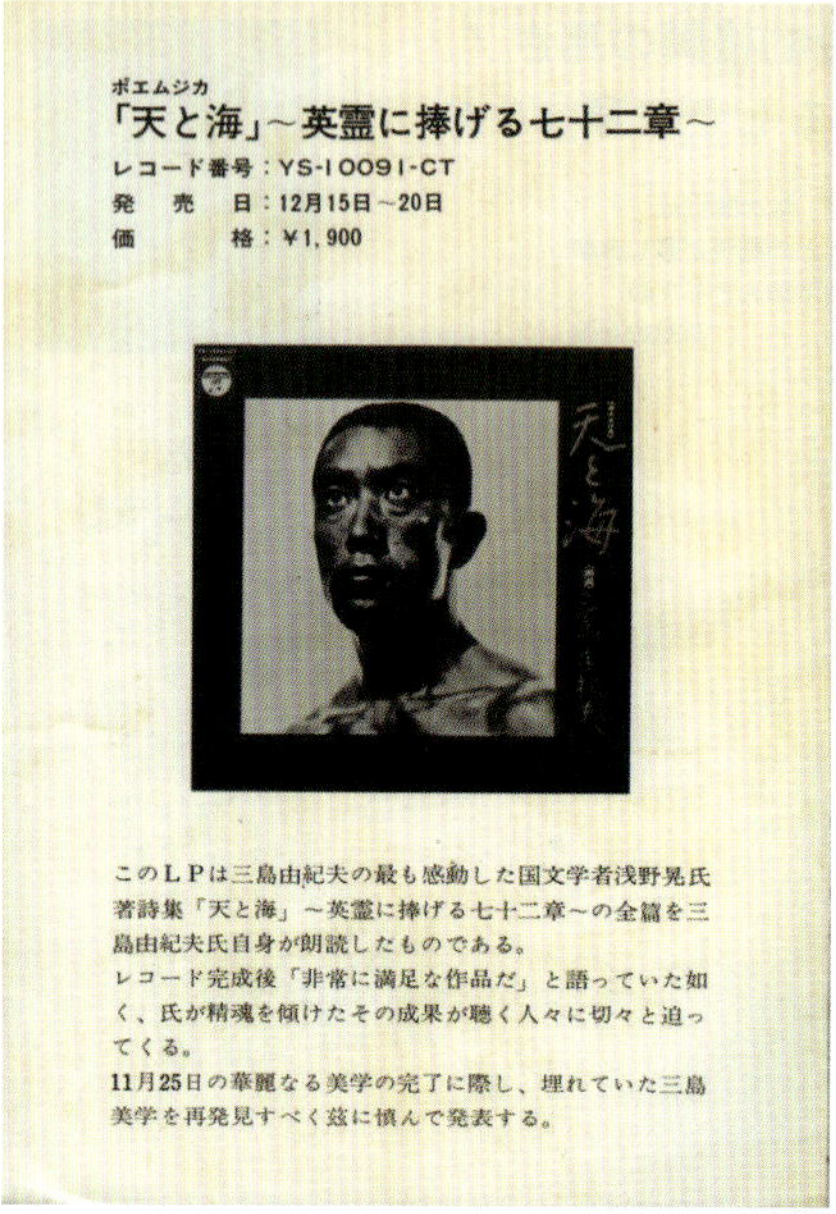

写真５b　コロンビア・チラシ

写真５a　コロンビア・チラシ

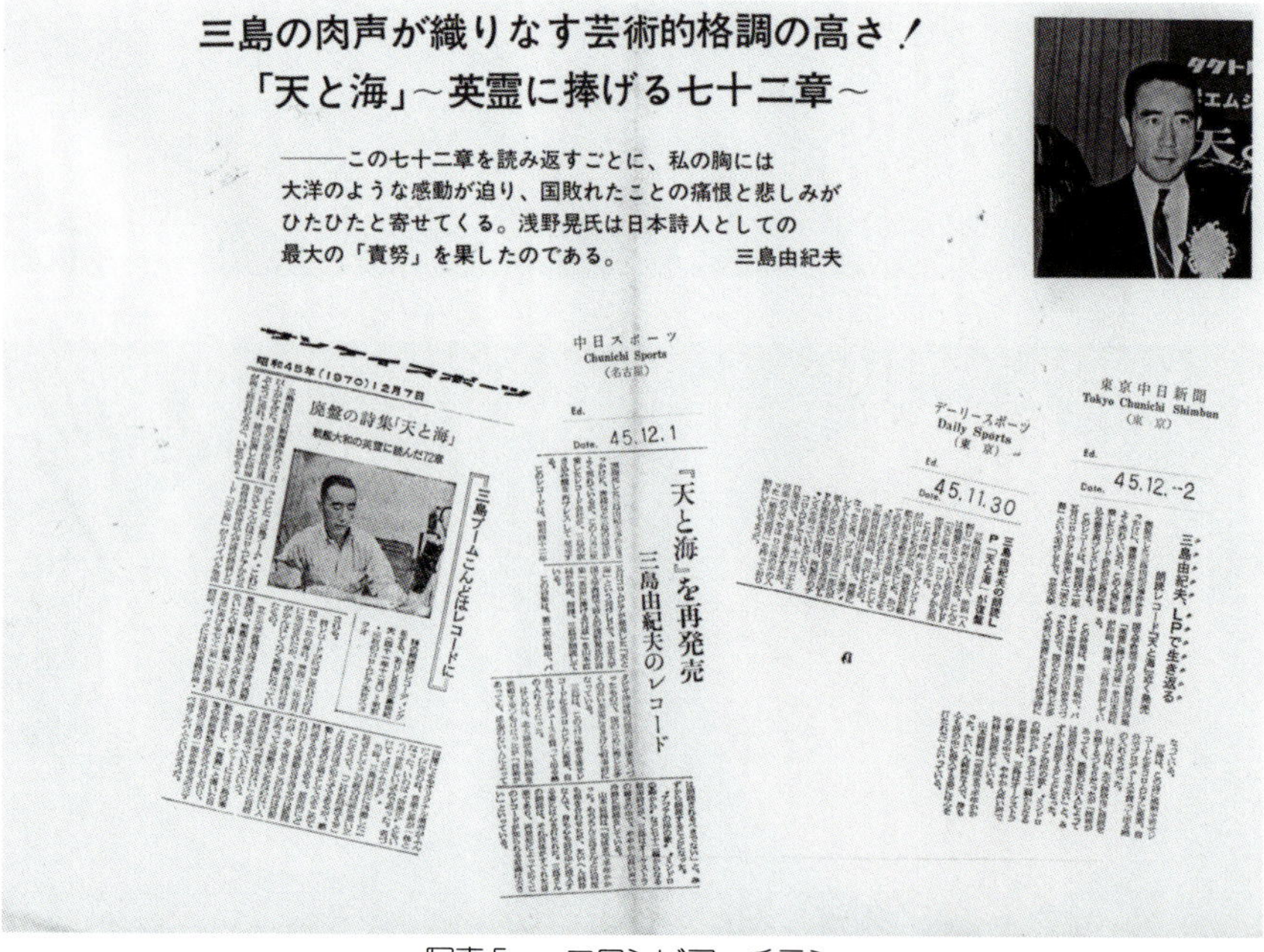

写真５c　コロンビア・チラシ

ブックレットに、朗読中に撮影された写真が8葉掲載されている。これらは、タクト版には掲載されていない新収録の写真である。「謝辞」（浅野晃）、「『天と海』について」（三島由紀夫）と自筆原稿の写真、「作曲者の立場から」（山本直純）が掲載され、他に「亡き三島由紀夫氏に」「三島由紀夫略歴」（無署名）が掲載されている。

日本コロンビア グループ ニュース（写真5a、b、c）

コロンビアレコードから発刊された、「CJグループ NEWS VOL.3」（A4版4ページ）がある。「三島由紀夫朗読LP 発売日繰り上げ！12／15遂に発売！（都内）」「このLPは三島由紀夫の最も感動した国文学者浅野晃氏著詩集『天と海』～英霊に捧げる七十二章～の全篇を三島由紀夫氏自身が朗読したものである。レコード完成後『非常に満足な作品だ』と語っていた如く、氏が精魂を傾けたその成果が聴く人々に切々と迫ってくる。11月25日の華麗なる美学の完了に際し、埋れていた三島美学を再発見すべく茲に慎んで発表する」「三島の肉声が織りなす芸術的格調の高さ！『天と海』～英霊に捧げる七十二章～」とある。昭和42年4月5日のタクトレコードでの発売披露パーティの写真も掲載されている。デーリースポーツ（昭和45年11月30日）、中日スポーツ（昭和45年12月1日）、東京中日新聞（昭和45年12月2日）、サンケイスポーツ（昭和45年12月7日）の記事がそれぞれ掲載されている。デーリースポーツによると、製作枚数は5000枚であった。

「責務」の複製色紙（写真6）

緊急増刊・サンデー毎日「三島由紀夫の総括」（昭和45年12月23日発行）に、日本コロンビア株式会社の「天と海」の広告（写真7a、b）がある。これには、「この七十二章を読み返すごとに私の胸には大洋のような感動が迫る……三島由紀夫」「詩と音楽とが渾然と融合した三島美学!!」「三島由紀夫の朗読はそのまますぐれた音楽である。詩と音楽と朗読が激しくぶつかり合った『詩楽』とも云うべき一枚のレコードが誕生した。それが〝天と海〟である……バダビヤ沖海戦の印象を強い感動と深い衝撃とをこめて詠ずる三島由紀夫の朗読。そこには巨大な生命の躍動が感じられる。彼が真に目指していたものは何であったか……今は亡き三島由紀夫の帰らざる声をここにとどめる」とある。広告には「ジャケットに三島の筆跡入り」とあり、「自筆色紙複製添付」と宣伝されている。見本盤にはこの色紙が付いている。しかし、実

写真6　複製色紙

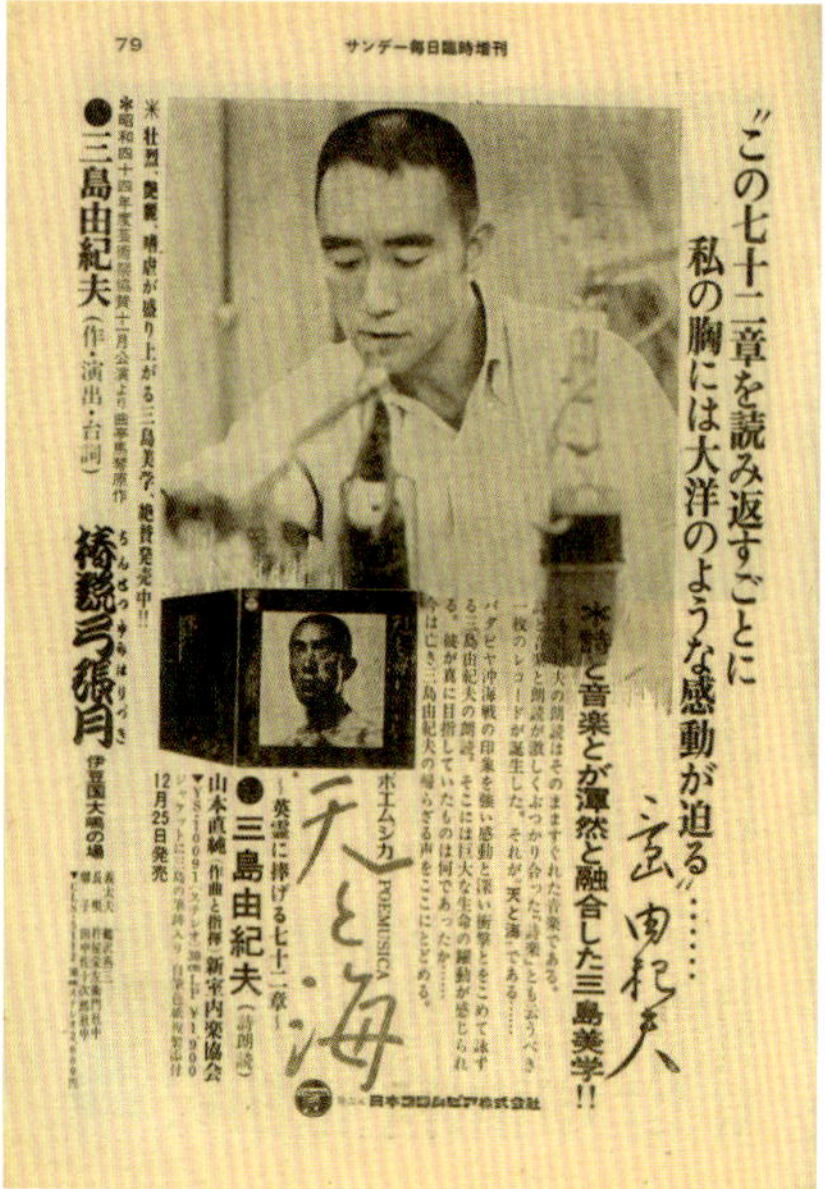

写真7b 「天と海」広告

写真7a サンデー毎日緊急増刊号・表紙

際に発売されたレコードに複製色紙は付かなかった。また発売から1ヶ月も経たないうちに、ジャケットが変更され、ブックレットの写真が削除されている。複製色紙添付の中止、ジャケットの変更、写真の削除には、著作権、肖像権の問題が関与していることが示唆される。

コロンビアLPレコード・後盤（写真8a、b）

コロンビアLPレコード「天と海」は、昭和46年1月に後盤が再発売された。規格番号はYS-10091-CTであり、昭和45年12月のものと同じである。定価1900円。詩・浅野晃、朗読・三島由紀夫、作曲・指揮・山本直純、演奏・新室内楽協会、協力・翼書院・株式会社タクト企画・川瀬PR事務所である。ジャケット

写真8a コロンビア後盤・レコード・ジャケット

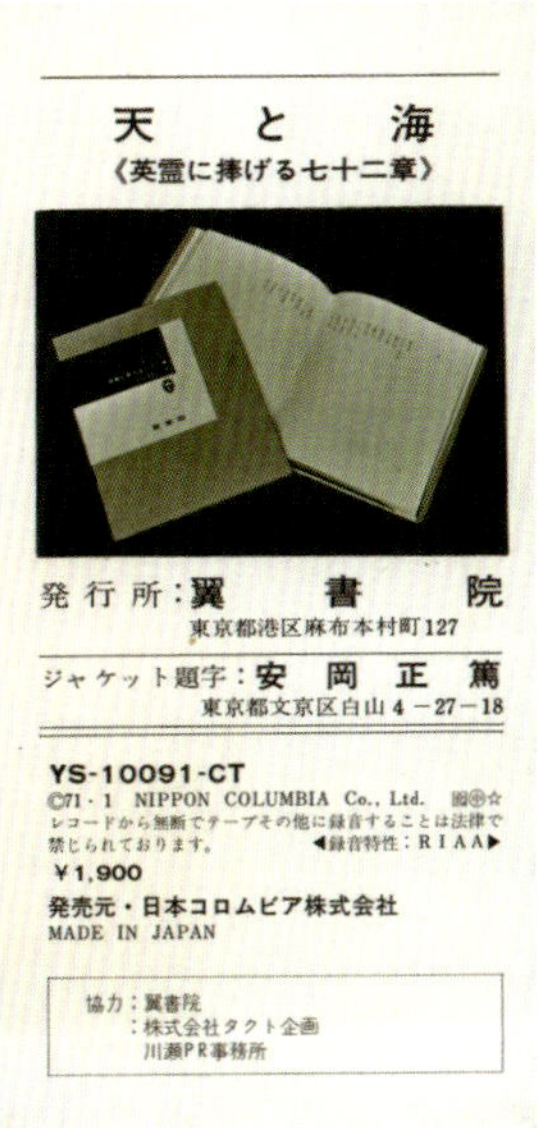

天 と 海
《英霊に捧げる七十二章》

発行所：翼　書　院
東京都港区麻布本村町127

ジャケット題字：安　岡　正　篤
東京都文京区白山4－27－18

YS-10091-CT
©71・1 NIPPON COLUMBIA Co., Ltd.
レコードから無断でテープその他に録音することは法律で禁じられております。 ◀録音特性：RIAA▶
¥1,900
発売元・日本コロムビア株式会社
MADE IN JAPAN

協力：翼書院
：株式会社タクト企画
川瀬PR事務所

写真8b　コロンビア後盤・レコード・奥付け

天 と 海
《英霊に捧げる七十二章》

発行所：翼　書　院
東京都港区麻布本村町127

ジャケット題字：三　島　由　紀　夫

YS-10091-CT
©70・12, NIPPON COLUMBIA Co., Ltd.
レコードから無断でテープその他に録音することは法律で禁じられております ◀録音特性：RIAA▶
¥1,900
発売元・日本コロムビア株式会社 MADE IN JAPAN

協力：翼書院
㈱タクト企画
川瀬PR事務所

写真4j　コロンビア・レコード・奥付け

天 と 海
《英霊に捧げる七十二章》

発行所：翼　書　院
東京都港区麻布本村町127

ジャケット題字：安　岡　正　篤
東京都文京区白山4－27－18

takt STEREO

〈モノーラル〉 〈¥1,800〉
発売元・タクト電機株式会社

プロデュース：山本　宏
スタッフ：青木十良　寺崎嘉浩（グループNLT）
山本　紫　小野正一郎

写真1j　タクト・レコード・奥付け

は再び変更され、昭和42年のタクトLPレコードと同じジャケットに戻されている。ジャケットのタクトのマークは除去されている。また、帯も同色を使用している。コロンビア版のブックレットのスナップ写真と「亡き三島由紀夫氏に」「三島由紀夫略歴」も削除され、タクトLPレコードと同様のブックレットに戻されている。

エコー・カセットテープ（写真9a、b、c、d、e）

カセットテープ（ECHO CASSETTE TAPE）「天と海」は、昭和45年12月12日、株式会社ケイブンシャより定価2200円で発売された。規格番号は22EM-1である。詩・浅野晃、朗読・三島由紀夫、作曲・指揮・山本直純、演奏・新室内楽協会、企画・制作・タクト企画である。カセットテープとライナーノートがケ

写真9a　エコー・カセットテープ

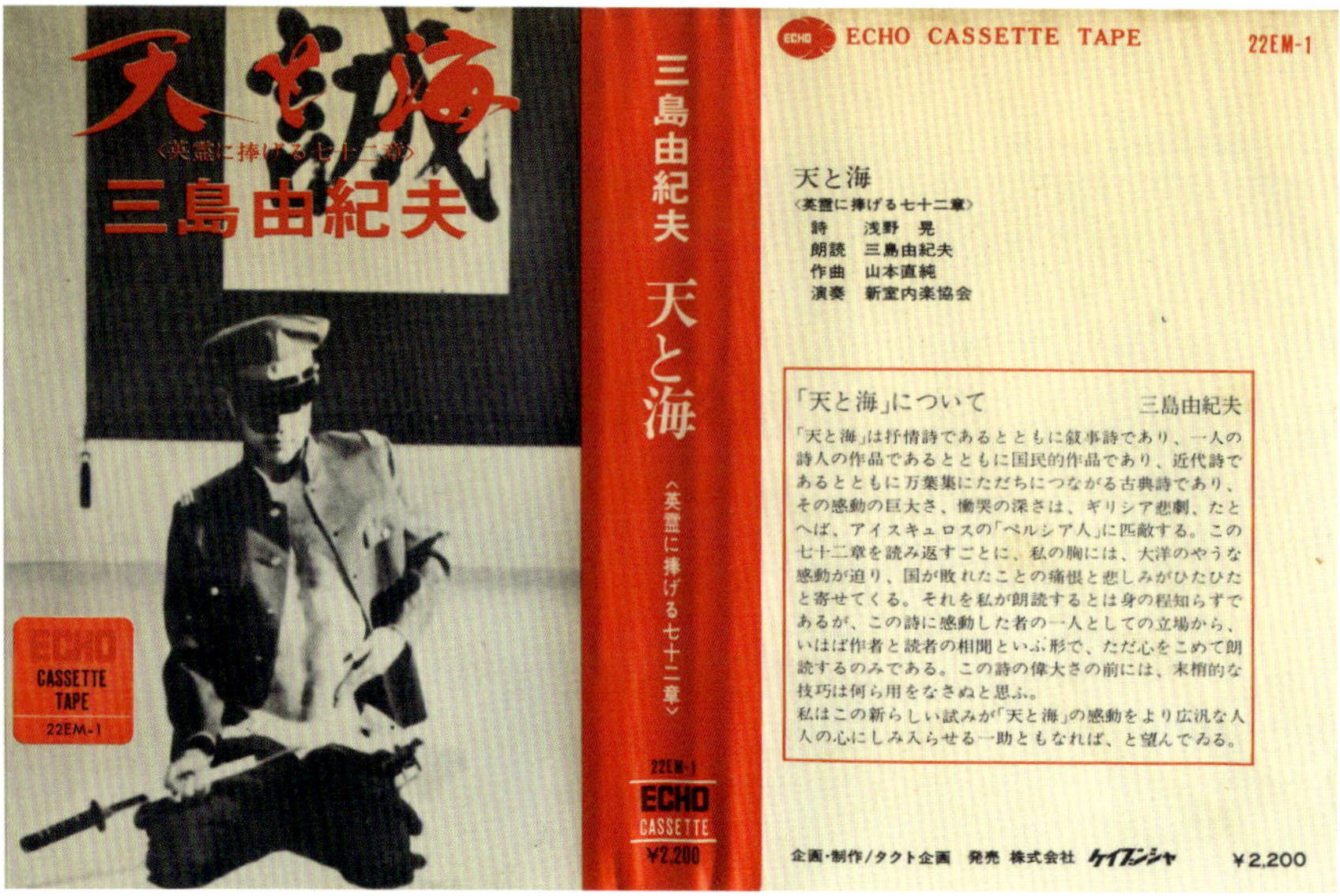

写真９b　エコー・カセットテープ・ジャケット

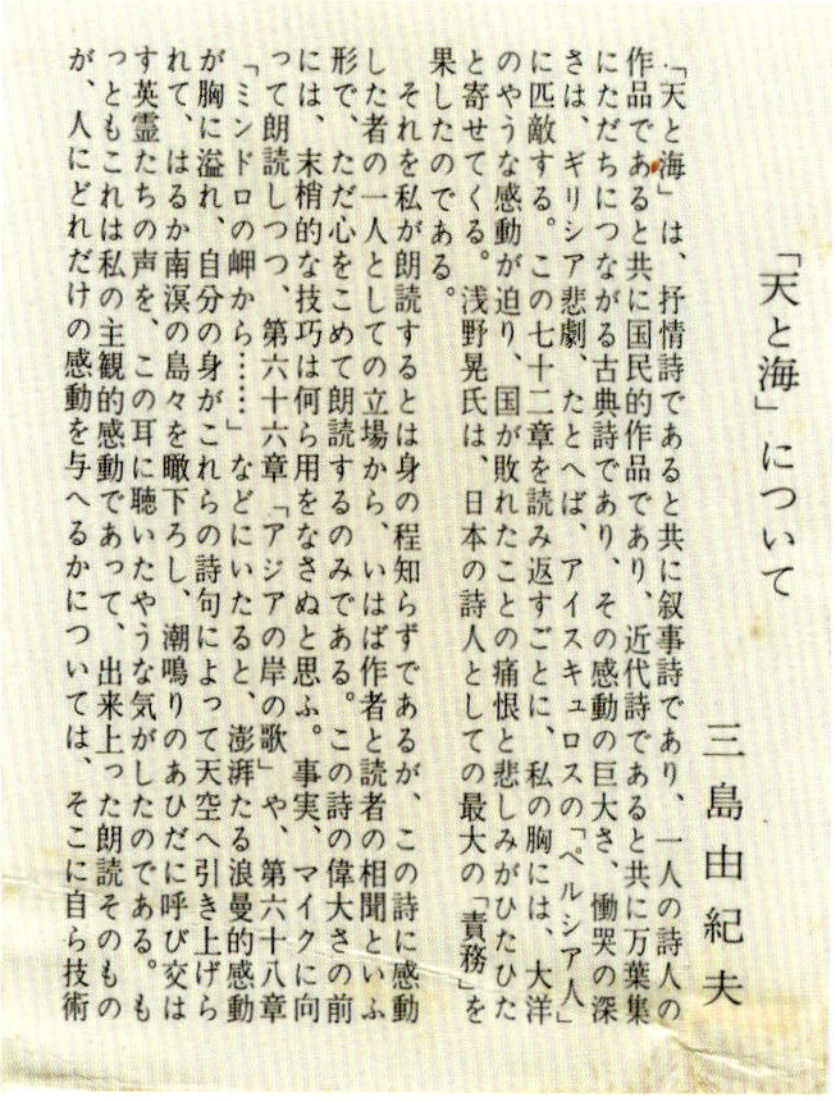

「天と海」について　三島由紀夫

「天と海」は、抒情詩であると共に叙事詩であり、一人の詩人の作品であると共に国民的作品であり、近代詩であると共に万葉集にただちにつながる古典詩であり、その感動の巨大さ、慟哭の深さは、ギリシア悲劇、たとへば、アイスキュロスの「ペルシア人」に匹敵する。この七十二章を読み返すごとに、私の胸には、大洋のやうな感動が迫り、国が敗れたことの痛恨と悲しみがひたひたと寄せてくる。浅野晃氏は、日本の詩人としての最大の「責務」を果したのである。

それを私が朗読するとは身の程知らずであるが、この詩に感動した者の一人としての立場から、いはば作者と読者の相聞といふ形で、ただ心をこめて朗読するのみである。この詩の偉大さの前には、末梢的な技巧は何ら用をなさぬと思ふ。事実、マイクに向って朗読しつつ、第六十六章「アジアの岸の歌」や、第六十八章「ミンドロの岬から……」などにいたると、澎湃たる浪曼的感動が胸に溢れ、自分の身がこれらの詩句によって天空へ引き上げられて、はるか南溟の島々を瞰下ろし、潮鳴りのあひだに呼び交はす英霊たちの声を、この耳に聴いたやうな気がしたのである。もっともこれは私の主観的感動であって、出来上った朗読そのものが、人にどれだけの感動を与へるかについては、そこに自ら技術

写真９c　カセット・ライナーノート・表面

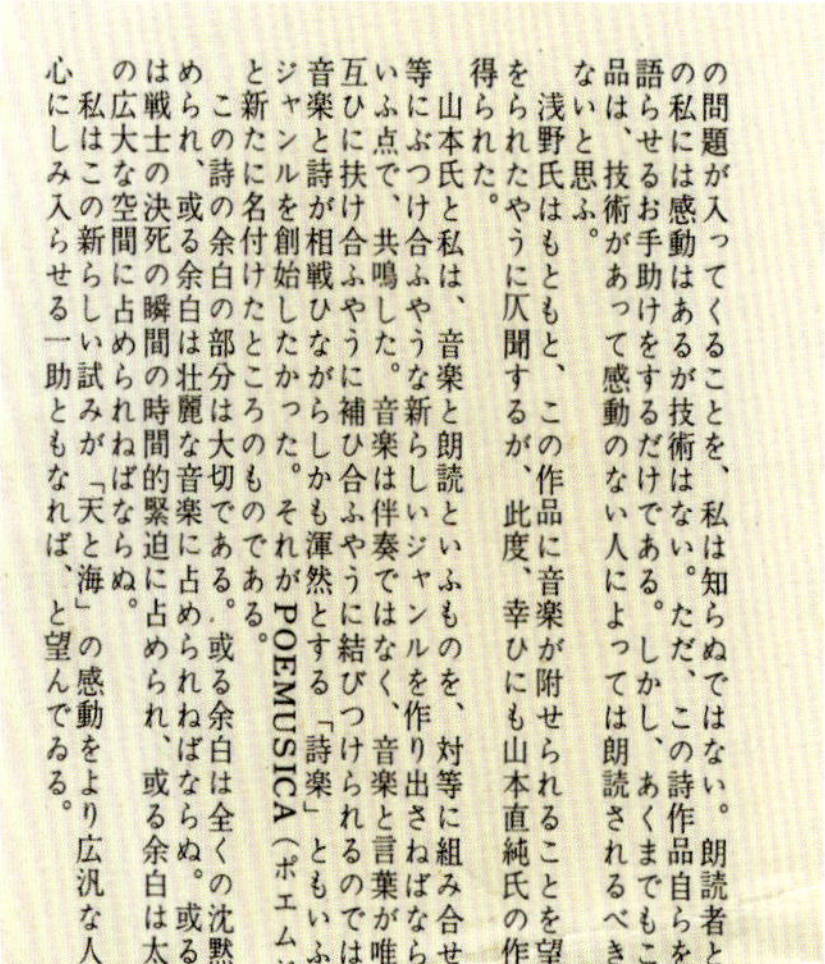

の問題が入ってくることを、私は知らぬではない。朗読者としての私には感動はあるが技術はない。ただ、この詩作品自らをして語らせるお手助けをするだけである。しかし、あくまでもこの作品は、技術があって感動のない人によっては朗読されるべきではないと思ふ。

浅野氏はもともと、この作品に音楽が附せられることを望んでをられたやうに仄聞するが、此度、幸ひにも山本直純氏の作曲が得られた。

山本氏と私は、音楽と朗読といふものを、対等に組み合せ、対等にぶつけ合ふやうな新らしいジャンルを作り出さねばならぬといふ点で、共鳴した。音楽は伴奏ではなく、音楽と言葉が唯ただ互ひに扶け合ふやうに補ひ合ふやうに結びつけられるのではなく、音楽と詩が相戦ひながらしかも渾然とする「詩楽」ともいふべきジャンルを創始したかった。それがPOEMUSICA（ポエムジカ）と新たに名付けたところのものである。

この詩の余白の部分は大切である。或る余白は全くの沈黙に占められ、或る余白は壮麗な音楽に占められねばならぬ。或る余白は戦士の決死の瞬間の時間的緊迫に占められ、或る余白は太平洋の広大な空間に占められねばならぬ。

私はこの新らしい試みが「天と海」の感動をより広汎な人々の心にしみ入らせる一助ともなれば、と望んでゐる。

写真９d　カセット・ライナーノート・裏面

写真10 「天と海」翼書院

写真9e エコー・カセットテープ

ースに収められている。ジャケットとライナーノートに、『天と海』について」(三島由紀夫)が掲載されている。ジャケットに映画「憂国」で武山信二中尉を演じる三島氏のスチール写真No.3が使用されている。ジャケット題字の筆跡は不明である。

「朱雀家の滅亡」追悼公演パンフレット

「朱雀家の滅亡」(昭和46年9月7日発行　劇団浪曼劇場)のパンフレットに、浅野氏のコメントが掲載されている。

「三島君から『天と海』(写真10)を朗読してレコードに吹きこみたいからという申し出があったのは、四十一年の秋のころであったかと記憶する。(略)

そのあと、もう十二月もおしつまったころ、三島君の招待で、伊沢君もいっしょで御馳走になり、朗読についての必要な打合せをやった。食事をすませたあと、席を帝国ホテルに移して、七十二章の一つ一つについて、君は自分の理解がちがっていないかどうかを、わたくしにたしかめた。君は鉛筆で、あの大阪の詩集の余白に、わたくしの語ったことをぎっしりと書きこんだ。(略)

三島君は、ことに第九章を好んだ。そこには責務という文字が三度出てくる。さいごが

われらは　みな　愛した
責務と永訣の時を

で、山本さんの曲はここで責務のテーマを奏でる。三島君はこのテーマが大好きで、いいなあといって、自分でそっと口笛で吹いてみたりした」とある。

CD「天と海」（写真11 a、b、c、d、e、f、g）

「耳で聴く三島由紀夫 《一人歌舞伎》椿説弓張月・《ポエムジカ》天と海」は、2006年11月22日、日本ウエストミンスター株式会社より標準価格4830円で発売予定であったが中止となった。販売元はコロンビアミュージックエンタテインメント株式会社であり、規格番号はJXCC1020~1である。詩・浅野晃、朗読・三島由紀夫、作曲・指揮・山本直純、演奏・新室内楽協会、総合プロデュース・日暮怜司、解説・中条省平、マスタリング・毛利篤、デザイン・レイアウト・名木山碧、制作進行・清水英雄・金子みゆき・高芝俊吉である。

ブックレットは表紙の他に22ページあり、

椿説弓張月・解説・中条省平
梗概《上の巻》
《上の巻》伊豆国大嶋の場
三島由紀夫略歴
制作者のことば・日暮怜司
天と海・解説・中条省平
謝辞・浅野晃
「天と海」について・三島由紀夫
作曲者の立場から・山本直純
詩・天と海・浅野晃
プロフィール・浅野晃・山本直純
あとがき

が掲載されている。

「あとがき」に「この作品は、1966年の秋からスタート、

写真11a 耳で聴く三島由紀夫

写真11b 耳で聴く三島由紀夫

写真11c 耳で聴く三島由紀夫・CD・ジャケット

写真11e CD「天と海」

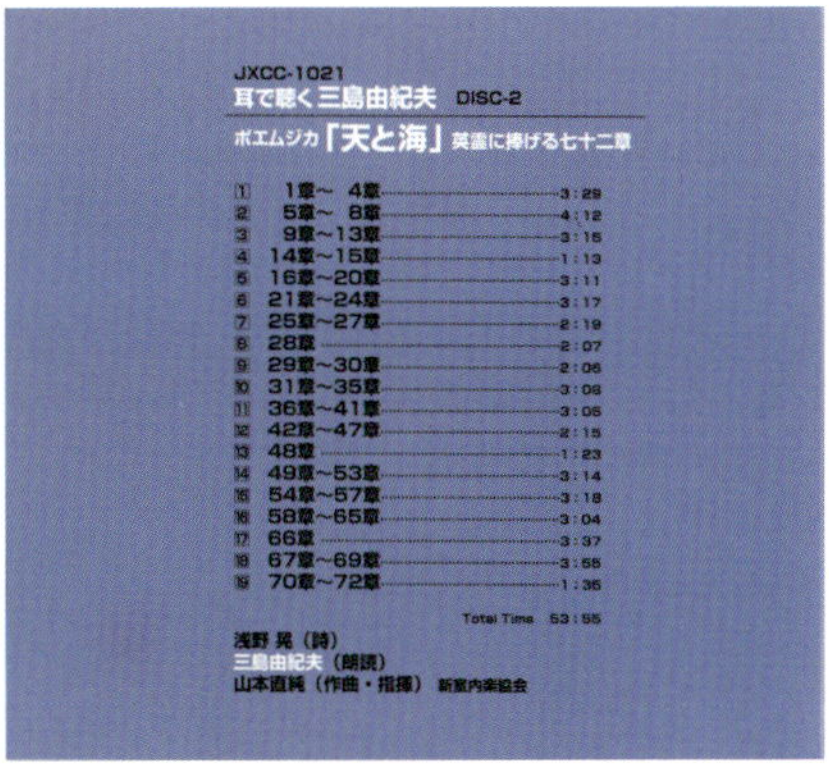

写真11d CD「天と海」

写真11g CD「天と海」・ディスク

写真11f CD「天と海」・ブックレット

半年かかって完成をみた作品とのことである。（略）今回のCD化に当り、制作の過程などを聞くために当時の担当者を探したが見つからなかった。そのために録音日時、スタジオ、録音技術者などのデータを記載することが出来なかったことをお断りする。（略）」とある。

ジャケットは、昭和45年12月にコロンビアLPレコードより発売された三島氏の顔写真を大きく使用したものと同様のレイアウトを使用している。見本盤まで制作しながら、発売中止となったことは誠に残念であった。

十字路（写真12）

1999年11月の某新聞のコラム「十字路」に、「川瀬賢三さんは、三島との十三年間にわたる交流を手記にまとめた」「B5判、二十ページの手記の題名は『タテとヨコの関係』」「三島に詩の朗読を頼んでレコードを作ったことや、就職先を紹介してもらったことなど、川瀬さんは『思い出を形に残すことで心の整理ができた』と話している」と紹介されている。このコラムには、三島氏と川瀬氏の写真も掲載されている。

十字路

◇…作家、三島由紀夫が自衛隊市ケ谷駐屯地（東京都新宿区）で自殺してから二十五日で二十九年。岐阜県大垣市長沢町五ノ四〇ノ六の川瀬賢三さん（六二）＝写真右＝は、三島との十三年間にわたる交流を手記にまとめた。

◇…B5判、二十ページの手記の題名は「タテとヨコの関係」。文面からは「困ったときには、とことん面倒を見てくれる親分肌」という三島の一面が浮かび上がってくる。

◇…三島に詩の朗読を頼んでレコードを作ったことや、就職先を紹介してもらったことなど、川瀬さんは「思い出を形に残すことで心の整理ができた」と話している。希望者には送料など実費で郵送する、という。

写真12　十字路

「タテとヨコの関係」（写真13）

著者・川瀬賢三。この手記には、「追想三島由紀夫さん」という副題がついている。B5判、20ページである。

目次は、

一、三島由紀夫クーデター事件
二、出会い
三、就職試験

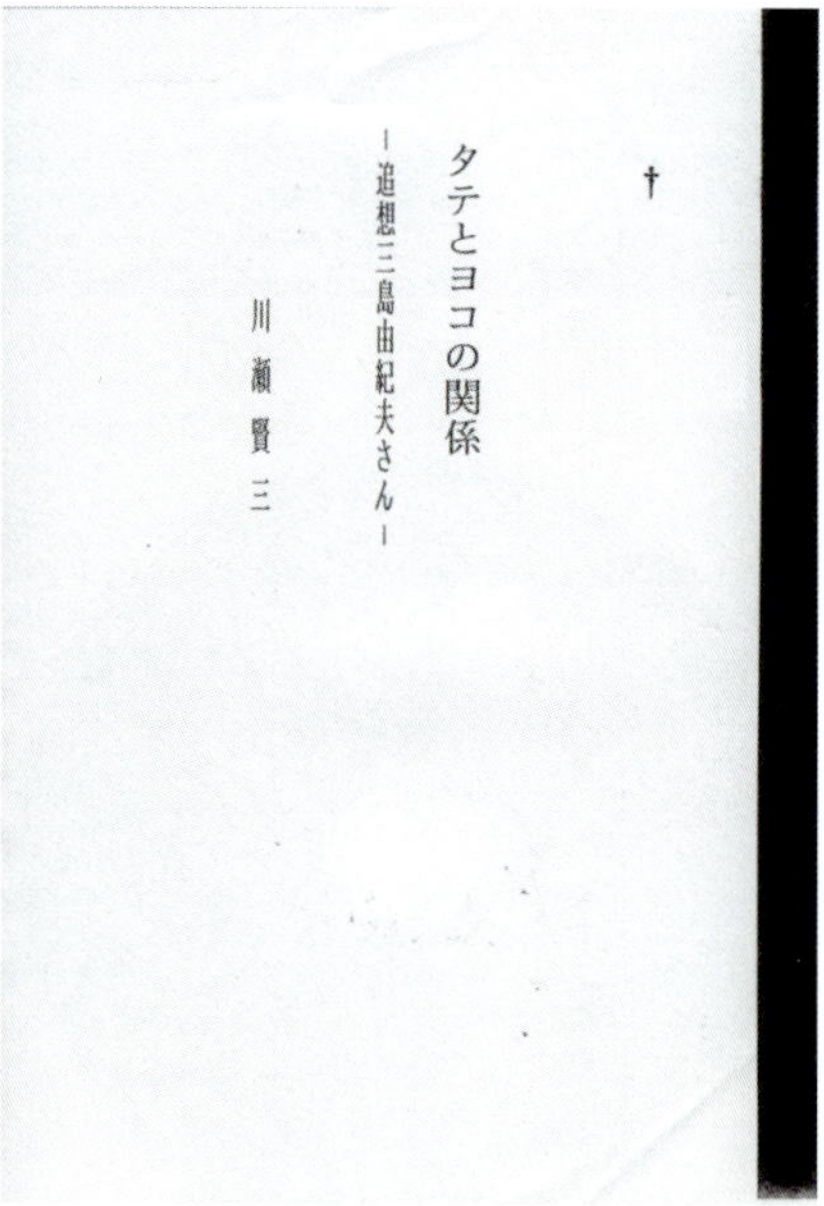

写真13　タテとヨコの関係

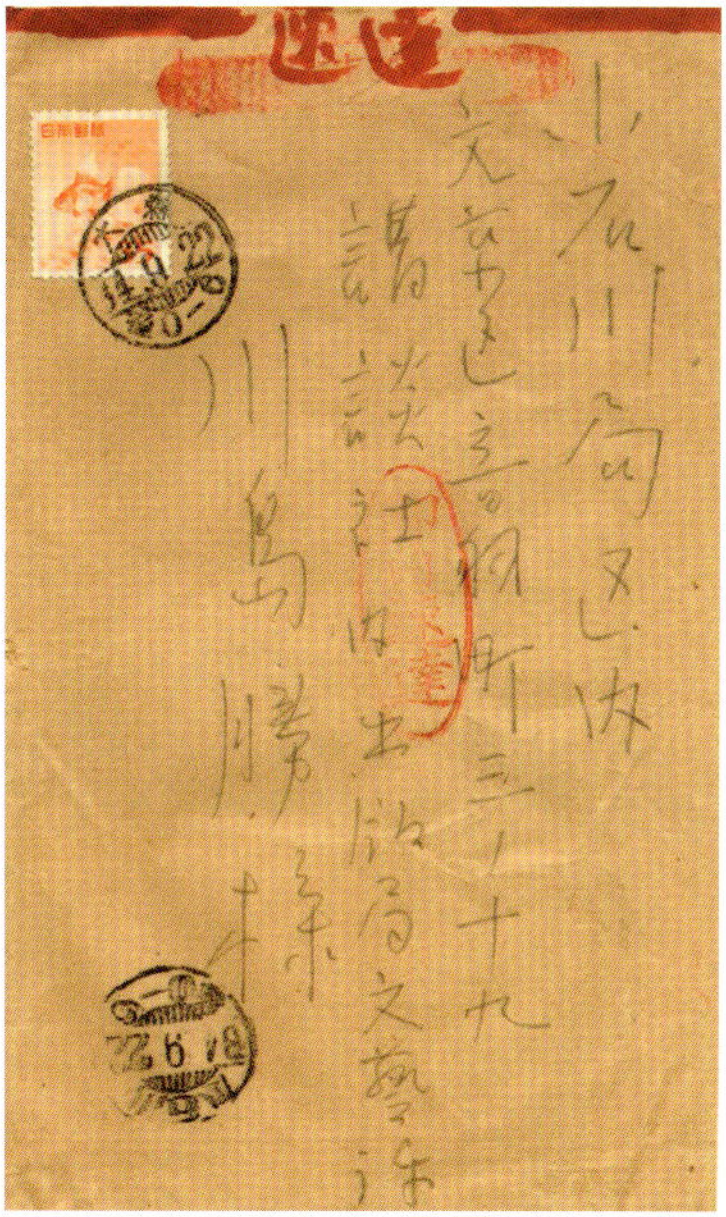

写真14a　川島勝宛　三島由紀夫書簡

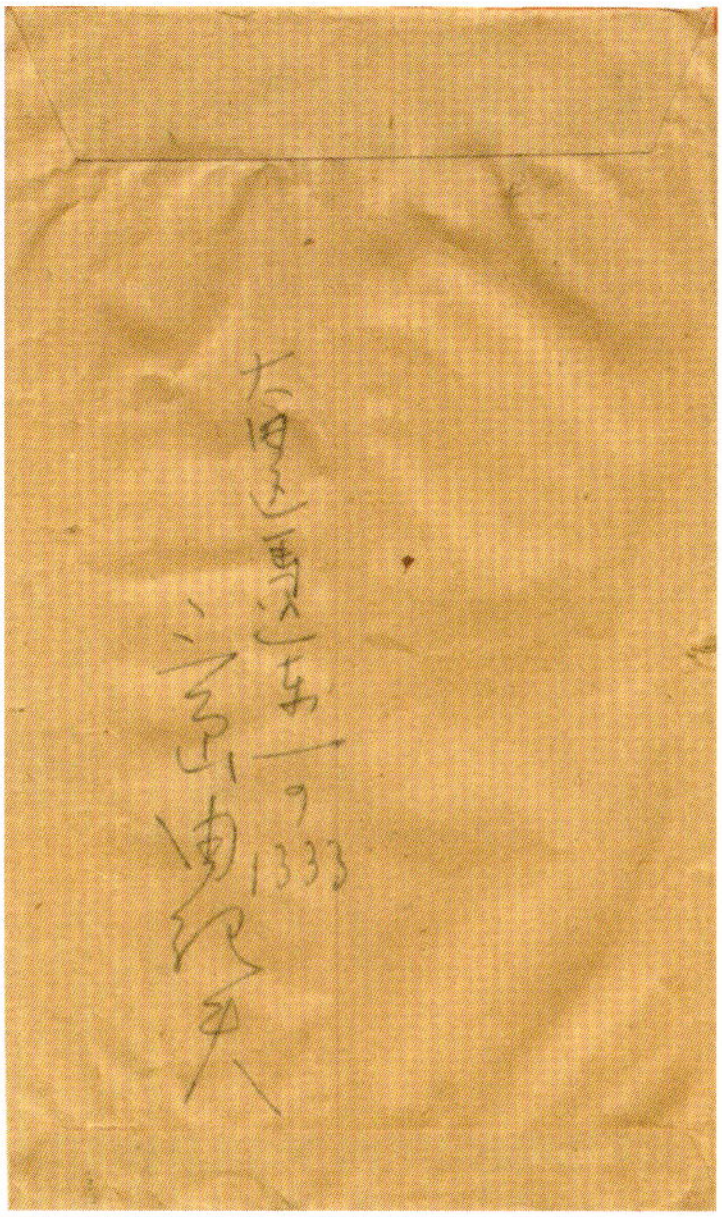

写真14b　川島勝宛　三島由紀夫書簡

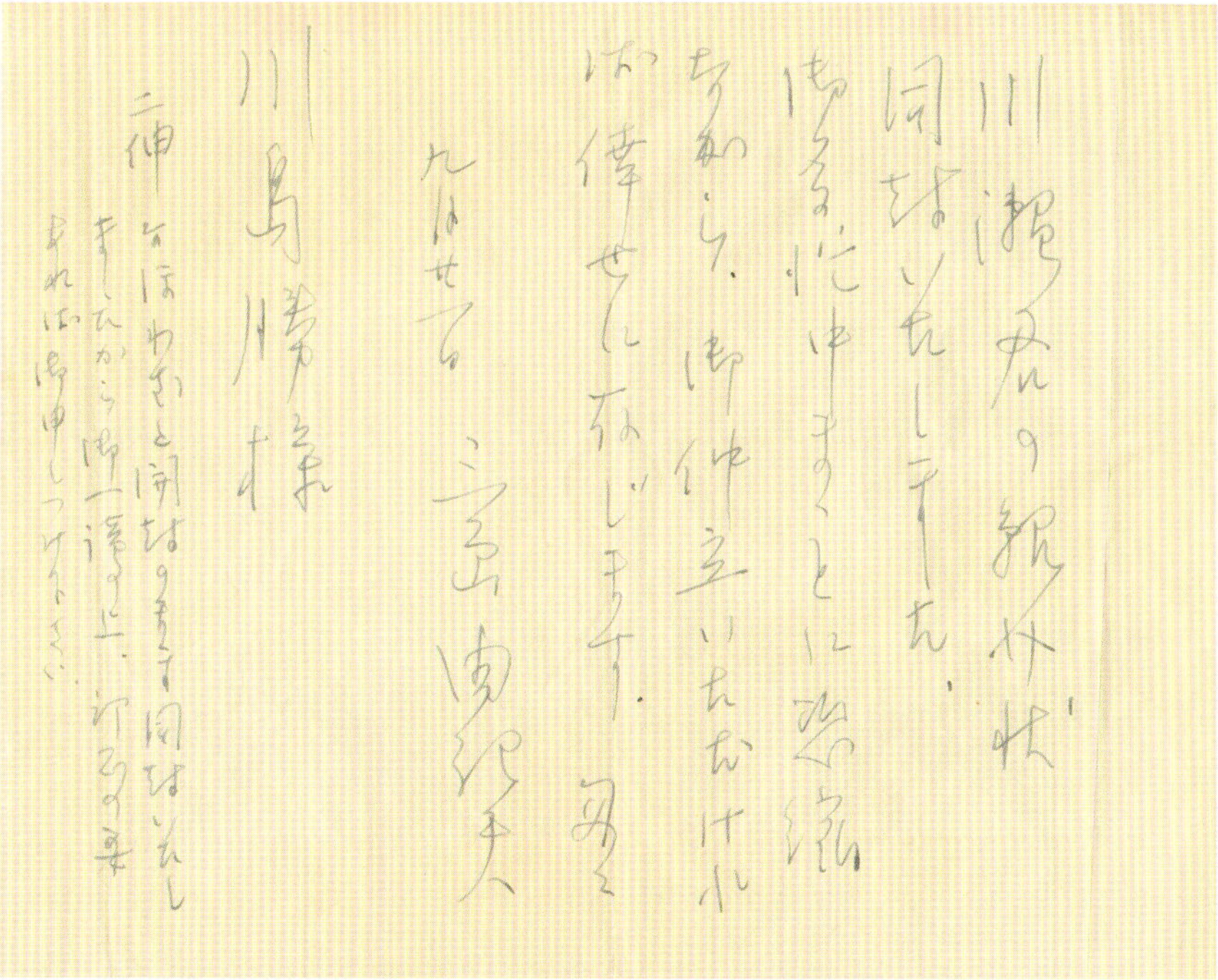

写真14c　川島勝宛　三島由紀夫書簡

四、　風流夢譚事件の余談
五、　ポエムジカ　〝天と海〟
六、　あとがき
である。「一、三島由紀夫クーデター事件」の前に、1ページ半の「梗概」がある。著者は、三島氏とサンケイ・ボディビセンターで出会った。その後、三島氏が亡くなるまでの13年間の交流が記されている。第五項「ポエムジカ　〝天と海〟」には、「三島由紀夫氏・詩の朗読　レコード制作について」と副題がついていて、レコード制作のいきさつの詳細が語られている。この極めて重要な文献が、決定版三島由紀夫全集文献一覧に収録されなかったのは残念である。

川島勝氏宛三島由紀夫書簡（写真14 a、b、c）

「タテとヨコの関係」の第三項「就職試験」には、「卒業時の就職の斡旋依頼」について記されている。

川瀬氏は三島氏に就職の相談をし、講談社を紹介してもらう。三島氏は講談社の野間社長宛に川瀬氏の推薦文を書き、仲立ちの川島勝氏に郵送した。川島氏は川瀬氏に「三島先生から当社の社長宛に毛筆で巻紙に書いた貴方の推薦状が届いています。先生が人を紹介されるのは初めてのことなので是非頑張ってください」と言った。

この書簡は、決定版三島由紀夫全集　補巻（2005年　新潮社）に掲載された。昭和34年9月21日の「講談社内出版局文藝課川島勝」氏宛の速達郵便が残されている。消印は9月22日で即日配達の印が確認される。

「川瀬君の紹介状同封いたしました。御多忙中まことに恐縮ながら、御仲立いただければ倖せに存じます。匆々
九月廿一日　三島由紀夫
川島勝様
二伸　なほわざと開封のまま同封いたしましたから御一読の上、訂正の要あれば御申しつけ下さい」

川瀬氏に対する三島氏の態度は誠に友好的であり、そして謙虚である。

「天と海」レコード化のころ（写真15）

川瀬氏の「『天と海』レコード化のころ」は、決定版三島由紀夫全集第34巻月報（2003年　新潮社）に掲載された。

レコード制作の折、「三島さんは『キミが勤めている会社のためだったら断るが、キミの個人的な頼みでやるなら引き受けても

写真15　タクト・スタジオにて

いいよ』と快く返事してくれた。（略）

この仕事を始めるに当たって三島さんは、『今回の制作は、私は単なる朗読の演技者であるから、全てキミの指示に従うので注文があれば遠慮なく言って欲しい』と念を押された。（略）

深夜のスタジオで、山本氏が作曲した音楽テープをバックに、独りアナブースの中で、緊張の面持ちでマイクに向かう三島さんは、まるで尊い命を南方に散らしていった若き英霊の魂が乗り移ったかの如く、鬼気迫る迫真の演技であった。

三島さんが、精魂込めて朗読したこのレコードは、現在では〝幻の名盤〟となり、再発売されていない。誠に残念としか言い様がない。（略）」と記している。そして、最終行に、

「青春において得たものこそ、終生の宝である　三島由紀夫」という一文を記している。これは、昭和45年11月に三島氏が楯の会会員宛の遺書に記した文章である。

川瀬氏は、「タテとヨコの関係」の第五項「ポエムジカ〝天と海〟」の項で、三島事件後の昭和45年12月にコロンビアレコードより「天と海」が再発売された際のトラブルについて言及している。昭和45年12月に再発売され、その後1ヶ月も経たないうちに改装されて、昭和42年のタクト盤と同じジャケットに戻されたこと、発売されたレコードに『責務』の複製色紙が添付されなかったこと、ブックレットの写真が削除され、タクト盤と同じブックレットに戻されたことなどは、川瀬氏の指摘するトラブルに起因するものと考えられる。

ＣＤ「耳で聴く三島由紀夫《一人歌舞伎》椿説弓張月・《ポエムジカ》天と海」にも、昭和45年12月のコロンビアレコード「天と海」のジャケットやブックレットの写真が使用されていることから、このＣＤ発売中止も、同様のトラブルが原因であることが示唆される。

現在「天と海」を聴くには、当時のＬＰレコードを入手するしか方法がない。三島氏が、「精魂込めて朗読した」レコードであるだけに、誰でも聞くことができるようになることを願っている。

（三島由紀夫研究家）

『決定版三島由紀夫全集』初収録作品事典 VII

池野美穂編

凡例

一、本事典は、『決定版三島由紀夫全集　全42巻＋補巻＋別巻』（新潮社）に収録された小説、戯曲（参考作品、異稿を含む）のうち『26巻』に収録された作品に関する事典である。

二、【書誌】、【梗概】、【考察】の三項目で構成し、配列は現代仮名遣いによる五十音順とした。丸数字は全集収録巻を表す。

三、各項目執筆者は、赤井絢花、小野夏実、田中あゆみ、堀内美帆理、堀江容世、矢花真理子である。

四、全集の解題に記されていない擱筆日などについては、『42巻』の「年譜」（佐藤秀明・井上隆史編）を参照した。

なお、今回より、決定版全集「初収録」の作品だけでなく、前全集などに収録されている作品についても、その重要性を鑑みて取り上げていくこととした。また、英文の梗概については日本語により示した。

序文（「仮面の告白」用）

【書誌】 四百字詰「河出書房原稿用紙」四枚、表紙一枚。本文末尾に『一九四九年』と記載。表紙の原稿用紙右側ページには「仮面の告白」というタイトルが書かれ、その上部に付けたしのようにドイツ語で das sonderbare geschtsleben eines Mannes などと書かれている。表紙左側ページには《人みな噴火獣《シメエル》を負へり――シャルル・ボオドレエル》と記されており、その上部にも付け足しのように、das ungewöhnliche das Geschtsleben eines Mannes とある。更に ungewöhnliche の上部に überspannte, seltsame, sonderbare, exzentrische などと記入されている。なお、ドイツ語は順に『男の異常な性生活』『稀な男の異常な性生活』『極端な』『奇妙な』『風変わりな』『偏奇な』という意味である。「私の遍歴時代」によると、小説「仮面の告白」において「最長九枚、最短一枚の、十八種類にわたる序文を書」いたとあるが、この序文以外のものは現在まででは発見されていない。序文はいずれも小説「仮面の告白」の序文としては採用されなかった。㉗

【梗概】 小説「仮面の告白」を書くにあたっての方法論や美学などを逆説的な文体で示したものである。本文をいくつか抜粋する。『これはSexの学校の落第生の告白だ』『将来私の書くであらうあらゆる作品の、内分的種明かしをここで私はお目にかける』『この本の問題は詩です。Sexというのは詩のことです。』などといったことが書いてある。

【考察】 この序文に見られる文章は、「『仮面の告白』ノート」や

「これはへどである」など、いくつかの文献において類似した内容を窺がうことができる。例えばこの序文で『自伝のなかで、私は真実といふ偶像に忠誠を誓はうとは思はない。却つて私は「嘘」を放し飼にする。』といった文章が見られる。これは小説「仮面の告白」の初版に付された『「仮面の告白」ノート』の文章である「告白とはいひながら、この小説のなかで私は「嘘」を放し飼にした」と類似する。これらの文献を総合的に読むことは、小説「仮面の告白」のより深い考察に繋がりうるだろう。この序文に『将来私の書くであらうあらゆる作品の、内分的種明かしをここで私はお目にかける』とある。三島が小説「仮面の告白」を、単に事実を並び立てた作品ではなく、自らの原点になる作品として執筆したことが窺える。

なお、この序文には表紙がつけられているが、この表紙は序文の表紙ではなく、小説『仮面の告白』全体としての表紙である可能性も考えられる。

（小野）

クナアベンリーベ

【書誌】 椿実による「三島由紀夫の未発表原稿」と題する文章の中の一部で、三島の語った文章であるとして紹介された。初出は「うえの」昭和四十七年五月。同誌の椿氏によれば、『昭和二三年の頃、第14次『新思潮』のために、私に口述されたものである。この原稿は私が完成するよう依頼され、整理された文章を、再び三島君が補訂して、出版社に渡されたのであるが、玄文社の都合により、稲垣足穂氏の小説などとともに、未発表に終った』とあり、『三島君の語りくちをそのままとし、文脈はあえて不整合のまま公表』したとあり、よって『文責は私にあることを明記しておく』とのことである。㉗

【梗概】 三島が稲垣足穂について述べたもの。稲垣足穂は天才だとされている。近代詩について三島は『日本では、詩人は全く偶然な「流鼠の天使」で、何の必然もなく、日本の風土に生まれてきたとしか思はれぬ』とし『詩人の敵となる』戦うべきものがない、よって日本の詩にはアンチテーゼがないとしている。その中で稲垣足穂の作品は『詩の内部に対する戦ひ』として生まれ、稲垣足穂こそ『「詩人にとって、現実とはどういふものであるか」といふことを、非常に明白に表現してきた作家である』としている。

足穂の文体それ自体がかたい少年のような肉感を持つという。タイトルのクナアベンリーベ（少年愛）は、このことにちなんで椿実がつけたもの。

【考察】 初出誌によれば本稿は、第14次『新思潮』にて稲垣足穂の小説とともに掲載される予定であった。しかし当時の出版不況により掲載予定の第五号が印刷に附されなかったため、小説とともに未発表に終わった。なお、第14次『新思潮』は、昭和二十三年九月、二巻二号までで廃刊した。

椿実の書いた「三島由紀夫の未発表原稿」の内容は、まず始めに椿が三島の未発表の原稿である「クナアベンリーベ」が語られた経緯について述べ、「クナアベンリーベ」本文を掲載、その後にまた椿が三島とのエピソードを添えながら解説しているというものである。

（小野）

「孤立」ノススメ（こりつのすすめ）

【書誌】早稲田大学の学生を中心に組織された尚史会主催の講演を活字化したもので、写版刷の機関誌《青雲》六号（昭45・9・25）に掲載された。末尾に〈本稿は、昭和四十五年六月十一日、戸塚龍塾での三島先生の御講話を筆記したものです。前号（五号）に掲載の先生の論文「祖国防衛の構想」と併読くだされば大いに参考になると思はれます〉という「編集者注」が付されている。

なお、「祖国防衛の構想」は、「祖国防衛隊はなぜ必要か」（第三十四巻収録）のこと。㊱

【梗概】三島が自決した年の昭和四十五年六月十一日に戸塚龍塾で行われた講演。始めの一、二節では人間は完全には理解し合えないということ、三節では安保について考えるなら、まず憲法問題について考えるべきだと話題を変えているが、ここでも人間は所詮完全には理解し会えないという最初の話に繋がる。四、五節では自民党も共産党も民衆を騙しているという点で賢いということ、大衆もその事を知りながらそれでいいと思っていることについて述べている。最後の六、七節では具体的に憲法を変えようとは言っていないが、孤立を恐れず改憲をうながす事を言っている。

【考察】主催の尚志会は一九六五年に皐月会として発足し、日本文学研究会と改称したものが発展した組織で主に早稲田右翼学生を中心に組織されていた。この講演は安保改定直前に行われ、三節までは主に安保の問題を論ずるにはまず憲法を論ずる必要があるということを訴えている。昭和三十五年の三島の安保闘争見聞の体験は三島の内部にある危機意識を増幅させ、『宴のあと』『憂国』など、安保闘争が大きく影響したと考えられる作品を発表している。

六、七節は精神論で、吉田松陰の話題が挙げられている。「心友」の伊沢甲子麿によれば、三島はこの年伊沢に会うたびに松陰を話題にしたという。三島は昭和三十八年頃を転機に松陰の純一なドラマティックなラディカリズムへの傾倒を示し、楯の会メンバーとの最後の行動にも松陰の諫死の思想の強い影響があると考えられる。なお、吉田松陰の斬首刑の日付が三島の自決した十一月二十五日であるという説もある。

松陰の話題の最後で三島は「孤立を恐れない（略）大衆をあてにするような思想の磨き方ではどうにもならないところまで来ていることを自覚して欲しい。」と結んでいるが、孤立を恐れずに松陰のように自分の信念を貫いて欲しいということをこの講演で最も伝えたかったのではないだろうか。

（田中）

あとがき（「潮騒」用）

【書誌】四百字詰「ＯＫＩＮＡ」原稿用紙二枚。執筆年月日は不明。㉘

【梗概】昭和二十九年六月刊行の書下ろし長編小説「潮騒」（新潮社）の「あとがき」として書かれながら使われず、未発表のまま遺されたもの。三島は本文章において「「禁色」二部作によって、既成道徳との対決の困難を味はひつくした私は、今度は悪魔が仏陀に化けるやうに、私自身、私の敵手である既成道徳に化け変つて、小説を書かうと発心したのである。」と述べている。

【考察】「潮騒」のあとがきは実際には使われなかったが、そこには作品世界から作者を完全に排除するという三島の「作者不在」の考えが反映されていると考えられる。ただし、帯は吉田健一によって書かれたものが使用された。(『決定版三島由紀夫全集』第四十二巻、五百七十一頁)吉田は帯の文章において、「潮騒」の舞台である「歌島」を取り囲む海が「太平洋であることがはつきり感じられる」とし、「潮騒」の「筋が極めて簡単な恋愛物語になつてゐるのは、人物の交渉をさういふ素朴な線で描くのでなければ、歌島を取り巻いてゐる海の明るさと力に対抗することが出来なかつたからだらうと思はれる。」と述べている。 (矢花)

清少納言「枕草子」(せいしょうなごん「まくらのそうし」)

【書誌】昭和二十七年六月十六日午後七時二十分から三十分まで、ラジオ東京「三越文学サロン」において放送されたもの。ラジオ東京は現・TBSラジオにあたる。

初出、昭和二十七年六月一六日、ラジオ東京放送脚本。初刊、昭和五十一年四月、『三島由紀夫全集35』新潮社。初出および初刊では「枕草子」は「枕の草子」と記載されている。㉖

【梗概】ラジオ放送で用いられた脚本。

『枕草子』について初心者にもわかりやすいように述べているもの。作品の成立、作品構成、内容解説、清少納言の人物の紹介。冒頭の「春は曙」及び「あてなるもの」については、本文を紹介し解説している。

【考察】清少納言が繊細な感受性と細やかな観察の眼を働かせていたものは自然の美しさや四季の情趣に対してであった。感じ観察した多くのことから、日本の四季の変化の美しさを最も鋭く結晶するために行った彼女の選択の見事さは、三島にとって「何にもまして讃めたい」ものであるという。

三島は、古今独歩の清少納言世界は、彼女の選択によって人生の、あるいは人間心理のある瞬間を断ちきって、そこに「をかし」と感じる批判精神が、高い美の感覚と結びついて材料を選択し組み立てているからであると考えている。 (赤井)

盗賊(はしがき)

【書誌】二百字詰「石油時報原稿用紙」六枚、続いて四百字詰「松屋製」原稿用紙六枚。未発表のままに遺されていたが、欄外には「本文8ポ三〇字詰二五行　二段組　初頁のみカット及四五字二五行段ヌキ」などの組版指定が記されている。

『盗賊』の第四章にあたる「美的生活者」を、当時企画されていた同人誌「巨匠」創刊号に掲載するにあたって書かれた文章と思われるが、実際には「美的生活者」は「文学会議」(昭和二十三年十月)に発表された。『盗賊』の第三章にあたる「出会」が「思潮」(昭二十三年三月)に、第五章にあたる「嘉例」が「新文学」(昭二十三年三月)に掲載されていることを考えると「巨匠」も昭和二十三年三月頃の発刊を目指していたと推察される。㉗

【梗概】長編小説『盗賊』は昭和二十一年の六月以降、未完のまま筆を置かれていた作品であったが、三島はこれを二十二年の春に友人の川路明に見せたところ思わぬ評価を受けた。そして同年の十一月には創刊者の内の一人である明から同人誌「巨匠」への『盗賊』連載を勧められたが、そのとき既に第一章から第三章までを発表する契約を三社と結んでいた。第四章から連載していく事を当初はためらっていた三島だが、考えた末に「はしがき」に第一章から第三章までの梗概を記し、第四章と共に掲載する事を決めたのだった。

【考察】この「はしがき」は梗概を述べる目的で書かれたものと思われる。川路明は三島が詩の方面で師事していた詩人・川路柳虹の息子であり、互いに競争心を抱き合いながらも良い友人関係にあった。なお、『盗賊』を執筆した年である昭和二十一年（三島二十一歳の時）に三島は詩作を断念しており、それを機に柳虹の教えを受ける事は殆どなくなったという（昭和二十三年発表の三島のエッセイ「師弟」で述べられている）。そして詳しい原因は定かではないが、「巨匠」に『盗賊』を掲載するよう明の誘いを受けたものの結局発表する事はなく、「巨匠」自体も出刊の記録が見られない。

また、身辺他事などの理由で執筆を中絶していたにも関わらず『盗賊』を友人に見せたという事実からは、これを完成させてみたいという三島の意欲が窺える。おそらく三島は、自身初の長篇小説を生み出す事に自信がなかった一方で、書き上げられる可能性は少なからずあるかもしれないという期待感も抱いていたのではないだろうか。

（堀内）

跋文（「盗賊」）

【書誌】四百字詰「平岡」名入り原稿用紙二枚。執筆年月日は不明で中断されている。

【梗概】これまでに百枚前後の小説しか書いた事のなかった三島にとって長編小説を書くという事は初の試みであり挑戦でもあった。この跋文では三島が、実際に『盗賊』を書き終えた後にその執筆を振り返る事によって反省点や教訓を整理している。

【考察】初の長編小説『盗賊』の仕上がりについて三島が感じた反省点と、そこから得られた教訓とを同時に窺い知る事が出来る。なお、三島は第一章において、「四度稿を改めてなほこの稚拙さには、凄じいものを感じさせられる」と仕上がりに対する批判の意を自ら述べており、旧稿に固執するあまり十分な改訂（三島は「改竄」と言っている）を施さなかった事実について後悔を感じているようにも見受けられる。

なお、この「跋文」が真光社版への掲載を予定して書かれたものかどうかは不明であり、真光社から『盗賊』を刊行するにあたり実際に三島が採用したのは、川端康成から受取った序文である。

【参考】『盗賊』年表（『決定版三島由紀夫全集㊷』参照）

・昭和二十一年一月～七月（一月から『盗賊』の執筆を開始。）

〈第一章〉一月二十四日…「盗賊　第一章　物語の発端」の執筆を開始する。

二十七日…川端康成を初訪問する。

三十日…第一章をほぼ完成させ、同章の第二稿に取りかかる。

二月五日…同章の第二稿をほぼ完成させ、続けて第三稿に着手する。

七日…同章の第三稿を完成させる。

十九日…川端康成宛封書（『盗賊』第一章を持って

伺いたい事などを記す）。

〈第二章〉　末…「盗賊　第二章　決心とその不思議な効果・逢筆」の執筆を開始する。

三月三日…川端康成宛封書（『盗賊』第二章を書いていることなどを記す）。

上旬…川端康成に会う。その際、『岬にての物語』と『盗賊』を持参したものとされる。

二十九日…同章を完成させる。

〈第三章〉　四月三日…「盗賊　第三章　共感から共謀へ」の執筆を開始する。

二十九日…同章の第二稿を完成させる。

〈第四章〉　五月一日…「盗賊　第四章　実行」の執筆を開始する。

十二日…川端康成を訪ね、『中世』や『盗賊』の批評を聞く。

〈第一章〉　二十六日…第一章を全面的に改稿し、主人公の名を「澄之」とした原稿（「序章」と題す）を完成させる。

〈第二章〉　六月三日…第二章の第三稿を完成させる。

十五日…川端康成宛封書（『盗賊』を改稿している事などを記す）。

七月六日…川端康成宛葉書（『盗賊』の完成を諦めた事などを記す）。

〈第一章〉　二十五日…第一章の主要部分を「序章」と題した短篇（「盗賊　異稿」）を完成させる。※

『三島由紀夫全集　第二巻』によれば発表誌は不明、昭和二十三年十二月刊行の短篇小説集『夜の仕度』（鎌倉文庫）に初収録されたが、以後は再収録されていない。『盗賊』の作者解説にも見られるように同作品の習作である。

・昭和二十一年夏（推定七月末）～二十二年春（長らく『盗賊』の執筆を中絶するが、二十二年春に川路明に原稿を見せて好評価を受け、執筆再開を思い立ったのか細部の手入れを始める。）

・昭和二十二年夏（幾つかの文芸雑誌に発表の機会を得るようになる。高等文官試験に向け勉強する事に疲労を感じていたが、『盗賊』執筆も考えていた。なお、七月二十一日～二十四日・二十六日には「高等試験行政科本試験」〈高等文官試験　※科目は憲法・行政・経済・刑法・民法・刑事訴訟法・民事訴訟法〉を受験している。八月十日の川端康成宛封書には高等文官試験を受けるか文筆で立つかの悩みが記されている。）

・昭和二十二年十一月～二十三年十一月（『盗賊』の執筆を再開し、章ごとに別々の雑誌に掲載した後、序文を付した刊行本として発表する）

〈第四章〉　十一月…川路明に同人雑誌「巨匠」への『盗賊』連載を勧められ、「盗賊　はしがき」（第一章から第三章までの梗概と、発表に至るまでの経緯を記したもの）と第四章を寄稿する事を決めるが、結局、未発表に終わる。

〈第二章〉　十二月…「自殺企図者」（「盗賊　第二章　決心とその不思議な効果」）を《文学会議》に発表する。

六日…「高等試験行政科本試験」（高等文官試験の口述試験　※科目は経済学）を受験する。

八日…高等文官試験の口述試験（科目は憲法）を受験する。

十日…高等文官試験の口述試験（科目は行政法）を受験する。

十三日…高等文官試験に合格する。

〈第三章〉　二十二日…「出会」（「盗賊　第三章」）を完成させる。

二十四日…大蔵省に初登庁し、大蔵事務官に任命され銀行局国民貯蓄科に勤務する。なお、大蔵省入省を果たしたのは父・梓の希望による。

〈第一章〉　二月…「盗賊　第一章　物語の発端」を「恋の終局　そして物語の発端」と題し「午前」に発表する。

〈第五章〉　十一日…「嘉例」（「盗賊　第五章　周到な共謀（下）」）を完成させる。

〈第三章〉　三月…第三章を「出会」と題し「思潮」に、
〈第五章〉　第五章を「嘉例」と題し「新文学」に、それぞれ発表する。

三十日…『盗賊』の出版契約を真光社と結ぶ。

七月～八月…勤めと執筆による過労が原因か、朝の出勤途中に渋谷駅で線路に落ちる。大事には至らなかったが、この事故を受け、大蔵省を辞職して職業作家になる事を父に許される。

九月二日…大蔵省に辞表を提出する。

〈第四章〉　十月…「美的生活者」（「盗賊　第四章　周到な共謀（上）」）を《文学会議》に発表する。

〈序文〉　三十日…川端康成から『盗賊』の序文等について記した書簡が届く。

十一月二日…川端康成宛封書（『盗賊』の序文を得た喜びなどを記す）。

〈完〉　二十日…川端康成の記した序文が付いた長編小説『盗賊』が真光社から刊行される。なお、「盗賊　第六章　実行―短き大団円」は書き下ろしである。

（堀内）

武士道と軍国主義（ぶしどうとぐんこくしゅぎ）

【書誌】当時の官房長官・保利茂の求めにより三島が口述したものを、内閣用箋にタイプ印刷した文書。昭和四十五年八月十日付の速達便で三島から山本舜勝に送られ、後に山本が『ＰＬＡＹＢＯＹ』（昭和五十三年八月）誌上で公表した。これに関連して、中曽根康弘と保利茂の談話が『朝日新聞』（昭和五十三年六月二十

四日）に掲載されている。㊱

【梗概】核は戦後の国際戦略の中心にあるものであるが、そのため同時にどの国も総力戦体制をとることが出来なくなった。その代わりに限定戦争が行われることになったが、限定戦争は国論の分裂が必ず伴う。国論の分裂について、自由諸国と共産諸国では自然と違いが出る。自由諸国であるアメリカでは、国論の分裂により収拾がつかなくなったが、共産圏では国論統一がなされやすく、人々に働くヒューマニズムを利用しやすい。日本は言論統一のしにくい国である。民族統一・団結力の象徴である天皇の存在が宝の持ち腐れとなっている。日本の防衛問題の前提には、ヒューマニズムを越えた理念が国家の中に内包される必要がある。軍が官僚化されれば、スピリットが失われてしまう。武士道は軍国主義とは同一ではない。武士道は自らの尊敬・責任・犠牲の三つ全てが結びついたものである。自衛隊においては武士道の精神を復活しなければならない。

【考察】当時防衛庁長官であった中曽根康弘は『国防の基本方針』を改める意向であった。三島が山本舜勝に送った手紙によると、保利茂の求めにより「武士道と軍国主義」「正規軍と不正規軍」を三島が口述、佐藤総理と保利茂が目を通してから官僚会議にかけられるとのことであったが、中曽根康弘が長文の手紙を保利に出して阻止したと、三島は記している。『朝日新聞』（昭和五十三年六月二十四日）に掲載された談話での保利茂によると、『三島氏とは人の紹介で知り合い、官房長官のとき数回懇談した。「武士道と軍国主義」の話もそうした機会に聞いたもので、私は「何かの形で残しておきたい」と考え、後日、席を設けて三島氏に再度語ってもらい、テープに録音した。（中略）テープはその後、佐藤総理のもとに届けたが、総理が聞かれたかどうか、私自身は確認していない。中曽根氏から私に手紙がきたとか、官僚会議にかけるはずだったとか、そのような話は誤りだ』とある。談話での中曽根康弘によると、『〝献言〟といった話は聞いたこともない。だから保利さんに手紙を出して妨害したなどということがあるはずもない』とのことである。

　三島はこの口述文相が『国防の基本方針』改定に取り入れて貰えることを期待したが、実際には改定自体がその時は見送られ、三島に無念の意を思わせたようである。三島は腹自殺の約三ヶ月前、当時陸上自衛隊調査学校の教官だった山本舜勝宛にこれを送付した。（小野）

魔（ま）

【書誌】四百字詰「ＯＫＩＮＡ」原稿用紙四枚。中断されて、未発表のままに遺されていたもの。執筆年月日は不明であるが、「新潮」（昭和三十六年七月号）に掲載された「魔―現代的状況の象徴的構図」（生原稿末尾に「一九六一、五、二七」と脱稿日を記載）に発展したものと思われるので、執筆は同年五月二十七日以前とみられる。㉛

【梗概】昭和三十六年二月一日に発生した嶋中事件（「風流夢譚」事件）の影響により、三島の身辺にも危険が及ぶ可能性があるとされていた。「まづ私は、自分を、理由の有無にかかはらず、狙われてゐる人間だと信じることにした。この大都会のどかから、一つの刃物の白い煌めきが私に向けられてゐた。（と信じることにした）私はチェックされ、選ばれ、登録されてゐた」と考えた三島は、このような事態を「怖ろしい恩寵」と捉える。そして、「……私の筆が全く当夜の私の主観を追ふことに急なあまり、事件の関係者に対してあるひは不謹慎に及ぶやもしれぬことをゆるされたい。」と記したところで本文は中断している。

【考察】深沢七郎著「風流夢譚」の「中央公論」掲載に反感を持った右翼青年により、三島と以前から交流のあった中央公論社社長・嶋中鵬二の自宅が襲撃された。また、三島自身も掲載に関わったとされる風聞により右翼からの圧力を受けたとされる。嶋中事件発生から五日後の昭和三十六年二月六日には警察による身辺保護の申し入れがあり、以来三月まで、三島宅に泊り込んだ護衛の警官が外出時には必ず同行したという。

だが、執筆時期などから考えて、本草稿で述べられているのは警察の護衛が開始される以前に三島が抱いた個人的な心象風景についてである。事件がきっかけで誰かに命を狙われているという危機感を覚えた三島は、平素なこれまでの日常には感じられなかった生々しさを得たのであり、通常ならば不安に思うはずのこの状況に対し逆に喜びを感じている。この個人的な心象風景は草稿「魔」が発展したエッセイ「魔―現代的状況の象徴的構図」には記されていない。死者も出している事件の渦中にありながら、そこに快楽を感じていると思わせる記述は不謹慎であると三島が考慮したからであろう。

「魔―現代的状況の象徴的構図」では事件のことについて一切触れられておらず、代わりに、通り魔の心理・殺されたいと願う人間・作家の存在のあり方についての考察がなされている。まさにこれは、殺されたいというマゾヒスティックな憧れや、作家としてのあり方が追求されている、理念的なエッセイであると言えよう。

（堀内）

問題提起（日本国憲法）

【書誌】三島の提案で楯の会内に組織された憲法改正草案研究会の資料として謄写版印刷されたもの。一、二、三はそれぞれ昭和四十五年五月六日、七月八日、九月三十日に配布された。㊱

【梗概】「新憲法における日本の欠落」「戦争の放棄」「非常事態法について」の三つから成り、これらの内容の一部は次のようになる。

「新憲法に於ける日本の欠落」においてはまず、敗戦後に制定された現行憲法の最大の問題が、確固とした国家像を持たずに全てを国際連合憲章に委ねる形で成立した事にあると指摘している。その上で、憲法第一章と第二章に思想的対立がみられる要因として、現憲法が相反する二つの国体概念（歴史的連続性の上に成り立つものと、世界革命を目指す理想の上に成り立つもの）を共存させている事を挙げている。また、教育と政策の結果により第一章の「天皇」の条項において、忠誠対象としての「国体」の権威が衰退するに至ったのだとも主張している。

「戦争の放棄」においては、自衛権をはじめとする一切の戦力放棄を謳った「敗戦国日本の戦勝国に対する詫証文」である憲法第九条によって、日本国が危機的立場に追いやられている事実を明かしている。そして、「国軍の矜りを持つことなくして、いかにして軍隊が軍隊たりえようか」と語り、第九条の第一項・第二項共に改憲の必要性を強く訴えている。

「非常事態法」においては、新憲法が非常事態に対する法的措置を欠いているとした上で、自衛隊法第七八条の「命令による治安出動」や、第八一条の「要請による治安出動」といった条項にみられるものは緊急事態発生の際に法が柔軟に活用されるよう定められただけの、いわば「非常用水用の用水桶のやうな要心に出たもの」であると指摘している。本来、非常事態法は、「社会的要求」と「法的要求」の兼ね合いによって適用されるか否かが決まるため、これは「両刃の剣の如き法」なのだという。なお、法的措置を講じておかなかった場合には法的無秩序が発生し、それを収拾する何らかの「力」に屈せざるを得なくなるのだといい、だからといって精密な非常事態法を制定すればいいのかというとそうではなく、その際には動乱が誘発されかねないのだと述べている。

【考察】三島事件発生の年の前年である昭和四十四年十二月二十四日には、習志野駐屯地の体験入隊における訓練終了の際に三島の訓辞を受けた楯の会メンバーにより、法学部在籍者三名を含む十三名から成る憲法研究会が結成されており、彼らは三島が執筆した『問題提起』の内容をもとに週に一度のペースで起草を重ね、三島の死後である翌年二月には『維新法案序』(「産経新聞」平成十五年十一月二日に一部掲載)を完成させている。

また、この他に三島が天皇に対する私見を述べた作品として、『文化防衛論』(「中央公論」昭和四十三年七月号)や『英霊の聲』(「文芸」昭和四十一年六月号)が、自衛隊に対する意見を語ったものとして、「『変革の思想』とは—道理の実現」(「読売新聞」昭和四十六年一月十九日・二十一日・二十二日)などがあるが、それらの公に発表されたものに比べ『問題提起』はあまり有名でないにも関わらず内容についての踏みこみがみられる。

なお、三島は『文化防衛論』においてはまだ改憲を望む発言をしていない。だが、翌年の十二月二十四日には改憲を目指すべく楯の会メンバーによる憲法研究会を結成させており、一年前から改憲に対する意欲は持っていたものの、公然と発言する事はためらわれたのだと思われる。まさに『問題提起』においてはその意志が明確に表明されているのだと言えよう。

(堀内)

私の聞いて欲しいこと (わたしのきいてほしいこと)

【書誌】昭和四十五年五月二十八日に皇宮警察学校講堂で行われた皇宮警察創立八四周年記念講演を活字化し、三島が校閲したもの。初出は昭和四五年六月「済寧《せいねい》」。㊱

【梗概】警察は日本の治安維持のため、自衛隊は海外からの攻撃(直接侵略)や国内で起こる警察が対応できないような大きな暴動(間接侵略)に対応するため、皇宮警察は天皇を守るために存在をしているということの説明がなされている。ここでは、自衛隊の不遇を強調している。

社会情勢を交えながら、日本社会に欠けているものは愛国心であるということについて言及している。

【考察】アメリカはどんなに歴史を遡っても、十八世紀までにしかさかのぼることはできない。それ以前のアメリカ原住民の歴史はあるが、移民の国アメリカの歴史は十八世紀から始まると言える。しかし、日本は古い歴史と文化を持っている。永遠に連続性がなければ国は成り立たない。国が培ってきた「時間」は国の「縦の軸」である。日本は敗戦の結果、「縦の軸」が非常に軽んじられ、歴史や文化に重きをおいていない。だが、それでは将来の日本人の幸せは考えられない。愛国心や国家観念、国家意思までもが失われているからである。(以上、要約)

しかしながら、職務上、皇宮警察はそれらの崩壊を守る最後の砦となるのである。皇宮警察に三島は自身の思いを重ねているのである。(以上、要約)

ここで述べられていることは「文化防衛論」などほかでも語られることであるが、本作においては、昭和四十五年三月から四月にクーデターの計画を考えていた三島の死の覚悟が読み取れると言えよう。(赤井)

INFLUENCE IN MODERN JAPANESE LITERATURE

【書誌】 Tokyo Womens Club で行われた講演。掲載紙の冒頭に「今週」とあるが、場所や日時は未詳。

初出は「YOMIURI JAPAN NEWS」昭和三十三年二月七、九日。㉚

【梗概】 三島は、近代日本文学に影響を齎したもの、あるいは自身が影響を受けたものとして、いくつかの例を取り上げながら、今日の現状をふりかえる。それによれば、ロンゴス『ダフニスとクロエ』やゲーテ『ヘルマンとドロテーア』等やギリシア体験から、自らも人間の持つ明るい側面を描くことを試み、そこから『潮騒』が生まれた。また、自分は能の哲学的テーマを現代に甦らせる一つの方法として、西洋演劇の方法を用いて、『近代能楽集』を執筆した。西洋からこのような影響を受けるに至ったのは、日本の古典文学とそれとに一致点を認められたからこそ可能であったのだが、日本文学は西洋の影響によって根なし草になりはじめ、伝統的要素は失われつつある。最後に、その混乱から逃れようとした作家として谷崎、川端を挙げている。

【考察】 全体として、内容はタイトルに対し一貫性はあるが、論点が多岐にわたっている。(タイトルであるINFLUENCE IN MODERN JAPANESE LITERATUREには、日本近代文学が影響を与えられたもの、また、影響を与えられた結果としての要素、の二つの意味がある)

ただし、三島は現代日本文学に影響を与え得るものは、西洋の自然主義小説でもあるが、能のように中世の仏教哲学を含む演劇、つまり肉体化された一つの精神的、思想的表現における古典的要素にあると思い至り、形式は西洋演劇の方法を用いながら、能の持つ〈意識と無意識の対立〉の表現に試みたことが明らかにされている。ここで、三島がフランス自然主義者と、中世における隠者や僧の思想にある一致点を見出したことは注目すべきであり、三島ならではの鋭い着想であったと言えよう。(堀江)

JAPANESE YOUTH

【書誌】 昭和三六年九月十八日に行われた、米誌「HOLIDAY」とカリフォルニヤ大学の共催によるシンポジウムの英文講演原稿である。別に草稿が遺されている。㉛

【梗概】 日本の青年を代表する存在として太郎という人物を例に

話を展開。太郎は、二〇歳。区役所勤めの父、西洋かぶれの母のもとに育つが、両親のような人生を送るのではないかと、未来を恐れている。太郎は宗教には興味がないし哲学も不要である。政治はいささか興味を誘うが自身が参加したいとは思っていない。女の子は悪くはないが、最近の女子は『風と共に去りぬ』のような強い女性ばかりで付き合いきれないのではないかと思っている。太郎は三〇歳までに結婚はするだろうが、その時、世界が平和かどうかはわからない。

日本人は、西洋に憧れを抱くと同時に日本文化に固執しているが、そのどちらからもそれ以上の成長は見込めずになるということが問題点としてあげられる。そのような日本人を救う最も効果的な薬はいかなる宗教的タブーをも放棄するという、日本人以外の東洋人がこれまで見出したことのない方法である。

【考察】 前年の昭和三五年にはアメリカで歌舞伎が上演されるなど当時、アメリカが日本文化を積極的に取り入れようとしていたということがこの講演の背景にあると言える。昭和三五年の「HOLIDAY」十月号は日本特集号であり、三島も「Japan: the cherished myths」を掲載している。三島は交流大使のような役割も担っていたと言えよう。

三島にとって昭和三十六年は「宴のあと」裁判や嶋中事件などが発生したため、落ち着かない一年であったが、その時期に海外で活躍する力には驚かされる。

（赤井）

J・N・G仮案 (Japan National Guard——祖国防衛隊)

【書誌】 タイプ印刷されたもの。次項の「祖国防衛隊はなぜ必要か？」と、内容としてはセットの論文のようである。どちらも無署名。ただし、作成は「J・N・G仮案」の方が先だと思われる。初出はどちらも「祖国防衛隊パンフレット」昭和43年1月㉞

【梗概】 戦後の日本の安寧の裏では、青年が『大義とは何か』を明確に掴んでいないことが実情である。日本の真の敵とは何かも分かっていないからだ。海外からの間接侵略は産業への侵蝕が企てられるのであるが、それに対抗するには国民の企業防衛ひいては国土防衛の意識が必要不可欠である。そのため陸上自衛隊の協力を得て、民間による祖国防衛隊の発足を試みる。企業から一定期間青年を預かり、祖国防衛隊への体験入隊をさせてから企業へ返し、その後も必要に応じて会合をする。その旅費・食費などを企業・財界が負担することとする。

【考察】 国民の政治無関心や日本の政治・産業に対する海外からの間接的な干渉（間接侵略）など、現在の日本にも通じる問題を当時から三島が懸念していたことが窺える。三島は祖国防衛隊を通して『国防精神を国民自らの真剣な努力によって振起』することを目指した。

祖国防衛隊は産業界による金銭援助及び企業防衛の意識や広い働きかけが必要不可欠であった。三島は財政界の協力を得るため与良ヱ《よらあいち》に相談していたが、昭和四十三年三月頃から、当時の財界の代表の一人ともいえる日経連の代表常任理事であった桜田武らへの接触を始める。三島と賛同者たちによって運営されていた祖国防衛隊であったが、最終的には桜田武は三百万という運営費としては少ない資金を三島に渡すと共に「君、私兵なぞつくってはいかんよ」と三島の考えを否定したとされる。しかし三島はこの資金を拒否。財界からのバックアップを得られなかった三島はそれ以降、財界への接触を断った。
祖国防衛隊の中核部隊は後に『楯の会』となる。

（小野）

STAGE-LEFT IS RIGHT FROM AUDIENCE

【書誌】 四百字詰「オキナ」原稿用紙七枚。原稿の欄外には、《この日本語原稿御用済の時ハ必ず御返送下さい（大田区南馬込四―三二―八　三島由紀夫）》などと記されている。"Okinawa and Madame Butterfly's Offspring"の題名で、抄訳が《The New York Times》（1969・11・29）に掲載された。㉟

【梗概】 一九六九年の日本においては、左翼と右翼の分かりやすい区別はなくなり、「極端な右と極端な左が近づくかと思ふと、現在穏健な議会主義的革命を主張してゐる偽善的な日本共産党が、大学問題などで、政府自民党と利害を等しくするやうになつたりしている。」この「イデオロギーの相互循環作用」は、「外国の植民地主義に抗して、近代的統一国家を独力で創らうと苦悶してゐた」「明治維新以前の日本」にも見受けられた。しかし、日本に起こる革命とは、必ず「外国の軍事的政治的経済的思想的な衝撃力によつて、やむをえず起された革命」である。

【考察】 三島は、「暴力の支配する大学に招かれて、ラジカル・レフティストの学生たち」と論争した体験を挙げ、「かれらは誇張した言語表現では伝統的支那風であり、人民裁判方式の愛好者たる点では現代共産中国風であり、日本の伝統否定ではインターナショナリストであり、テロリズム肯定では日本のサムラヒ風右翼風であり、論理愛好癖では西欧風であり、しかもすべて共産主義を以て自認してゐた」と述べている。一九六九年の日本は右翼と左翼が入れ替わる「イデオロギーの相互循環作用」が見られるため「大変革の前夜」であっても、改革が起きるためは必ず外圧的な力を借りなければならず、それを訴え日米両方の国旗を持つ右翼一派の姿はまるで「蝶々夫人」の子どものようであるとされている。右翼が日本を変える力を持つことに対する見通しの暗さがうかがえる。

（矢花）

未発表

「豊饒の海」創作ノート⑨

翻刻・工藤正義（本号代表責任）
井上隆史
佐藤秀明

Laos, India & Bangkok《暁の寺》三島由紀夫
1967

〔三島由紀夫文学館所蔵ノート「Laos, India & Bangkok《暁の寺》三島由紀夫　1967」の翻刻である。このノートは『決定版三島由紀夫全集』第十四巻（新潮社、二〇〇二年一月）に一部翻刻になっている。
①七九一ページの表紙から七九五ページの「ガバナー邸（中略）バス・コントロール問題」まで。
②七九五ページの「△中共侵略」から八一〇ページの「△一つは焦茶の斑、（中略）鼻をうごめかす。」まで。
③八一〇ページの「◎　第三巻　お姫さま」から同ページの「遺言なかりき。」まで。
④八一一ページの「第三巻　暁の寺」から八一三ページの「◬日本——金商又一KK.　顧問斎藤氏（64歳）」まで。
⑤八一三ページの「この世界はすでに」から八一六ページの最終行まで。
⑥八一四ページの「〈20・10・67〉」から八三六ページの最終行まで翻刻整理されている。
ここでの翻刻は、①と②の間に入る未翻刻分【翻刻A】、②と③の間に入る未翻刻分【翻刻B】である。
なお、筆記の色は特に注記のない限り、ブルーブラックのペン書き。〕

【翻刻A】

〈1・10・67〉 Jaipur

△Dr. Baxnergee（1・10・67／／11AM）
University of Rajasthan

△600 case report
Russia 等

△1 girl —— Boston

△

△傷跡

△examined 100 case all over the world
Extra ——……memory
11才の男の児　夢
親に会へぬ　Amad Araba

△28回世界一周
レバノンで会った少年　65

△本山教授：三鷹市　Religious Scychology's〔「Psychology's」の誤記か〕

△Synopsis を送る

〔余白〕 H.N. Baneiga

星占ひの人。

Pandit Haveliram（Astrologer）
2 or 3 Daryaganj
Delhi.

〈1・10・67〉

△ジャイプールの〔「の」抹消〕より九哩。旧市の宮殿——

Amber オマール・カイヤームの快楽の極致。

モスクの庭の幾何学模様の花々と池と中央の壇、ここへ涼をとる水の流れは、各階の浮彫の斜面を伝はつて流れ、ダリヤ、金魚草等々の花々の間、美女、憂愁に充ち、目の廻り〔「廻り」抹消〕周り黒くして歩みたりけん。（アショカ樹の葉、つややかに又さわやかに微風に動く。）

すぐ上は、欄干の前庭を控へ、絶美の宮殿。白と灰色の美しき鏡をちりばめたる壁面。腰板は大理石の花のレリーフ。寄付の間は、細首の酒瓶もやうの部屋。奥の寝室は〔「は」抹消〕居室は丸天井に凸面鏡を無数にはめたるが、サラセン模様のこまかき間よりのぞけるゆゑ、闇中、蠟燭の火を動かせば、数万の星相重複して動くなり。

今は人住まず、快楽の趾のみ。ルバイヤットの詩そのまま也。

〔この部分にAshoka treeの図。「Ashoka tree つややかな緑の葉、」と注記〕

門の数8×3＝24の入口

ピンクシティー、かがやく空の下のバラ色の町、汚れたバラ色の町、繊細な舞台装画のやうな町、とび交ふ蠅、

Observatory——日光の強い下での日時計や、天象儀 戸外の大きな王侯の玩具、壮大な、日時計の上に、イスラム風の東屋あり、ピンク・シティの寺のファサード見ゆ。

〔この部分に日時計の図。次のように注記〕

concrete plaster & marble

morning afternoon

（いくつもあり 他のは赤い砂岩とマーブル）

△十二宮の天象儀もあり

一つ一つ画を掲ぐ、スコルピオ等、インド的十二宮の画。

△リス、孔雀、鳩の遊ぶ朱き内庭

ベニガラ色——Bengali

〈2・10・67〉

Mum Taj Mahar〔「Mumtaj Mahal」の誤記〕

beautiful Crown Palace

死ぬ前に妃たのみしにより建てたり

（1） 美しき墓を建てわが名を与へよといひたり

（2） 死後決して再婚するな。（39才で死にたり）

（3） わが子を大事にしてくれ。14 childrenをもてる故。

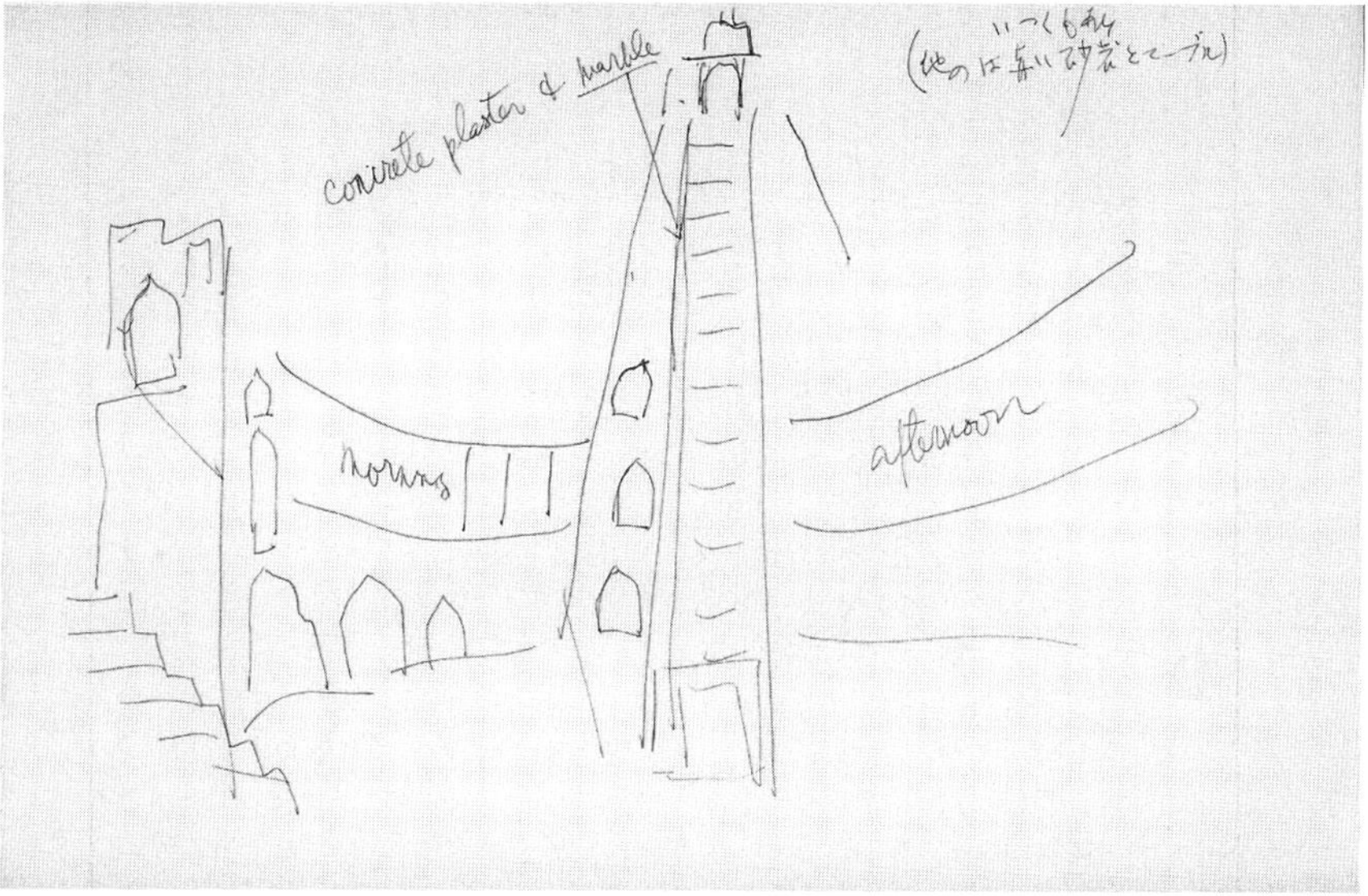

モンタジは三度目の妃なりき　21オの時に、結婚し、毎年生み18年に14人生み死せるは14人目を生みし時。Shaja　Han〔「Shah Jahan」の誤記〕は忠実にて、これを建て、のち35年間決して結婚せず、子ら、8児死にたるも　4息と2娘生きのこりたり。

22 years かかつて建て、20000 Artisan from Turkey を働らかせたり。

もつとも若き息は、もう一つの同じ Taj　Mahar〔「Taj Mahal」の誤記〕の黒きを建てたり〔「たり」抹消〕んとせしが、礎のみにて、子わるく、建てられざりき。タジ・マハールの対岸。〔「対岸。」抹消〕裏のジャムナ河の対岸に柱と礎の草間にのこるのみ。わが為なり。うしろにあり。Black　Taj Mahar〔「Taj Mahal」の誤記〕。これ建てたる時、〔「これ建てたる時、」抹消〕最年少の息は、のこりの三人の兄を殺したり。父を牢に入れ数年 Agra Red Fort におしこめたり。そこから Taj Mahar〔「Taj Mahal」の誤記〕を眺めつゝ、サージャ・ハーン老いて死にたり。

回教徒は転生を信じない。

子にたのみたり。わが死ののち、われをここに妻の傍に埋めよ。これを履行せしは彼の唯一善なり。この子*は悪王なりき。神により罰せらる。子な〔「子な」抹消〕息なかりき。ここにすべては終りぬ。王嗣なく、モスラムに狙はれ、英国に狙はれ、５人決定権なく、１８０５－１９４７英国に支配されたり。

オーランガゼム*〔「ゼム」抹消〕ザブ**──→妃のためにせんとし、

挑戦して Aurangabad に建てたり。
Taj. ビ、ビ、カラウザ。〔「ビービー・カ・マクバラー」の誤記〕
彼自身は、塀外に埋められたり。
Taj Bi Bi Karauza〔「Bibi ka Maqbara」の誤記〕
　　＊＊ Auranzab〔「Aurangzeb」の誤記〕

◎｛桂離宮の廊下と同じ。遠近法をごまかす壮大さ。
　｛１１０呎のコーラン。
アラビックは右から左へ書。

〔この部分に建物の図。「上へ行くほど。この部分下から見ても同じ。」と注記〕

$$\begin{array}{r}680\\ 360\\ \hline 40800\\ 204\ \ \ \\ \hline 244800\end{array}$$
〔上記、計算式抹消〕

◎すべての埋め石は2センチ深さ
◎ green —— Jade
Red —— Cornelion〔「Carnelian」の誤記〕
blue —— Lapezluzuli〔「Lapis lazuli」の誤記〕
black —— honex〔「h」抹消〕オーネックス〔「onyx オニックス」の誤記〕
yellow —— yellow marble
purple —— aget　エアゲット〔「agate アゲート」の誤記〕月長石〔「月長石」抹消〕

○棺のまはりの黄金の棚はのちとりさられ　同値の大理石の透かし彫りに　宝石の花を埋めて作らる。棺もしかり。
ハイビスカス、ジャスミン、けし、百合、アイリス等。
○丸屋根の上は eagle とびかふ。
○ Menalet〔「Minaret」の誤記〕（四角の塔）は、恋患ひの人投身する者多き故、昇路を閉ざされたり。
○頂上の金の〔この部分に七面鳥の模造の図〕Turkey のしるし
◎ターバンはモスラム起源
オーランガザブはターバン〔「ターバン」抹消〕ヒンヅー教をここへむりに持ち込み、グルナーナク、は、暴王に抗し、モスラム教を守るため、協会〔「教会」の誤記か〕を作り、シーク Sikh を作り、戦斗的、ヒゲ剃らず、長髪
モスラムを〔「を」抹消〕のしるしとして、ターバン。
シーク教。｛1、禁切髪、髭
　　　　　 2、煙草
　　　　　 3、ブレスレット　腕
　　　　　 4、ターバン
　　　　　 5、佩刀｝
今はファッション　色は随意。

｛Gandis
　Jamna〔「Jamna」抹消〕｝Sisters YAMUNA
　Shiva〔「Shiva」抹消〕
　Caveli
　Gaumoti

△600人の女は葡萄で養はれし故
Grape〔「Grape」抹消〕Wine-garden.
△ローズ・ウォーターの妃の水浴場
△柱廊の外の欄干にもたれて王、タジ・マハールを見つ、死にたり
△その傍らに、訓練された虎や象を戦はしたる野獣苑あり、上方にこれを見る黒大理石の王座あり。
△24時間踊りのサービス　いつでも
△後宮600人より、水浴場の32の水〔「水」抹消〕
〔この部分に噴水の図〕
かへる形の大理石の椅子あり　中央に五つの噴泉あり　一つ一つの椅子のわきに一双のバラ水の噴水あり　女の上にそそぐ。
△中央宮の左右に
金、銀のつい立あり、ベッドあり、
シャンデリア、より、jewelry の色、
carpet、クッション、
天井画も金に彩られ
3～400年前、
○テーブルを620〔「620」抹消〕675弗〔24万円〕で誂へしのち、店の前で10ルピーで、蛇踊りと、蛇とマングースの格斗を見る。
◬小宮殿　1622―28
10000 antique
Nurjahan〔「Nurjahan」抹消〕Noorjahan 建立
Step Mother of Shajahan
〔この部分に小宮殿の図。「Chinese」と注記〕
〔この部分に草模様の図。「サイグラス」と注記〕
(ETMADUDDUALR) Baby Taj Mahar〔「Taj Mahal」の誤記〕

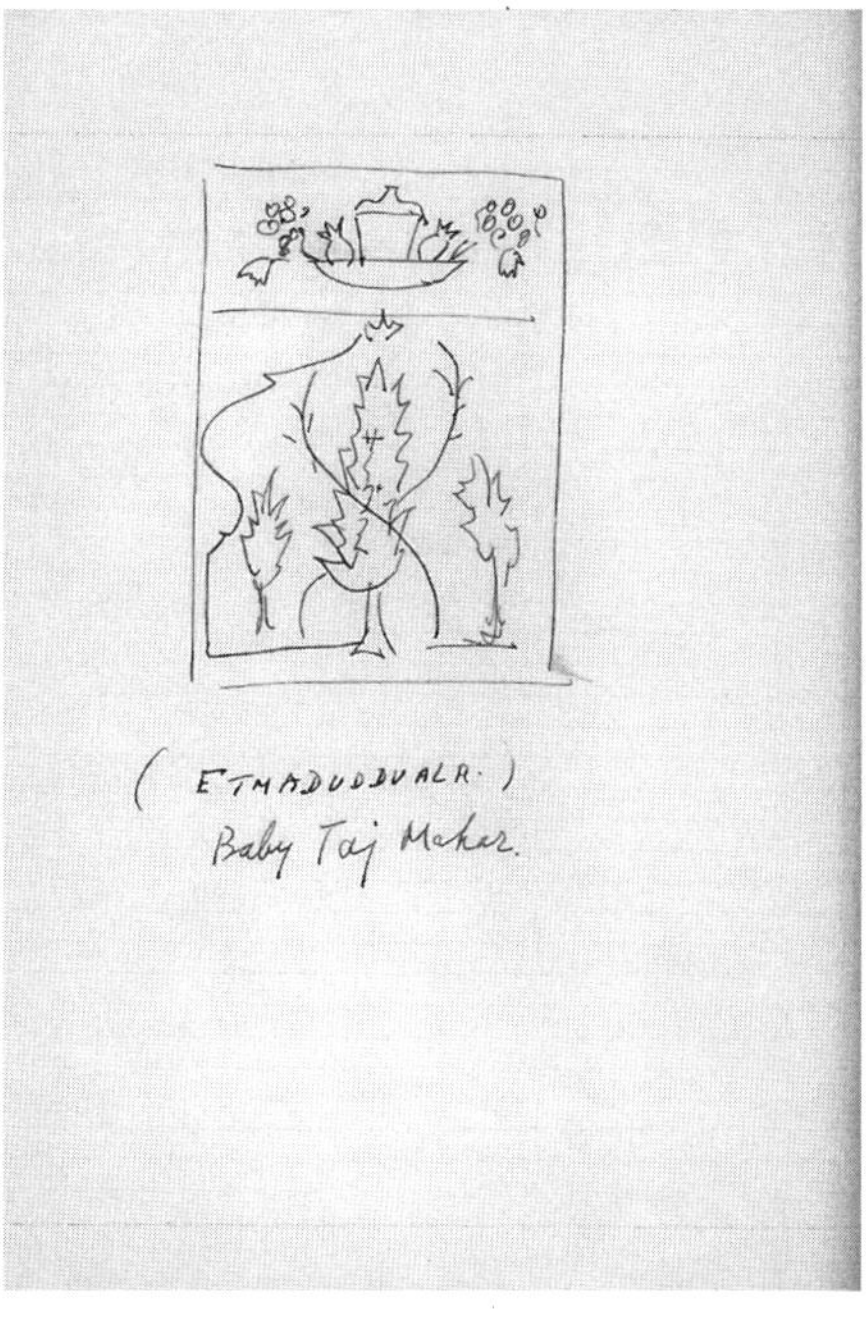

◎ヤムナ橋は一方通行で、二、三十分も橋口で待たされる。鉄橋に忽ち影あり　一匹の猿ジャンプして渡つてくる。
○葬式二つ
赤、青、白衣の人々、戸板にかつぎて河辺をゆく。色つきの衣の屍は女、男は白也。はじめ Red fort より望みて、草間をかつがれゆくは赤き花かと思ひし屍なりき。

〈4・10・67〉[*]

△3日夜11時頃、Rahman家のテラスで突如起りし砂嵐、硝子われ、植木鉢倒れて割れる。

△4日朝4時25分のAir Franceで瑤子を送る　ブリッヂの光りに〔「光りに」抹消〕照明燈に集る夥しい虫。光点つながりて、節の如く見え、数千の光る尺取虫の身をくねらせて舞ふ如し、[**]やがて飛行機の赤い一点の尾灯は規則正しく「息づく星」となりて去る。

△あらかじめ、悪口を期待される向きにいふが、私はインドの悪口をいふつもりはない。招待旅行で只飯を喰つて悪口をいふのは人の道に外れる。私はジャーナリズムの良心などといふものハ信じない〔「信じない」抹消〕あまり信じないタチだ。逆にいふと、〔「招待」抹消〕ほめるのは、招待される前からその国に、心理的感覚的に政治的に、好感を寄せてゐると思つてよい。そこまでの覚悟がなければ招待など受けぬがよい。ところで私はきらひな国から招待をうけたことが多い。

貧困はさらけ出されてゐる。

25人以上の招待は政府の許可が要り　且つ回数も制限されてゐる、ボンベイ〔「ボンベイ」抹消〕カルカッタは貧富の差がもっとも激しい

[***]オバケ、乞食、ツーリズム、この三つは、お互ひを駆逐し合つて、超自然的存在であることをやめて了つた。ツーリスト自身が神であることをやめ、(まれ人)、いつも金をほしがる人たちのはりつめた神経に支へられて歩くことになつたのハ自分の責任だ。

＊「〈4・10・67〉」から「(略) 超自然的存在であることをやめて了つた。」までと「〈5・10・67〉」から「(略) 近東風の習慣。」までは「新潮　一月臨時増刊号〈三島由紀夫読本〉」(昭和46・1) に翻刻されている。しかし、この部分は『決定版三島由紀夫全集』には収録されていないので、紹介することにした。

＊＊〔「やがて飛行機」から「て去る。」まで鉛筆書き〕

＊＊＊〔「オバケ」から「責任だ。」まで鉛筆書き〕

△[*]
30～40人

△ ① general views
Janthakee

② Tradition

③ how modern novel was born

④ publishing business

300000

＊〔全文鉛筆書き〕

〈5・10・67〉

△ガンジー首相はしよんぼり一人で座つてゐた。早バツと食糧難について語るうちに斗志が見えた。彼女の部屋の左には男客の訪問客が右には女の訪問客が番を待つてゐる。かうして、誰でも首相に会へるのだ。近東風の習慣。

○[*]1947　1952　二度共産革命が起りかけて挫折した

印度人は昂奮しない　カルカッタも共産勢力はさかん。

○ムッシュー・ダリダンは霞むやうな声で話す。

＊〔「1947」から「声で話す。」まで鉛筆書き〕

起源
Cotton Factory
分立
対仏戦争等 regular 軍を英軍が要請。
Frech〔「French」の誤記〕Attack Fort Madras
British surrenderd〔「surrendered」の誤記〕
1703、〔「3、」抹消〕4
かくて英軍正規化
Robert Cribe〔「Clive」の誤記〕が欧州軍化を試む。
The First Regiment 起る。
英軍将校により、
Commission Officer ≑英国
Junior officer：印度人
below〔「below」抹消〕(下士官)
小蜂起 ひん〴〵
遠くへ行きたくない Bengal 軍
1857：Great Mutiny in India
印度軍カルカッタ 叛乱。
カシミヤ門外に英軍あり。
三ヶ月以上も対峙。印度軍敗北。
1857：大変化。
大殺戮。英軍の regular の regiment-system。
1857以後は、英軍は英国王冠〔「英軍は英国王冠」抹消〕
1948〔「1948」抹消〕— East States Forces / for he British / Turkey→Belgium ＝に戦つた。
up to the end of World War I

〔「英国」抹消〕将校は英国人、
中尉は〔「は」抹消〕、以下は印度人。
1919→印度人も将校になれるやうになり
1951〔「1951」抹消〕英国で教育
Major＝limit
1947——General Caliope〔「Calliope」の誤記〕
1949：最初の印度人 General ブルガリアン。
コヒマまで、日本軍来る。
International Army
ボース 指揮官 三人将校 シャンナバール / サノガル
数十日
独立運動さかんになる
英軍：この将軍を〔「この将軍を」抹消〕trial held in Red Fort
裁判を起す、のち釈放。
戦ひ
1、To whom〔「To whom」抹消〕軍隊は軍隊、どこから命令されてもよい。
2、自由 free のために戦ふ。how justify。
第一の変化：one commendary〔「commendatory」の誤記か〕
for 三軍
he is also NO2 executive
council for government
前は→後は〔三軍分離〕chief of the army stuff→belongs to minister

26 Jan 1956 →constitution→President
Prime commerder〔「commander」の誤記〕of Armed Forces
→Defense Mininister〔「Minister」の誤記〕→chief of Army stuff

△第二の変化→Army Navy Airforce
１９４８ 英国人悉く退却、
some technical officer are lift 漸進的退去、
○〜〜〜〜〜〜〜〜〜〜〇
△カシミヤの乱：Oct 1947、印度軍カシミヤへ行く、
１９４８→midnight
1 Jan 1929 砲火止む。
ヘザーラード作戦：１９４８
600 state
Pakistan
△１９４７：印パキスタン分離、
Panjab〔「Punjab」の誤記〕
{ refugee 来り、Army これを保護し、
１９４８、
△１９４８—６２
Army→Peace Army
International Assignment
→朝鮮
→Indo china
→Gaza
} 国際連合

→Congo
→Iemen〔「Yemen」の誤記〕
△士官の身分差*が漸くなくなり、
△むかし連隊**はそれ〳〵の色の旗をもてり
英国王冠を
△Aschoka Lions（三獅子）
came instead of British Crown
星6、四弁から五弁になれり。
◬ Training Method は適合されたり、
△Hindi came to Army
△Command in Hindi
49以来。
△Mess life
○————————○
△１９６２へ向つて大変化

△State Force（昔）
→これを統一せり。Indian Army へ統一。
全将校は訊問され、No Uniformity 各州勝手
△兵士と将校は同じ言葉、同じ食事。
△Martial Class は失はれた。
（歩兵46・47・48
大佐：48で隠退）
技術は52 医官は55
* help the 災害救護 大列車事故
** 独立後、新しい旗色を決めた。

【翻刻B】
〈13*・10・67〉⟹
Bangkok
1941　戦争
1942、軍事同盟
〔この部分に宮殿の図。次のように注記〕

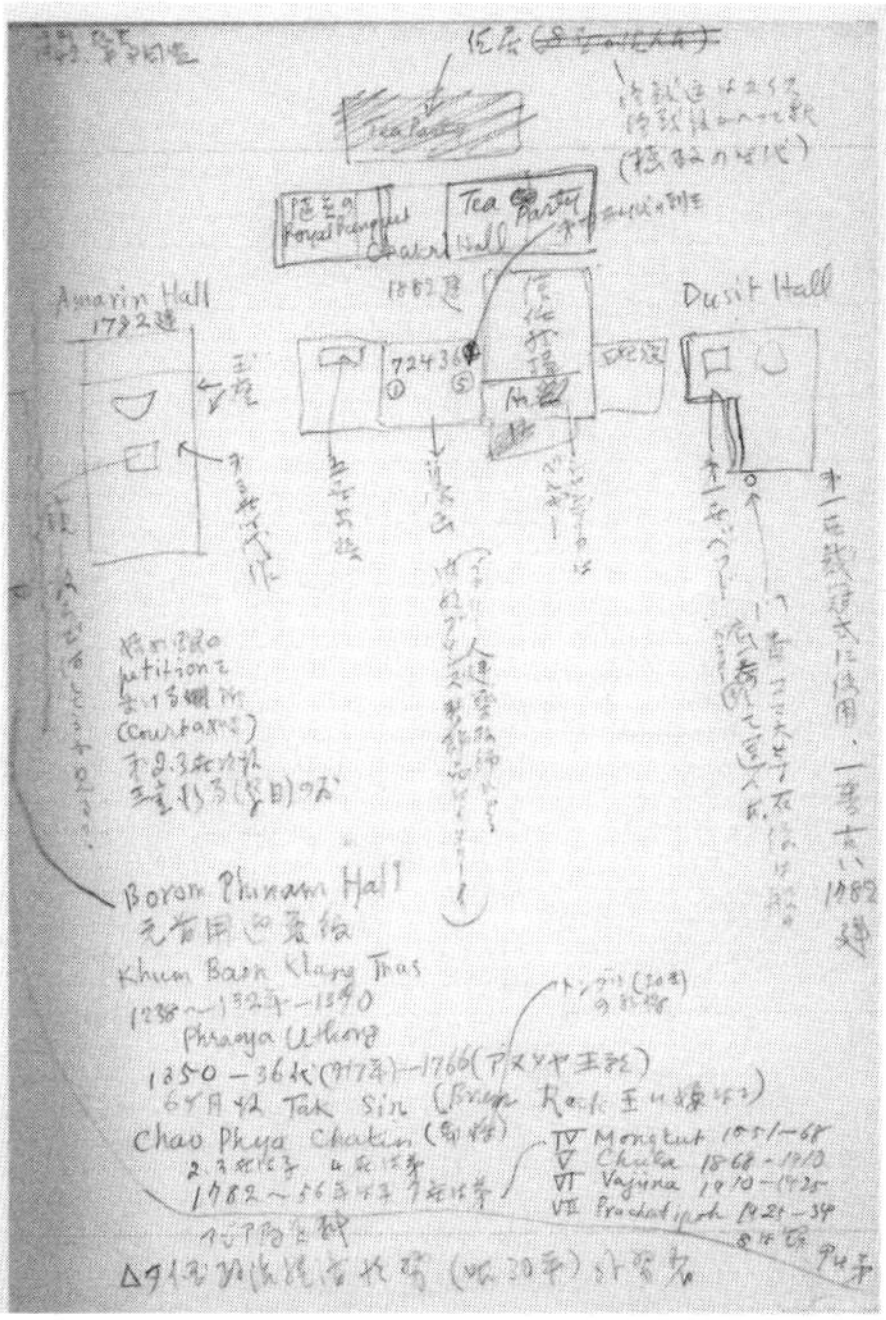

仮居（8世が住んだ）〔「（8世が住んだ）」抹消〕──→Tea Party
〔「Tea Party」抹消〕終戦迄はスイス　終戦後かへってきた（摂政の時代）随員のRoyal Banquet Chakri　1882建
Tea Party Hall
Borom Phinam〔「Boromupiman」の誤記〕Hall　元首用迎賓館
Khum Barn Klang Thas〔「Khun Bang Klang Thao」の誤記〕　1238〜132年—1370　Phraya Uthong　1350—36代（417年）—1766〔「1767」の誤記〕（アユタヤ王朝）6ヶ月後Tak Sin（Bram Rack王に嫌はる）Chao Phya Chatin〔「Chao Phraya Chakri」の誤記〕（部将）トンブリ（20才）の部将
2、3世は子　4世は弟　1782〜56年は子、7世は弟
Ⅳ Mongkut〔「Monkgut」の誤記〕　1551—68
Ⅴ Chula　1868—1910
Ⅵ Vajuna〔「Vajira」の誤記〕　1910—1925
Ⅶ Prachatipoh〔「Prajadhipok」の誤記〕　1925—34
8は甥　9は弟
Amarin Hall　1782建　玉座　第3世時代作　鏡──後ろで何してるか見る？
始め国民のpetitionを受ける所（courtの如き）
第2、3世以後　王室行事（祭日）の為
五世家族　72436　①　⑤　第四世代の副王　肖像画（イタリー人建築技師による内部ブロンズ装飾品はイタリーより）
信任状捧　Hall シャンデリアはベルギー　王妃像
Dusit Hall　一世ベッド　門番コマ犬等石像は船の底荷《バラスト》として運んだ。第一世戴冠式に使用、一番古い1782建

アジア局資料

△タイ国政治経済法務（昭30年）外務省

＊〔翻刻Bは、特に注記のない限り鉛筆書き〕

⟁行幸道路の両側の新建築4階建
Thai 人の Nationalism
当時2階以上の建築殆どなかりき　１９４１年（中央の憲法記念塔）も
ラトナ・コーシン(Royal Hotel) Hotel がこの一角にあり超一流。
⟁ワットプラケオのまはりは、黄いろい国防省の建物大きかつた。
△マカーム樹の並木（サヤエンドウの大きな実下つてくる　たべられる、甘酸つぱい）

〔この部分に王宮の図。次のように注記〕

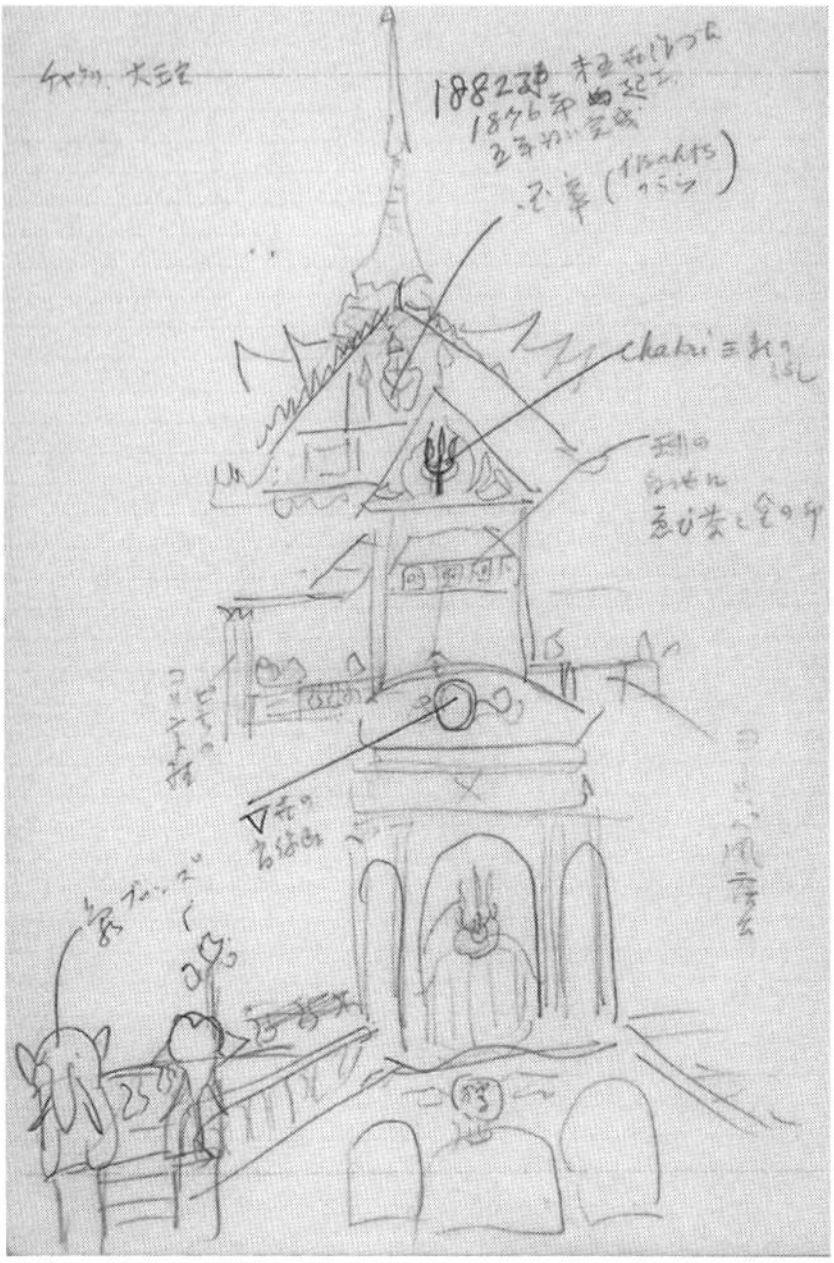

チャクリ大王宮　１８８２建　第五世作つた　１８７６年起工、
五年後に完成　国章（1Bahts のうら）Chakri 王朝のしるし　天
井の白地にゑび茶と金の印　ピンクのコリント柱　ヨーロッパ風
露台　Ｖ世の肖像画　象ブロンズ　獅子

〔この部分に一本の木と芝生の図。「芝生の丸い車廻し。」と注記〕

中央の間〔この一行抹消〕

〔この部分に部屋の図。上方と左右に矢印があり、左の矢印に「Ⓑ」、右の矢印に「Ｃ」と注記。さらに次のように注記〕

信状奉坐の部屋　Royal Banquet の時は　Ｂ　外人客待合室
　　　　　　　　　　　　　　　　　　　Ｃ　タイ側　〃

朝礼〔この一行朱書き〕

〔この部分に部屋の図。次のように注記〕

hall より左
ヨーロッパ人の作　草色に金の羽織、羽根毛の青と金の帽子
第七世立憲革命起る、黄金作りの太刀
ブロンズの victoria 工芸　金の机、
西欧風の宮殿、イタリー大理石の柱、四つのシャンデリヤ、
寄附の間　Mahogany 色縁の Rococo 三卓　椅子20位、
床は寄木色大理石、黒、白、灰色、斑色
hall より右
歴代王妃の肖像画

四角いルイ16世（?）式の金に、赤い椅子。卓はイタリーの色大理石の大理石象嵌の花もやう、
〔この部分に六枚の肖像画の図。次のように注記〕
*スナンター（Vの妃）祖母**──姉妹の長姉
スクマンマーラシー（Vの妃）
プラパンピー（V王の妃）四人妃──三番目の妹***、正妻****、
テープシリン（V王の母）
ソワング・ワッタナ（現王の祖母*****）、V王の妃──二番目妹******
第七世王の妃（現存）──白い房のついた白い扇をもち、緑のサリーに白いストール、

*卓に片手をつく、卓上、金の土瓶、盃、ボール　小さい蓮の花さされ、窓外はみかん、柱、青空には雲、
ひつつめ髪
いちばん可愛い、きつい目、愛らしい唇、パーヨク（布）は金いろ。その下に、桃いろの刺繍の服　大きな綬を肩からかけ、大勲章　扇子をもつ
黄いろの〔「黄いろの」抹消〕赤い絨毯　赤ばりの椅子
**〔「祖母」ペン書き〕
***3〔ペン書き〕
****〔囲み罫ペン書き〕
*****〔囲み罫ペン書き〕
******2〔ペン書き〕

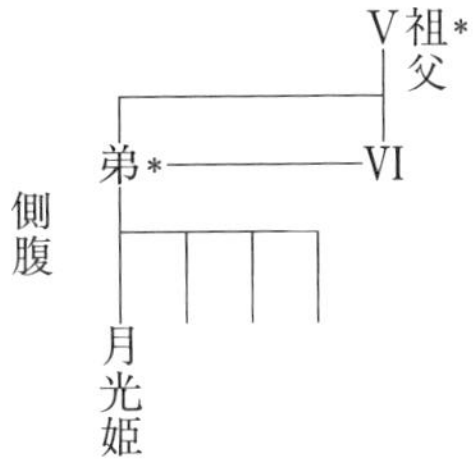

*〔系図の部分ペン書き〕
**スナンター

◎白い服の8世　不吉な運命
ガルダのクッションの金の椅子
背後の暗い雪の前の空

うしろに二棟あり、地下は侍官などの住める。

△Dusit Hall
白大理石の床。
壁全体が、仏陀の絵、タイ絵の基本はこれからおぼえる。
焰
「永字八宝」*〔「永字八法」の誤記〕
〔この部分に仏陀の絵〕
*これに似て、光背が蓮華と焰のアラベスクでが、白地に赤と（こい赤とうすい赤）（青蕊）で描かれ、絵の初歩、これが全壁面。
〔この部分に模様の図〕

窓の左右には支那風の花鳥画あり、中央大天井は、赤地に金の
花散らし、
第一世王の玉座。
△遺体を置く場所　１００日以上、火葬前に安置、
ドアは、Ramayanaもやうの戦士　赤地に焔、木の芽の如く
赤や黄で描かれ、金の鎧の白身の人　金の太刀で向ひ合ふ、
こちらから見ると出窓から入る光りに、一つ一つちがふ窓の内
側の花鳥画の青い空と草花が美しい。
中央、金色さんぜんたる玉座と傘。
外から見ると、中央、金の玉座高く、下に両神将の石像　石の
唐獅子。白地に金の尖窓美し。
白いテラスの橋の下から奥へ行ける　この白いテラスで遊ぶ
そのそば、金のR、〔「金のR、」抹消〕
〔Royal Procession 用の
東屋、〔「東屋、」抹消〕金のこまかい細い柱
のサクソウした小さい浮き上つた金の東屋
Durit Hall〔「Dusit Hall」の誤記〕の空高く　手をひろげ
たガルダ
△Amarin Hall
横に象乗台あり
〔この部分に宮殿の図。「金のぎぼうし　赤い柱」と注記〕
天井下の欄間画、青雲の中を駆ける諸神、ラマヤナの戦ひ、
△左方に水浴場あり。カーテン内に着物着かへ、〔この部分に水
浴場の図〕の突出部で水浴。着物の上から水をそそぐ。
誕生日、三廻り、五廻り大切

大理石の床にこまかい金と朱の天井
36才、ここで王は水浴びする習慣。現王はここを使はぬ。
鳩一杯、カーテン吊りにとまつてゐる。
△Amarin Hall
戴冠式
中央奥の、金色の船、高い玉座、金の双の傘
ガルダのクッション、鏡に凭る、

△信任状奉坐の時　王は玉座に坐らぬ　立つてゐる
△迎賓館
ヨーロッパ風の黄バラの色の二階建の建物、ルネサンス様式
（？）
〔この部分に宮殿の配置図と庭木の図。次のように注記〕
張り出したテラス　段々の形に刈つた植込み、きいろい静かな、
ヨーロッパ風の宮殿　アマリン
（7世の時の立憲革命で）
◬8世、（１９４５年終り）
１９４６年になつてからSwissからかへつた。留学。
１９４６年6月に、自殺事件。ここに住んでゐた。
〔この部分に宮殿の外の図。「チャクリ宮殿中央の景観。支那鉢
イタリー鉢、」と注記〕

土*
〔安藤氏
〔ホルテでlunch.
12時半：hotelで待つ、
*この部分ペン書き

◇「豊饒の海」ノート翻刻に際しては、著作権継承者及び三島由紀夫文学館の協力を得た。記して謝意を表する。
◇今日の観点から見ると、差別的と受け取られかねない語句や表現があるが、著者の意図は差別を助長するものとは思えず、また著者が故人でもあることから、底本どおりとした。本誌掲載の創作ノートは、以後も同様の扱いとする。

ミシマ万華鏡

池野美穂

平成二十四年一月、宮本亜門演出の舞台「金閣寺」の日本凱旋公演が、大阪と東京で行われた。本公演は、平成二十三年七月から上演されたのち、ニューヨークで開催されたリンカーン・センター・フェスティバルに招聘されたものである。本公演のパンフレットの、宮本亜門と脚本家・伊藤ちひろの対談にある『エヴァンゲリオン』と三島の原作『金閣寺』の主人公が似ているから現代の若者にも受け入れられるのではないか、という発言は興味深い。『エヴァンゲリオン』とは、平成七年から八年にかけて放映されたテレビアニメーション「新世紀エヴァンゲリオン」のことで、同作はテレビ放映の終了直後から議論を呼んだ作品である。以降エンディングの形を変えた作品が劇場版として上映され、またテレビシリーズとは別の編成で「エヴァンゲリヲン新劇場版」の序、破も制作・上映され、今年秋には「急」ならぬ「Q」が公開されるという、今なお人気のアニメである。「エヴァ」の主人公シンジは、自分の力を信じられずに内にこもり、他人とコミュニケーションがとれない。一般的なアニメ作品にありがちな主人公の成長譚ではなく、「エヴァ」は最後まで成長できない主人公を描いた点で非常にユニークだ。確かに『金閣寺』の溝口と似ているようにも見える。だがだとすればなぜ「成長できない主人公」の物語が支持されるのか。現代社会の持つ闇が今三島文学と重なり合っているのかも知れない。

書評

岩下尚史著『ヒタメン　三島由紀夫が女に逢う時…』

佐藤秀明

丸谷才一が「橋づくし」について、「これは女中に対する恐怖感、畏怖感というのかな、要するに自分は上流階級であって滅ぶべき階級であるという三島由紀夫の主題を、芸者と女中の関係に移した」「イデオロギー小説ね（笑）」と語ったことがある（「〈対談解説〉花柳小説とは何か」『花柳小説名作選』集英社文庫、昭和55・3）。「橋づくし」を「イデオロギー小説」と捉えたところに新鮮さが感じられて、以前これを引用したことがある。無口で山出しの女中のみなが、料亭の娘の満佐子や芸者のかな子には不気味に感じられる。三島由紀夫はみなに人間の根源的な不気味さをかぶせたのだが、それが「階級」として表れているのは否定できない。しかし、三島や満佐子、かな子を「上流階級」とするのはふさわしくない。ここは図式的な強調が過ぎたところだと思った記憶もある。

岩下尚史の『ヒタメン』を読んだとき、この丸谷の批評がもう一度私の頭に浮かんだ。『ヒタメン』は、三島由紀夫が二十九歳から三十二歳のときに交際していた豊田貞子氏のことを明らかにした証言の書である。豊田貞子（以下、敬称を略す）は「橋づくし」の満佐子のモデルである。日髪を結い、毎回違う豪華な着物を着て三島の前に現れた。梨園に縁戚があり花柳界の事情にも通じていたが、慶応女子高校を出たばかりの素人のお嬢さんである。私などの想像を遥かに超える桁違いの散財を気にもせず、豪奢な生活をしていた人だ。ベストセラーを何本か出し懐具合のよかった三島でさえ、デート代の捻出には頭を悩ませたようだ。丸谷才一の発想では、二人は同じ「階級」に属することになるが、実は住む世界が違っていたことをこの本は教えてくれる。

赤坂の一流料亭を営む親からすれば、娘の嫁ぎ先は財界人の次男か三男が理想で、売れっ子でも元官僚の家の小説家の長男なんぞは目ではなかったらしい。『ヒタメン』の著者も花街梨園に詳しい人で、そちら側から二人の交際を書いている。それゆえ貴重な証言を引き出せたのだが、見方が一方的になるきらいがあった。本書後半の湯浅あつ子の直話は、三島に近い別の角度からの証言となっていて、これはうまい構成だ。それによると、二人の間には明らかな生活圏の違いがあった。さらに言えば、三島の読者の大半は、三島とも生活圏が異なっていた。『ヒタメン』の読者が三島文学の読者と重なるとすれば、貞子の日常生活は、読者から遥かに隔たったところにあるだろう。だから、この本を驚きの目をもって紹介すれば、それなりに面白おかしい書評になるだろうが、それでは視角があちらの世界の単なる肯定的紹介に終わってしまう。

貞子の母親は、毎朝娘の財布に手の切れるような新札を十万円入れていたという。一方三島は逢い引きの費用として、湯浅あつ子に毎週七万円を無心していたという。毎週借りた金を返し、また同額を借りていったそうだ。この子どもっぽい、あるいは官僚的な律儀さは笑いを誘う。おそらく湯浅あつ子に恋のゆくたての自慢をしに行き、一日一万円の予算からからはじき出した金額を用立ててもらっていたのだ。因みに当時の国家公務員（上級）の初任給（基本給）は月額九千円ほどである。時に軍資金の足りなくなることもあったが、当時の貞子は、三島が財布の心配をしていたことなど気づきもしなかったという。ある種の世界では、子どもにふんだんに金を与え保守化させて、その世界から出られないように絡め取るやり方が洗練されているのである。

だから貞子は、始めから三島と結婚するつもりはなかったし、三島は結婚を強く望んだものの、次第に貞子をつなぎ止める資力不足を無視できなくなった。いくら三島が、貞子の外見の魅力だけでなく利発さや教養の深さに惹かれようと、また貞子が三島を「あのくらい純粋で、良い人はなかった」と思おうとも、それぞれの生活圏を脱出して〝手鍋下げて〟まで一緒になろうとする気にはならなかった。ドラマティックな水位にまで決断が達しなかったのである。それを批判しても始まるまい。

豊田貞子は、湯浅あつ子が『ロイと鏡子』で「絹張りの令嬢」として紹介し、それを受けた猪瀬直樹が『ペルソナ 三島由紀夫伝』で「マダムX」と呼んだ人だ。岩下尚史は前著『見出された恋 「金閣寺」への船出』で、この二人の関係を小説仕立てで描いて見せたが、今回は、豊田貞子と湯浅あつ子の直話を採録する形で「実録もの」として書き改めた。それは三島由紀夫を研究する者にとっては、虚構という逃げ道を断ってくれた点でありがたかった。私は、本書にも収められた、銀馬車で写した二人の写真を見たことがある。また『決定版三島由紀夫全集』の「年譜」に、二人の関係をいくつか書き入れたこともある。本書によってそれがほぼ正しかったことが裏付けられたが、ただ「豊田貞子」の名前を誤ってしまった。それが悔やまれ、この場を借りて謝り、訂正したい。

とはいえ、この本に対し批判がないわけではない。著者は三島の男色が「仮面」で異性愛が「直面《ひためん》」だということを、慎重な書き方で書いているが、どうだろうか。三島が「単なる〝おんなぎらい〟だった」というのは、式場隆三郎宛の書簡（昭和24・7・19付）に照らせば、正確ではないにしても間違ってはいない。しかし、三島と関係を結んだ男性の書き物を知りつつ、「よし、それが事実であっても」と言い、なぜか著者はこの話題から遠ざかろうとするのである。そして三島と貞子との性関係が頻繁で激しいものであったと繰り返し書くのである。私は、三島の「同性愛」が、三島文学を読む際に「何んの助けにもならない瑣事にすぎない」とは思わない。

もう一点は、豊田貞子の三島歌舞伎へのやや酷な批評である。「つまりは藝と云うものが分からない、芝居道のシロウトだったと云うことでしょうね」と言う。この点について、著者のコメントはない。貞子の批評は、「藝」が作者の身体に染み込んでいるかどうかが評価軸になっている。しかし、近代人には見失われた情念を、様式の中で表現するのが三島歌舞伎の精髄であり、人間の情念を生み出す筋の展開や人物間の葛藤などの知的な構成が三島歌舞伎の華であった。それを捨象して評価を下すのは公正な評価とは言い難いと思う。ここにも、育った環境への固執が表れていないかと思えてならない。みなを描いた三島は、それを相対化しえていた。

（二〇一一年一二月、雄山閣
三一七頁、本体一八〇〇円＋税）

書評

山内由紀人著「三島由紀夫VS.司馬遼太郎 戦後精神と近代」

田中美代子

ここに三島由紀夫論の新しい流れがあらわれた、とそんな感慨にとらわれる。本書は永らく待たれていたものかもしれない。なぜなら、これは、文学論がとかく目をそむけがちだった武士道にまともに取り組み、文から武への思想的転回の必然性を、ドラマティックに描いた特筆すべき三島論だからだ。

冒頭いきなり三島由紀夫出演の映画「人斬り」から始まって、その原作者・司馬遼太郎を相方としつつ、幕末から明治維新、天皇制、武士道、陽明学、仏教、……と、もっぱら行動家としての三島由紀夫に焦点を絞ったこの論考は、山内氏十年の研鑽もさることながら、とかく陥りがちなマナリズムを排して、従来の文芸評論にはない壮快感が漂っている。

戦時中から神童として登場した少年が、敗戦後二十年、たちまち地位と名声を獲得して世界的な作家になる。その個性はいよいよ異彩を放ち、スキャンダラスな話題には事欠かず、よくも悪しくも文壇の寵児となった。

「しかしそれは〝光〟というよりは〝影〟、いやむしろもっと深い〝闇〟の裏返しであったのだ。それこそ三島が戦中から戦後へと歴史の連続性の中で体験した、自己の精神史の昏い表現衝動だった」

こうした簡潔な導入部から、論者は真直ぐに三島由紀夫の後半生に入ってゆく。

敗戦の混迷と失意のなか〝古典主義〟を標榜して出発した青年期を過ぎ、やがて文明の爛熟期を迎えると、彼は〝文武両道〟を理想として掲げ、急激に武士道に傾斜していった。

そこにはどんな背景が、どんな重大な転機が隠されていたのか？

昭和四十三年に民兵隊組織「楯の会」を結成、二年後には市ケ谷陸上自衛隊にて憲法改正と自衛隊の蹶起を促し、直後に割腹自殺した。享年四十五。

近代日本の思想界を覆したこの事件の凶々しい印象は、ここ半世紀を経て少しも収拾されず、そればかりか、逆に歴史的状況が捻転し、足早にその冷徹な予言の闇に紛れてゆくかのようである。

敗戦時、三島由紀夫は何よりも〝生きる〟活路を求めて文学を始めたのである。例えば芥川龍之介については、こう論評していた。

私はそもそも自殺をする人間がきらいで、自殺する文学者など殊に尊敬できぬ。……しかし武士に関してはその限りではない。武士には武士の徳目があり、切腹や自決は、その道徳律の想定内で、作戦や突撃や一騎打と同一線上の行為の一種にすぎないのだ。

「だから私は、武士の自殺といふものはみとめる。しかし文学者の自殺はみとめない。日々の製作の労苦や喜びを、作家の行為とするなら、自殺は決してその同一線上にある行為ではあるまい。行為の範疇がちがつてゐる」（昭29・12・5「文藝増刊」）と。

とすると、後年三島由紀夫が武士道に没入していったのは、生涯変わらぬその論理的一貫性のため、とさえ言えそうだ。

無論ここで肝腎なのは、自らの割腹を、近代精神の成れの果てなどではなく、武士道に則った究極の名誉の死として位置づけていることだ。文人と武士。そこには厳然と文化的なカテゴリーの断絶がある。彼は己が命の瀬戸際で、見事に「仮面」を捨てたのである。

では、三島由紀夫の出発から十年遅れて、新聞記者から小説家に転身、国民作家と呼ばれるまでの活躍をつづけ、三島の死後二十六年を生き延び、社会の変転を見続けた司馬遼太郎の文学的人生はどうだったのか？

二人の相違は、司馬がおおむね戦後社会を肯定し、民主主義を歓迎したのに対して、三島がこれを否定し、アメリカによる占領民主主義の虚妄と偽善の平和主義を糾弾したことだった。……戦後の〝光と影〟は、実に両者によって代表されたかのようである。

背反する互いの理念と心情が激突したのは、たしかに三島事件当日のことだった。その瞬間、人々は凍りつき、多くの知識人は周章狼狽し、思わず日頃の文学や思想信条を裏切る片言隻句を口走ったりした。

司馬遼太郎も例外ではなかったのだろう。「三島氏のさんたんたる死に接し、それがあまりにもなまなましいために、じつをいうと、こういう文章を書く気がおこらない。ただ、この死に接して、精神異常者が異常を発し、かれの死の薄よごれた模倣をするのではないかということをおそれ、ただそれだけの理由のために書く」（昭45・11・26「毎日新聞」）

では司馬はそれまで一体何をしていたのだろう？　彼は咄嗟に〝国民作家〟の称号を守ろうとしたのだろうか。

さらに、「三島氏の場合、思想というものを美に置きかえたほうがわかりやすい。思想もしくは美は本来密室の中のものであって、他人が踏み込むことのできないものであり」（同）などと言うのは、一時的にもせよ、近代的な観念の錯乱というほかはない。顧みれば、司馬がそれまで「自らの歴史小説で描いてきた思想と美学、あるいは天皇、武士道、陽明学、仏教といった主題のすべてが、三島由紀夫の死に凝縮されていたのだった」というのに？

すると司馬は根本から「思想」の意味をとりちがえていたのだ。思想とは、常住不断の心構えの問題であって、実生活から遊離した、架空の〝美しい、抽象的な哲学〟などではあるまい。それは当事者の血肉のうちに育まれる筈のものではないか。

が、その不意打ちこそ、三島由紀夫が仕掛けた近代的文化主義批判の哄笑だった。彼は決起の効果を予め周到に計量し、熟慮を重ね、それは様々なかたち（小説や戯曲や映画や講演や種々のパフォーマンス）で試され、準備され、瀬踏みされ、予告さえされていたのだった。……

しかも時代は大きくうねり、彼の予言は日増しにその不気味な真実を露呈しつつあるではないか。

というわけで、山内氏は、時代を伴走する両作家の接近と離反とを、各々の作品を合せ鏡にしながら綿密に論及する。ことに注目すべきは、三島の生涯の転機となった小説「剣」（昭38・10『新潮』）の「美しい死」の象徴的意義を強調してやまぬことだ。

それにしても、「剣」は何と奇怪な作品であろう！　学生同士の些細な意地の張り合いから、剣道部長の国分次郎が突然自刃する結末を、一体どう解釈すべきなのか。

「それは、傷つきやすい、雄々しい、美しい自尊心による自殺」（「円谷二尉の自刃」昭43・1・13『産経新聞』）なのかもしれない。だが、当然の反論として、その微小な原因と主人公の最期の決断の間には、目の眩むような懸隔があって、多くの読者を納得させるのは難しいのではないだろうか。

　山内氏もまた〝「詩の罠」にかかった〟この青年剣士に魅せられつつ、一方で「なぜあれほど純粋行動に走りながら、死を選択しなければならなかったのか。死は何の解決にもならない」と言わずにはいられない。さらにそこには「エゴイスティックな自己正当化と、意味のない過剰な精神主義しか残らないのである。自死はナルシシズムによって、自己完結したにすぎない」とも。……しかし、論者にとってここが最後の正念場である。

　そしてこのとき人は、ふと、吉田松陰のこんな言葉を思い浮かべるかもしれない。

「身亡びて魂存する者あり、心死すれば生くるも益なし、魂存すれば亡ぶるも損なきなり」

　私たちはまさしく、魂が極微《ミニマム》にまで圧搾された時代に生きている。次郎の自決の衝撃は、きっとその原因と結果とのめくるめく落差にあるのにちがいない。

　それは文人として裏切られた三島由紀夫個人の絶望的表現であり、さてこそ武士道は喫緊の手術台だった。

　そしてこの単純なストーリイと、背後に潜む複雑きわまる心理劇との間には、おそらく文学的生涯に賭けた作者自身の、止むにやまれぬ切迫した体験が隠されていたのではあるまいか？

　昭和二十二年、文学に向う心構えを、彼はこう語っている。

〈いかに孤独が深くとも、表現の力は自分の作品ひいては自分の存在が何ものかに叶ってゐると信ずることから生れて来る。自由そのものの使命感である。では僕の使命は何か。僕を強ひて死にまで引摺ってゆくものがそれだとしか僕には言へない。そのものに対して僕がつねに無力でありただそれを待つことが出来るだけだとすれば、その待つこと、その心《こころ》設《まう》け自体が僕の使命だと言ふ外はあるまい。僕の使命は用意することである〉（「招かれざる客」）

　私の人生は、そっくり私の文学になってしまった、とは、奇跡に驚くように口をついた、三島由紀夫の最期の感慨であった。

（二〇一一年七月、河出書房新社　三〇四頁、本体二、四〇〇円＋税）

ミシマ万華鏡

池野美穂

　平成二十四年六月に、映画「11・25自決の日　三島由紀夫と若者たち」が全国で公開される。三島由紀夫を演じるのは、元モデル出身で、現在は個性派俳優として知られる井浦新だが、彼は長い間ＡＲＡＴＡという芸名で活動をしていた。だが、平成二十四年のＮＨＫ大河ドラマ「平清盛」に出演することを発表した折、同時に芸名を井浦新にすることも明かした。これは、三島由紀夫を演じた役者の名前が、そのエンドロールに英語表記で記されるのはふさわしくないと判断したためだという。三島を演じたことで、一人の俳優の中で何かが変わったのだ。去る平成二十三年十一月二十五日に、同映画は完成披露試写会をごく限られた人数で行った。その内容の一端は、現在予告編で観ることが出来るのだが、個人的には正直なところ、「ＭＩＳＨＩＭＡ」（昭60、日＝米合作。日本未公開）で三島を演じた緒形拳の姿を観たときと同じような違和感しか得ることができないでいる。しかし、作品と三島の人生とを組み合わせて創られた「ＭＩＳＨＩＭＡ」に比べ、「11・25自決の日　三島由紀夫と若者たち」は三島の人生のみに焦点を当てているようである。この映画を観て、三島由紀夫への現代日本人の考え方がどう変わるか、あるいは変わらないのか、注目したい。

紹介

島内景二著『ミネルヴァ日本評伝選 三島由紀夫―豊饒の海に注ぐ』

池野美穂

三島由紀夫の没後四十年となった平成二十二年には、数多の「三島本」が刊行された。三島由紀夫という人物は、作家としても、戯曲作家としても、またマス・メディアをたびたび賑わせた小説家としても有名であり、かつ、壮絶な最期をもってさらにその名を知らしめた。それゆえ、没後四十年を経てもなお、様々な分野にいる研究者、作家らから、コンスタントに論じられ続けている。本著もまた、古典文学者である島内氏が、その立場から三島を論じた一冊である。

まず、氏は序章で〈三島の人生は「和歌」だった〉とし、その最大の理由を〈彼の最後の作品が「和歌」だったからである〉と述べる。氏が〈最後の作品〉としているのは、三島由紀夫が市ヶ谷の陸上自衛隊駐屯地で割腹自決を遂げた際に遺した二首の辞世である。こうした発想は、三島研究者、すなわち近・現代の作家、作品のみを研究している立場からはなかなか出て来るまい。さらに、氏が三島由紀夫と和歌に注目する二番目の理由として挙げているのが「懸詞」と三島の関係であるという。氏は、〈三島由紀夫はこのような「懸詞」という和歌的な修辞法に、親近感を抱いていた。ちなみに、彼の小説『午後の曳航』の「曳航」は「栄光」の懸詞である。三島由紀夫は、意識的に、「懸詞」の技法を駆使して、作品だけでなく自分の人生を作りあげていった〉のだとする。この「懸詞」は三島の人生、文学観、作品に大きく影響しているものだと氏は続ける。こうした氏の個々の指摘は興味深い。たとえば、紀貫之の『古今和歌集』仮名序にある〈力をも入れずして天神地祇を動かし〉という箇所への言及では、三島が「古今和歌集と新古今集」のなかで〈和歌には現実問題として、「力を入れずして天地を動かす」力など備わっていない、と断言している〉とし、言葉の無力さと〈言葉だけではない。人間の行動もまた、無力なのである。なぜならば、「およそ人間として考へられるかぎりの至上の行動」を示した神風特攻隊の青年たちの誠意をもってしても、神風を吹かせられなかったからである。人間の行動は、天地を動かすことができない〉とする。さらに、三島が「古今和歌集と新古今集」で記した〈「究極の無力の力」や「究極の危うい優雅」を一身に体現しているのが、「天皇」である。天皇は、もののふが力を賭けて守るべき、優雅で無力な「美しい日本文化」のシンボルだった〉としている。三島と『古今和歌集』の関係、とりわけ〈力をも入れずして天神地祇を動かし〉という詩との問題は、非常に難しい。「三島由紀夫研究」の編者でもある松本徹氏が『あめつちを動かす―三島由紀夫論集』（試論社、平17・12）で詳しく論じているのだが、松本氏は後書きで三島の文学理念の中核をなすのが〈「力をもいれずして」「あめつちを動かす」（「古今集」仮名序）だが、そのところを説明するのが容易でなく、テーマを変えながらも繰り返し述べることになった〉

と記している。松本氏は〈現実の次元にあっては、「力を入れ」、力にものをいわせることになるが、歌にあっては、如何に「力を入れ」ても無駄であり、「詩の普遍妥当性」を志して、歌としてひたすら雅に読むよう努めるばかり〉で、〈このような歌の世界に踏みとどまることによって、詩的秩序は、現実のさまざまな条件に妨げられることなく、十全に織り出され、かつ、顕現する。そしてそのことをとおして現実を整える働きをするまでになるのである〉と述べ、「詩的秩序」と「現実」を〈はっきり分離させながら、同時に繋げるのが、天皇の存在である〉としている。島内氏の論も、松本氏と同じく、天皇とつながっていくのだが、島内氏の著書は「評伝」ということもあり、三島由紀夫にとって重要であると思われることを、一つ一つ丁寧に論じることとは難しかったのではないだろうか。しかし、だからこそ、三島由紀夫の研究史をある程度見渡した上で執筆していれば、氏の論は、より重みを増したものになっただろうと考えると、残念でならない。

第一章で三島の生い立ちを述べている中で、氏は三島を〈四十五年間の人生を「子ども」として生き通した〉とし、三島が幼少期に読んだ童話のタイトルを挙げ、『仮面の告白』に三島が所蔵していた『世界童話第一集　黒い騎士』のなかの「黒い騎士」がそのまま引用していることを指摘している。この指摘は、拙論「三島由紀夫の原点―「仮面の告白」に引用された童話」(「国文白百合38」平成十九年三月)でしているが、昭和四年に出版された童話を、表紙絵も残った状態で入手し、その細部を三島が緻密に描写していることを確認する作業は、並大抵の努力ではない。氏は言及していないが三島は、『仮面の告白』のなかで、「私」がこの〈ハンガリーの童話〉の一部分を手で隠して自分の好みに読みかえたと記している。こうした読み替えこそが作家・三島由紀夫の原点であり、島内氏の指摘するように、後の「豊饒の海」にもつながっている、と考えられる。しかし、それを立証するには、三島の初の小説から遺作までを、丁寧に読み解いていく必要があるだろう。

(平成二十二年十二月、ミネルヴァ書房
三七二頁、本体三〇〇〇円＋税)

編集後記

三島由紀夫は、いわゆる文壇的な付き合いをほとんどしなかった作家である。しかし、それだけ却って、いわゆる文壇的な枠組みに囚われず、より広く交友関係、影響関係を持っていた。

雑誌に限っても、創刊号で終わった「序曲」（昭和23年）の座談会では、埴谷雄高、野間宏、武田泰淳、椎名麟三、中村真一郎、梅崎春生、寺田透と顔をあわせている。「聲」（昭和33年）では、同人が福田恆存、大岡昇平、中村光夫、吉田健一、吉川逸治で、定期的に集まり、一緒に大島へ旅行したりしている。そして、寄稿を依頼することを通して、澁澤龍彦らと親しくなっている。

このように出会い、親しく付き合い、時には反発、批判する、熱いと言ってよい関係が、生涯をとおしてさまざまにあった。今日の、やや醒めたと言うほかない在り方とは違う。それに三島自身、芸術的才能を持つと認めた人々には積極的に連絡を取り、係わりを持とうと努める姿勢を取りづけた。

そうして文学の領域を越え、演劇、絵画、写真、スポーツ、政治行動などにも及び、かつ、国境も越えた。

そういう点で、同時代作家と言っても、簡単には括れないところがある。しかし、取り敢えずのところ、狭義のわが国の文学に限定して考えることにした。

それにもかかわらず、この試みがいかに生産的であるか、本号を編んで、いまさらながら納得するところがあった。

九本の論稿が集まったが、そのなかに吉屋信子の名があるのに驚く方もあるだろう。わたし自身、田中美代子さんと話をしていて、え、と問い返した末に、ぜひともとお願いした。昭和の文学を考えるうえで、吉屋信子が大きな存在だと承知してはいたが、三島に繋がるとは思ってもいなかった。

その他、交渉のあったことがよく知られている作家にしても、照らし合せることを通して、これまで気づかれなかった側面が浮かび上がって来るし、時代の在りやうも見えて来るところがある。今後とも持続的に行いたい企画である。

次号は「三島由紀夫と昭和十年代」を予定している。

（松本　徹）

三島由紀夫研究⑫

三島由紀夫と同時代作家

発　行――平成二四年（二〇一二）六月二五日
編　者――松本　徹・佐藤秀明・井上隆史・山中剛史
発行者――加曽利達孝
発行所――鼎　書　房　http://www.kanae-shobo.com
〒132-0031　東京都江戸川区松島二-一七-二
TEL・FAX　〇三-三六五四-一〇六四
印刷所――太平印刷社
製本所――エイワ

ISBN978-4-907846-94-7　C0095

三島由紀夫研究

責任編集　松本　徹・佐藤秀明
井上隆史・山中剛史

各巻定価・二、六二五円

①三島由紀夫の出発
②三島由紀夫と映画
③三島由紀夫・仮面の告白
④三島由紀夫の演劇
⑤三島由紀夫・禁色
⑥三島由紀夫・金閣寺
⑦三島由紀夫・近代能楽集
⑧三島由紀夫・英霊の聲
⑨三島由紀夫と歌舞伎
⑩越境する三島由紀夫
⑪三島由紀夫と編集
⑫三島由紀夫と同時代作家